Über dieses Buch

Bei Nacht und Nebel taucht plötzlich ein Jahrmarkt in der kleinen amerikanischen Stadt auf. Noch ahnt niemand Böses; nur zwei kleine Jungen, Jim und Will, spüren die geheimnisvolle Bedrohung auf. Seltsames geschieht nun. Traumgestalten, Märchenfiguren werden lebendig, Menschen verschwinden. Jim und Will nehmen sich vor, ihre Stadt von den bösen Mächten zu befreien ...

Ray Bradbury

Das Böse kommt auf leisen Sohlen

Fischer
Taschenbuch
Verlag

Fischer Taschenbuch Verlag
November 1971
Ungekürzte Ausgabe

Umschlagentwurf: Hans Maier

Die Originalausgabe erschien unter dem Titel
›Something Wicked This Way Comes‹
bei Rupert Hart-Davies Ltd., London
Ins Deutsche übertragen von Norbert Wölfl

Fischer Taschenbuch Verlag GmbH, Frankfurt am Main
Lizenzausgabe mit freundlicher Genehmigung des
Marion von Schröder Verlages, Hamburg und Düsseldorf

Gesamtherstellung: Hanseatische Druckanstalt GmbH, Hamburg
Printed in Germany
ISBN 3 436 01458 3

Es liebt der Mensch, er liebt das Vergängliche. *W. B. Yeats*

Denn sie schlafen nicht, sie haben denn übel getan; und sie ruhen nicht, sie haben denn Schaden getan. Denn sie nähren sich von gottlosem Brot und trinken vom Wein des Frevels. *Sprüche, 4: 16–17*

Ich kenn' nicht alles, was da kommen soll, doch sei es, wie es will, ich werd' ihm lachend begegnen. *Stubb in »Moby Dick«*

Prolog

Vor allem war Oktober, ein köstlicher Monat für Jungen. Nicht daß alle anderen Monate nicht auch köstlich wären. Doch sind böse und gute darunter, wie die Piraten sagen. September zum Beispiel ist ein böser Monat, die Schule beginnt. Oder August, ein guter Monat: die Schule hat noch nicht wieder angefangen? Juli? Ja, der Juli ist auch schön: weit und breit kein Schulbeginn in Sicht. Der Juni aber – daran kann kein Zweifel bestehen – der Juni ist der allerbeste Monat; denn da öffnen sich die Schultore weit, und der September ist noch eine Ewigkeit entfernt.
Aber betrachten wir einmal den Oktober. Seit einem Monat geht man wieder in die Schule, die Zügel werden etwas lockerer gelassen, man trabt so dahin. Man hat schon wieder Zeit, an den Müll zu denken, den man dem alten Prickett auf die Veranda kippen will, oder an das Affenkostüm, das man am letzten Abend des Monats zum Jugendfest tragen wird. Und wenn um den Zwanzigsten ein rauchiger Duft in der Luft liegt und der Himmel in der Dämmerung orangefarben und aschgrau schimmert, dann glaubt man, die Geisternacht vor Allerheiligen würde nie mit klappernden Besenstielen und leise um die Ecken flatternden Bettüchern hereinbrechen.
Doch in dem einen seltsam wilden dunklen langen Jahr, da kam Allerheiligen verfrüht.
Eines Jahres begann Allerheiligen schon am 24. Oktober, drei Stunden nach Mitternacht.
In diesem Jahr war James Nightshade aus der Oak Street Nummer 97 dreizehn Jahre, elf Monate und dreiundzwanzig Tage alt. William Halloway von nebenan war dreizehn Jahre, elf Monate und vierundzwanzig Tage alt. Beide streckten ihre Hände nach dem vierzehnten Geburtstag aus und spürten ihn fast schon leise zitternd zwischen ihren Fingern.
Das war jene Woche im Oktober, in der sie über Nacht erwachsen wurden, in der das Jungsein ihnen entglitt ...

Ankunft

1 Der Blitzableiterverkäufer kam kurz vor dem Gewitter. Am Spätnachmittag dieses wolkenverhangenen Oktobertages ging er die Hauptstraße von Green Town entlang und warf immer wieder verstohlene Blicke über die Schulter. Irgendwo da hinten, gar nicht weit entfernt, erbebte die Erde unter gewaltigen Blitzen. Irgendwo spürte er das Gewitter, dieses riesige Ungeheuer mit den schrecklichen Zähnen.

So ging der Vertreter von Tür zu Tür, klapperte mit seiner überdimensionalen Ledertasche voller seltsamer eiserner Puzzles und sagte immer wieder sein Sprüchlein auf, bis er an den Rasen kam. Hier stimmte etwas nicht. Er war ganz falsch gemäht.

Nein. Es war nicht der Rasen. Der Vertreter hob den Blick. Es waren die beiden Jungen, die oben auf einem kleinen Hügel im Gras lagen. Die beiden Jungen waren ungefähr gleich groß und gleich kräftig. Sie saßen da, schnitzten Weidenpfeifen und redeten über Vergangenes und Künftiges. Den ganzen vergangenen Sommer über war in Green Town nichts vor ihnen sicher gewesen, was nicht niet- und nagelfest war; jeder Weg und Pfad, jeder Quadratfuß Boden zwischen hier und dem See trug ihre Fußspuren, seit die Schule wieder begonnen hatte.

»Hallo, Jungs!« rief der Mann im sturmfarbenen Mantel. »Jemand zu Hause?«

Die Jungen schüttelten die Köpfe.

»Hm ...« Der Vertreter kam noch zwei oder drei Schritte näher, dann blieb er stehen und zog die Schultern ein. Plötzlich schienen ihn die Fenster eines Hauses anzustarren, oder vielleicht war es auch der kalte Blick eines Wolkenauges, den er im Nacken spürte. Er drehte sich langsam um und hob die Nase in den Wind. Der rüttelte an den kahlen Bäumen. Durch ein Wolkenloch brach ein feiner Sonnenstrahl und malte die letzten Eichenblätter an den Zweigen golden an. Aber dann verschwand die Sonne, der Schimmer verblich, alles verfloß Grau in Grau. Der Vertreter löste sich von dem Bann.

Langsam ging er durch das Gras den Hügel hinauf.

»Wie heißt du denn, mein Junge?«

Der erste Junge, weißblond wie eine Distel, kniff ein Auge zu und blinzelte den Vertreter an. Sein offenes Auge schimmerte groß, hell und klar wie ein Tropfen Sommerregen.

»Will«, antwortete er. »Will Halloway.«

Der gewittergraue Herr wandte sich an den zweiten. »Und du?«

Der zweite Junge regte sich nicht. Er lag bäuchlings im Herbstgras und überlegte, ob er nicht lieber einen Namen erfinden sollte. Sein wirrer, dichter Haarschopf glänzte wie eine polierte Kastanie. Seine smaragdgrün schimmernden Augen blickten starr auf einen fernen Punkt – irgendwo tief in seinem Innern. Schließlich schob er sich lässig einen Grashalm zwischen die Lippen.

»Jim Nightshade«, murmelte er.

Der Gewittermann nickte, als hätte er das gleich gewußt. »Nightshade. Nachtschatten. Was für ein Name!«

»Sehr treffend«, sagte Will Halloway. »Ich bin eine Minute vor Mitternacht zur Welt gekommen, am 30. Oktober, er eine Minute nach Mitternacht. Also am 31. Oktober.«

Ihren Stimmen war anzumerken, daß sie ihr ganzes Leben lang diese Geschichte immer wieder erzählt hatten, stolz auf ihre Mütter, die Tür an Tür wohnten, zur gleichen Zeit ins Krankenhaus gebracht wurden und im Abstand von wenigen Sekunden ihre Söhne zur Welt brachten. Einer hell, einer dunkel. Sie feierten immer zusammen. Jahr für Jahr durfte Will die Kerzen auf dem gemeinsamen Geburtstagskuchen eine Minute vor Mitternacht anzünden. Eine Minute nach Mitternacht, wenn der letzte Tag des Monats angebrochen war, blies Jim sie wieder aus.

Das erzählte Will begeistert, und Jim nickte schweigend. Der Vertreter las die Geschichte von ihren Gesichtern ab. Er war vor dem Gewitter hergelaufen, aber hier zögerte er.

»Halloway. Nightshade. Kein Geld in der Tasche, wie?«

Der Mann seufzte über seine eigene Gewissenhaftigkeit, öffnete die gewaltige Ledertasche und holte ein Ding aus Eisen heraus.

»Ich schenk's euch. Warum? Weil der Blitz in eins von diesen Häusern einschlagen wird. Kein Blitzableiter – peng! Feuer und Asche, verkohltes Fleisch und glimmendes Holz. Da, nimm schon!«

Der Mann ließ den Blitzableiter los. Jim rührte sich nicht. Aber Will griff nach dem Eisenstück und schnappte nach Luft.

»Junge, ist das schwer! So einen komischen Blitzableiter hab' ich noch nie gesehen. Schau mal, Jim!«

Jim rekelte sich schließlich wie eine Katze und wandte ihm den Kopf zu. Seine grünen Augen wurden erst sehr groß und dann sehr eng.

Das Eisending war teils wie ein Halbmond, teils wie ein Kreuz geformt. An den Hauptstab waren ringsherum eigentümliche Schnörkel und Dinger nachträglich aufgeschweißt worden. Die ganze Oberfläche des Stabes war mit winzigen Zeichen graviert, mit Namen, an denen man sich die Zunge zerbrechen konnte, mit Zahlen, die unfaßbare Größen ergaben, mit Darstellungen von Insekten mit starrenden Borsten und Klauen.

»Das ist etwas Ägyptisches.« Jim deutete mit der Nase auf einen Käfer, der auf das Eisen aufgeschweißt war. »Ein Skarabäus.«

»Stimmt, mein Junge.«

Jim blinzelte. »Und das da – phönizische Schriftzeichen.«

»Richtig.«
»Warum?« fragte Jim.
»Warum?« wiederholte der Mann. »Warum Ägyptisch, Arabisch, Abessinisch, Choktaw? Nun, welche Sprache spricht der Wind? Welcher Nation gehört ein Sturm an? Aus welchem Lande kommt der Regen? Welche Farbe hat ein Blitz? Wohin verrollt der Donner, wenn er erstirbt? Jungs, ihr müßt in jeder Sprache, in jedem Dialekt und auf jede erdenkliche Weise bereit sein, die Elmsfeuer zu bannen, die blauen Lichtkugeln, die wie fauchende Katzen dahinschleichen. Ich habe die einzigen Blitzableiter der Welt, die hören, fühlen und wissen, die jedes Gewitter, gleich welcher Sprache, Form und Erscheinungsweise, bezwingen. Kein fremder Donner kann seine Stimme so laut erheben, daß dieser Stab ihn nicht besänftigen würde.«
Aber Will blickte über den Mann hinweg.
»In welches Haus wird's einschlagen?« fragte er.
»In welches? Augenblick. Wartet.« Der Vertreter betrachtete aufmerksam, forschend ihre Gesichter. »Manche Leute ziehen Gewitter an. Sie saugen es förmlich ein wie Katzen den Atem neugeborener Babys. Manche Menschen sind negativ gepolt, andere positiv. Einige glimmen im Dunkeln. Andere gehen aus. Ihr beiden . . .«
Jim unterbrach ihn mit glitzernden Augen: »Woher wollen Sie eigentlich wissen, daß der Blitz überhaupt hier in der Nähe einschlagen wird?«
Der Vertreter zuckte ein wenig zurück. »Nun, ich hab' eine Nase dafür, ein Auge, ein Ohr. Diese beiden Häuser, die Balken – hört doch nur!«
Sie lauschten. Duckten sich die Häuser nicht ein wenig im Nachmittagswind? Vielleicht auch nicht.
»Blitze brauchen Kanäle, in denen sie fließen – wie Wasser. Eine von diesen Mansarden ist ein ausgetrocknetes Flußbett, in das im nächsten Augenblick der Blitz einbrechen kann. Heute abend.«
»Heute abend?« Jim setzte sich erfreut auf.
»Kein gewöhnliches Gewitter«, erklärte der Vertreter. »Laßt euch das von Tom Fury gesagt sein. – Fury! Wut, Zorn, Furien – ist das nicht ein toller Name für einen, der Blitzableiter verkauft? Hab' ich mir den Namen ausgesucht? Nein! Ob der Name an meinem Beruf schuld ist? Ja! Ich wuchs auf und sah umwölkte Feuer in die Erde schlagen, sah die Menschen rennen und sich verstecken. Da dachte ich: Zeichne sie auf, die Hurrikans, mach dir eine Karte der Gewitter, dann lauf vor ihnen her, schüttle deine eisernen Keulen, deine Wunderschilde! Ich hab' hunderttausend Häuser beschützt, ungezählten gottesfürchtigen Menschen sichere Heime geschaffen. Deshalb hört auf mich, Jungs, wenn ich euch sage: euch droht Unheil! Steigt auf das Dach, noch vor Einbruch der Nacht. Nagelt den Blitzableiter an die höchste Stelle und verankert die Leitung gut im Boden.«

»Aber welches Haus? Welches?« fragte Will.

Der Vertreter ging ein paar Schritte zurück, schneuzte sich in ein großes Taschentuch und schlich dann langsam, vorsichtig, als nähere er sich einer tickenden Zeitbombe, über den Rasen.

Er berührte einen Pfosten des Hauses, in dem Will wohnte, ließ die Hand über die Holzverkleidung gleiten und über ein Fußbodenbrett der Veranda. Dann schloß er die Augen und lehnte sich an das Haus, um sein Gerüst flüstern zu hören.

Zögernd und tastend näherte er sich daraufhin Jims Heim.

Jim erhob sich, um den Mann besser beobachten zu können.

Der Vertreter streckte die Hand aus. Er berührte das Holz, streichelte es. Seine Fingerspitzen glitten vibrierend über die alte, abblätternde Farbe.

»Das hier!« sagte er schließlich. »Das hier ist es!«

Darauf war Jim stolz.

Der Vertreter fragte, ohne sich umzusehen: »Wohnst du hier, Jim Nightshade?«

»Ja«, antwortete Jim.

»Hab' ich mir gedacht«, murmelte der Mann.

»Und ich?« fragte Will.

Der Vertreter hob den Kopf und schnüffelte in Richtung auf Wills Haus hinüber. »Nein, nein. Schön, vielleicht werden ein paar Funken von der Dachrinne sprühen, aber das richtige Theater findet hier bei den Nightshades statt. So!«

Der Vertreter kam rasch über den Rasen zurück und griff nach seiner gewaltigen Ledertasche.

»Muß mich beeilen. Gewitter kommt bald. Wart nicht zu lange, Jim. Sonst – bums! Dann finden sie dich, und die Münzen, das Taschenmesser und der andere Kram in den Taschen ist zu einem Klumpen zusammengeschmolzen, das Silber läuft dir die Hosenbeine runter. Und noch etwas: Wird ein Junge vom Blitz erschlagen, dann heb sein Augenlid hoch. Auf seiner Pupille kannst du die letzte Szene eingeprägt finden, die er erblickt hat, fein und winzig wie das Vaterunser auf einem Stecknadelkopf. Ein Foto, wie der Blitz herunterpfeift und deine Seele die glühende Treppe raufholt! Beeil dich, mein Junge! Hol Hammer und Nägel, sonst bist du vor dem Morgengrauen tot.«

Der Vertreter schwang seine Tasche mit den Eisenstäben in der Hand und lief den Weg entlang. Blinzelnd hob er den Blick zum Himmel, dem Dach, den Bäumen. Dann schloß er die Augen im Gehen, sog schnaufend die Luft durch die Nase ein und murmelte: »Ja, wird schlimm. Kann's genau fühlen. Noch weit weg – aber es kommt. Schnell, immer schneller . . .«

Dann war der Mann im gewitterdunklen Mantel verschwunden. Den wolkenfarbenen Hut hatte er tief ins Gesicht gezogen. In den Bäumen raschelte es, der Himmel sah plötzlich sehr alt aus, und die beiden Jungen standen da, die Nase in den Wind erhoben. Roch

es schon nach Elektrizität? Der Blitzableiter lag zwischen ihnen am Boden.
»Jim, steh nicht so rum«, sagte Will. »Euer Haus trifft's, hat er gesagt. Du wirst doch den Blitzableiter annageln, wie?«
Jim lächelte. »Nein. Warum soll ich uns den ganzen Spaß verderben?«
»Spaß! Bist du übergeschnappt? Ich hol' die Leiter, du suchst inzwischen Hammer, Nägel und Draht.«
Aber Jim regte sich nicht. Will rannte davon und kam gleich darauf mit der Leiter wieder.
»Jim, denk doch an deine Mutter. Soll sie verbrennen?«
Will kletterte allein an der Seite des Hauses hoch und schaute sich um. Langsam trat Jim an die Leiter heran und kam ihm nach.
In der Ferne, über den wolkenverhangenen Bergen, grollte der Donner.
Oben auf Jim Nightshades Dach roch die Luft frisch und rauh.
Selbst Jim mußte das zugeben.

2

Nichts auf der ganzen Welt kommt Büchern gleich, die von Wasserkuren, tausendfachem Tod oder weißglühenden Lavaströmen handeln, die sich über Burgmauern auf komische Figuren und Marktschreier ergießen.
Sagte Jim Nightshade, und etwas anderes las er nicht. Seine Bücher handelten davon, wie man eine Bank überfällt, wie man Katapulte baut oder schwarze Fledermauskostüme für den Mummenschanz macht.
Jim konnte reden.
Und Will, der konnte zuhören.
Sie hatten den Blitzableiter auf Jims Dachfirst genagelt; Will war stolz, Jim schämte sich dieses Zeichens von Feigheit, wie er sagte. Es war jedenfalls spät geworden und höchste Zeit für ihren wöchentlichen Gang zur Bibliothek.
Wie alle Jungen gingen sie nie irgendwohin, sondern sie machten ein Ziel aus und schossen dann darauf los, was-haste-was-kannste. Keiner von beiden gewann. Keiner wollte gewinnen. Sie wollten nur als Freunde immer weiter und weiter rennen, Seite an Seite, Schatten an Schatten. Ihre Hände klatschten gleichzeitig gegen die Tür der Bibliothek, gleichzeitig durchrissen sie Zielbänder beim Wettlauf, ihre Tennisschuhe zogen parallele Spuren über den Rasen, durch Büsche, Bäume hinauf. Keiner verlor, und gemeinsam gewannen sie und sparten sich ihre Freundschaft für andere Zeiten und andere Verluste auf.
So war es auch an diesem Abend; der Wind – erst warm, dann kühler – wehte sie am Abend um acht Uhr in die Stadt. Sie spürten Schwingen, Federn an Fingern und Ellbogen, dann blies sie

plötzlich eine neue Luftströmung, ein neuer, klarer Herbstwind, geradewegs auf die Bibliothek zu.
Die Treppe hinauf, drei, sechs, neun, zwölf Stufen! Bums! Ihre Hände klatschten an die Tür.
Will und Jim lachten einander an. Alles war herrlich – der windgepeitschte Oktoberabend draußen und drin die Bibliothek, die mit grünbeschirmten Lampen und Papierstaub auf sie wartete.
Jim lauschte. »Was ist *das* denn?«
»Was? Der Wind?«
»Wie Musik ...« Jim blinzelte zum fernen Horizont.
»Hör' keine Musik.«
Jim schüttelte den Kopf. »Ist schon wieder weg. War vielleicht gar nichts. Komm!«
Sie stießen die Tür auf und traten ein.
Dann blieben sie stehen.
Die Tiefen der Bibliothek lagen wartend vor ihnen.
Draußen in der Welt ereignete sich nicht viel. Doch hier, an diesem sonderbaren Abend, in einem aus Papier und Lederrücken aufgemauerten Land, da war alles möglich. Alles geschah hier. Hör nur! Zehntausend Menschen schrien mit so hoher, schriller Stimme, daß nur Hunde die Ohren spitzten. Millionen schleppten Kanonen, schärften Guillotinen; Chinesen marschierten bis in alle Ewigkeit in Viererreihen. Unsichtbar, lautlos – doch Jim und Will besaßen die Gabe des Gehörs, des Geruchs und Geschmacks. Die Bibliothek war eine Fabrik für Gewürze aus fernen Ländern. Hier schlummerten fremdartige Wüsteneien. Ganz vorn stand der Tisch, an dem die freundliche alte Miß Watriss die entliehenen Bücher eintrug, doch dahinter lagen Tibet, die Antarktis, der Kongo. Dort wandelte Miß Wills, die andere Bibliothekarin, durch die Äußere Mongolei und trug schweigend Brocken von Peking und Yokohama und Celebes auf dem Arm. Weit unten hinter der dritten Regalreihe raschelte im Düstern der Besen eines alternden Mannes und fegte die zu Boden gerieselten Gewürze zusammen.
Will riß die Augen auf.
Es war immer wieder eine neue Überraschung für ihn – der alte Mann, seine Arbeit, sein Name.
Das ist Charles William Halloway, dachte Will; nicht mein Großvater, nicht ein alter, entfernter Onkel, wie manche glaubten, sondern *mein Vater*.
Erschrak Vater beim Anblick seines Sohnes, der sich in diese unergründliche Tiefe wagte? Dad machte immer ein betroffenes Gesicht, wenn Will plötzlich vor ihm stand, als hätten sie sich ein Leben lang nicht gesehen, als sei der eine inzwischen alt geworden und der andere jung geblieben. Stand diese Tatsache zwischen ihnen?
Der alte Mann lächelte.
Vorsichtig näherten sie sich einander.

»Du, Will? Bist seit heute morgen einen ganzen Zoll gewachsen.« Charles Halloway sah an seinem Sohn vorbei. »Jim? Schon wieder dunklere Augen, blassere Wangen. Wie eine Kerze, die von beiden Seiten her verbrennt, wie?«
»Hölle«, sagte Jim.
»Findest du unter ›A‹ wie Alighieri.«
»Von Allegorie halt' ich nicht viel«, sagte Jim.
Dad lachte. »Wie dumm von mir! Ich meine natürlich Dante. Sieh dir das an. Bilder von Doré. Zeigen alles, was es in der Hölle zu sehen gibt. Seelen, die bis an den Hals im Schlamm versinken. Einer hängt verkehrt herum, einem haben sie das Innerste nach außen gekehrt.«
»Sackzement«, sagte Jim und betrachtete die Seite von oben und von unten. Dann blätterte er weiter. »Keine Bilder von Dinosauriern?«
Dad schüttelte den Kopf.
»Drüben in der nächsten Reihe.« Er schlenderte hinüber und griff ins Regal. »Da haben wir's: *Pterodaktylus, der Todesfalke!* Oder wie wär's mit *Trommeln des Untergangs, die Sage von den Donnerechsen?* Nichts für dich, Jim?«
»Brauch' ich nicht.«
Dad blinzelte Will zu. Will blinzelte zurück. Da standen sie nun, ein Junge mit maisfarbenem Haar, ein Mann mit mondweißem Haar, der Junge mit einem Gesicht wie ein Sommerapfel – der Alte mit dem eines Winterapfels. Dad, Dad, dachte Will, er sieht aus wie – wie *ich* in einem zersplitterten Spiegel!
Plötzlich mußte Will an die Nächte denken, wenn er um zwei Uhr auf die Toilette mußte und über die Häuser der Stadt hinwegblickte zu dem einsamen Licht im obersten Fenster der Bibliothek und wußte, Dad war wieder einmal länger dageblieben und las mutterseelenallein im grünen Lampendschungel. Der Anblick dieses Lichtscheins stimmte Will traurig. Seltsam zu wissen, daß dort der alte, einsame Mann war, inmitten der Schatten. Er hatte aufgehört, die Welt zu verändern.
»Will«, sagte der alte Mann, der Hausmeister, der zufällig auch sein Vater war. »Will, und du?«
»Wie?« Will schüttelte sich.
»Weiße Hüte oder schwarze Hüte?«
»Hüte?« fragte Will.
Sie gingen weiter. Dad strich mit dem Finger über die Buchrücken und erklärte: »Jim trägt große schwarze Hüte und liest die entsprechenden Bücher. Bald wird er hier von Fu Mandschu zu Machiavelli aufsteigen – weicher Filzhut, dunkel. Oder auch zu Dr. Faustus – extragroßer schwarzer Zauberhut. Für dich, Will, sind die weißen Hüte da. Gandhi. Daneben steht der heilige Thomas. Und dann, auf der nächsten Stufe – vielleicht Buddha.«
»Mir egal«, sagte Will. »Ich nehme die *Geheimnisvolle Insel*.«

»Was soll das ganze Gerede über weiße und schwarze Hüte?« fragte Jim grollend.
Dad reichte Will seinen Jules Verne. »Nun, ich hab' mich schon vor langer Zeit für die Farbe meines Hutes entschieden.«
»Und welchen hast du genommen?« fragte Jim.
Dad war überrascht. Dann lachte er verlegen.
»Wenn du so direkt fragst, machst du mich unsicher. Will, sag Mom, ich bin bald zu Hause. Und dann hinaus mit euch beiden! Miss Watriss!« rief er halblaut der Bibliothekarin hinter dem Tisch zu. »Da kommen Dinosaurier und geheimnisvolle Inseln!«
Die Tür krachte zu.
Draußen segelten Sterne am klaren Nachthimmel.
»Hölle.« Jim hob die Nase, schnupperte nach Norden, nach Süden. »Wo bleibt das Gewitter? Der verdammte Verkäufer hat's doch versprochen. Ich *muß* das einfach sehen, wenn der Blitz meine Dachrinne entlangsaust.«
Will ließ sich die Kleidung, die Haut, das Haar vom Wind zausen. Dann sagte er leise: »Kommt noch. Gegen Morgen.«
»Wer sagt das?«
»Die Gänsehaut an meinen Armen.«
»Na, großartig!«
Der Wind blies Jim davon.
Wie ein Zwillingsfalke folgte ihm Will.

3

Charles Halloway sah den beiden Jungen nach und verspürte den Wunsch, alles liegen und stehen zu lassen und mit ihnen zu laufen. Er wußte, was der Wind mit ihnen machte, nach welchen geheimnisvollen Orten er sie wehte, die nie wieder so geheimnisvoll sein würden. In seiner Seele stieg ein trauriger Schatten auf. Mit einer solchen Nacht muß man laufen, sonst holt einen die Traurigkeit ein.
Sieh dir das an, dachte er. Will rannte um des Rennens willen, Jim, weil etwas vor ihm lag.
Seltsamerweise rennen sie aber doch gemeinsam.
Woran liegt das? dachte er, während er durch die Bibliothek ging und Lichter ausschaltete, Lichter ausschaltete, Lichter ausschaltete. Steht es auf den Nägeln unserer Daumen, unserer Finger geschrieben? Warum sind manche Menschen wie zuckende Grashüpfer, Käfer mit vibrierenden Fühlern, von Kopf bis Fuß Ganglien, die sich ewig verknoten und wieder und wieder verknoten? Ihr Ofen brennt das ganze Leben lang lichterloh, von der Wiege an steht ihnen der Schweiß auf der Lippe, schimmern ihre Augen. Cäsars schlanke, hungrige Freunde. Wenn sie nur dastehen und atmen, verschlingen sie die Dunkelheit.
Jim ist so – wespig wie eine Brennessel.

Und Will? Er ist der letzte Pfirsich, hoch droben auf dem sommerlichen Baum. Bei manchen Jungen muß man weinen, wenn sie nur vorübergehen. Ihnen geht's gut, sie sehen gut aus, sie sind brav. Natürlich pinkeln sie auch einmal von einer Brücke oder stehlen einen billigen Bleistiftanspitzer – das ist es nicht. Nur wenn man sie vorbeigehen sieht, da weiß man schon, wie's ihr Leben lang sein wird: Sie stecken Schläge, Wunden, Schmerzen, Stiche ein und fragen stets nach dem Warum. Warum muß das so sein? Warum gerade sie?
Aber Jim sieht es kommen, er wartet darauf, daß es geschieht, er behält die Augen offen, leckt sich die Wunden, mit denen er gerechnet hat, fragt nie nach dem Warum – er weiß es. Er *weiß* immer, was ist. Lange vor ihm war einer, der wußte es auch, einer, der Wölfe als Schoßhunde und Löwen als Bettgenossen hielt. Nein, Jim weiß es nicht mit seinem Verstand, aber sein Leib weiß es. Und während sich Will noch die letzte Wunde verbindet, duckt sich Jim schon beiseite und entgeht dem entscheidenden Schlag.
Da gehen sie hin. Jim läuft langsamer, damit Will mitkommt, der rennt schneller, damit er bei Jim bleibt. Jim wirft zwei Fenster in einem Geisterhaus ein, weil Will dabei ist; Will wirft wenigstens eines ein, weil Jim ihn beobachtet. Mein Gott, wie doch jeder seine Finger im Lehm des anderen hat! Das ist Freundschaft: Jeder spielt den Töpfer, weil er wissen will, welche Form er dem anderen geben kann.
Jim, Will, dachte er, beides Freunde. Lauft nur. Ich hol' euch schon ein, irgendwann einmal ...
Die Tür der Bibliothek flog auf und schloß sich wieder.
Fünf Minuten später betrat er die Eckkneipe – ein Glas trank er jeden Abend, ein einziges nur – und hörte jemanden sagen:
»Den hab' ich gelesen, als der Alkohol erfunden wurde, da glaubten die Italiener, sie hätten die große Sache gefunden, nach der man seit Jahrhunderten suchte. Das Lebenselixier! Hast du das nicht gewußt?«
»Nein.« Der Barmann kehrte ihm den Rücken zu.
Der Mann fuhr fort: »Na klar, Branntwein. Neuntes, zehntes Jahrhundert. Sah wie Wasser aus. Brannte aber. Ich meine, es brannte nicht nur in der Kehle und im Magen, man konnte es auch richtig anzünden. So glaubten sie, es sei eine Mischung aus Feuer und Wasser. Feuerwasser, das Lebenselixier – mein Gott! Vielleicht hatten sie gar nicht so unrecht, wenn sie glaubten, das sei ein Allheilmittel, ein Wundertrank. – Noch einen?«
»Ich brauche keinen«, sagte Halloway. »Aber in mir drin, da ist einer, der braucht ihn.«
»Wer?«
Der Junge, der ich einmal war, dachte Halloway. Der Junge, der mit den wirbelnden Blättern den Weg entlangläuft.
Doch das konnte er nicht sagen.

So trank er mit geschlossenen Augen und lauschte in sich hinein, ob das Ding da drin sich nicht wieder regte und in den Gestrüpphaufen raschelte, die zum Verbrennen aufgehäuft waren, doch nie brannten.

4

Will blieb stehen und betrachtete die Freitagabendstadt.
Es war seltsam – als der erste Schlag der neunten Stunde vom Glockenturm des Gerichtsgebäudes ertönte, brannten noch die Lichter, und in allen Geschäften herrschte emsiges Treiben. Aber als der neunte Schlag die Plomben in den Zähnen zum Zittern brachte, da hatten die Friseure ihren Kunden die weißen Tücher heruntergerissen, sie gepudert und hinausgeschickt. Die Kaffeemaschine hörte zu zischen auf. Das riesige Gelände des Warenhauses mit seinen zehn Milliarden Nichtigkeiten aus Metall, Glas und Papier zum Durchwühlen sank in tiefe Dunkelheit. Rolläden rumpelten, Türen schlugen zu, Schlüssel klapperten, Leute flohen, und ganze Horden von zerrissenen Zeitungsmäusen nagten an ihren Fersen.
Bum! Weg waren sie.
»Junge!« schrie Will. »Die Leute rennen, wie wenn der Sturm schon da wär'!«
»Ist er auch!« schrie Jim zurück. »Wir sind da!«
Sie stürmten und polterten über eiserne Roste und stählerne Falltüren, an einem Dutzend finsterer Läden vorbei, einem Dutzend schwachbeleuchteter Läden, einem Dutzend Läden, die im Dunkel der Nacht starben. Die Stadt war tot, als sie beim Zigarrenladen um die Ecke bogen und einen hölzernen Cherokesen von allein in die Dunkelheit hinausgleiten sahen.
»He!«
Mr. Tetley, der Ladeninhaber, lugte dem Indianer über die Schulter.
»Erschrocken, Jungs?«
»Nein!«
Doch Will zitterte und fühlte, wie eiskalte Regenmassen gleich Ebbe und Flut über die Prärie rollten. Wenn die Blitze auf die Stadt herunterzuckten, dann wollte er sicher unter einem Dutzend warmer Decken in seinem Bett liegen.
»Mr. Tetley?« fragte Will leise.
Nun standen schon zwei hölzerne Indianer in der tabakbraunen Dunkelheit. Mr. Tetley war mitten in der Bewegung erstarrt und lauschte mit offenem Mund.
»Mr. Tetley?«
Er hörte etwas weit entfernt mit dem Wind rauschen, konnte aber nicht sagen, was es war.
Die Jungen traten zurück.
Er sah sie nicht. Er regte sich nicht. Er lauschte nur.

Sie ließen ihn stehen und rannten weg.
Drei Häuserblocks von der Bibliothek entfernt stießen die beiden auf einen dritten hölzernen Indianer.
Mr. Crosetti stand vor seinem Friseurgeschäft, den Türschlüssel in den zitternden Fingern. Er sah die beiden nicht kommen.
Warum blieben sie stehen?
Eine Träne war schuld daran. Sie lief glitzernd über Mr. Crosettis linke Wange. Er atmete schwer.
»Crosetti, Sie sind ein Narr. Ob etwas geschieht, ob nichts geschieht, Sie heulen immer! Wie ein Baby!«
Mr. Crosetti holte bebend Atem und schnupperte. »Riecht ihr es denn nicht?«
Jim und Will schnupperten.
»Lakritzen!«
»Teufel, nein! Zuckerwatte!«
»So was hab' ich seit Jahren nicht mehr gerochen«, sagte Mr. Crosetti.
Jim schnaubte. »Gibt's doch überall.«
»Ja, aber wer bemerkt es? Wann? Jetzt spür' ich's, und drum muß ich weinen. Warum? Weil ich mich daran erinnere, wie die kleinen Jungen vor langer Zeit das Zeug gegessen haben. Warum ist mir dieser Geruch in den letzten dreißig Jahren nie aufgefallen?«
»Zuviel zu tun, Mr. Crosetti«, sagte Will. »Keine Zeit.«
»Zeit, Zeit!« Mr. Crosetti wischte sich über die Augen. »Woher kommt dieser Geruch? In der Stadt verkauft niemand Zuckerwatte. Die gibt's nur im Zirkus und auf der Kirmes.«
»Donnerwetter, das stimmt!« sagte Will.
»So, Crosetti hat genug geheult.« Der Friseur schneuzte sich und drehte sich um. Er schloß den Laden ab. Dabei betrachtete Will das Zeichen neben der Tür, die Spirale, die aus dem Nichts kam und sich ins Nichts hinaufwand. An zahllosen Mittagen hatte Will hier gestanden und versucht, den Weg des spiralförmigen Bandes zu verfolgen, zu sehen, woher es kam und wohin es verschwand.
Mr. Crosetti griff nach dem Lichtschalter unter dem Zeichen.
»Bitte, nicht«, sagte Will. Dann fügte er leise hinzu: »Nicht ausschalten.«
Mr. Crosetti betrachtete das Spiralband, als bemerke er jetzt erst das Wunderbare daran. Dann nickte er und sagte sanft, mit freundlichem Blick: »Wo kommt sie her? Wo geht sie hin? Wie? Wer weiß das schon? Du nicht, er nicht, ich auch nicht. Überall Geheimnisse, bei Gott. Schön. Lassen wir sie an.«
Gut zu wissen, daß sie bis zum Morgengrauen weiterlaufen wird, dachte Will, aus dem Nichts, ins Nichts, während wir schlafen.
»Gute Nacht!«
»Gute Nacht.«
Sie ließen ihn in einer Brise zurück, die ganz schwach nach Lakritze und Zuckerwatte roch.

5

Charles Halloway legte zögernd die Hand auf den Türknopf, als hätten die grauen Haare auf seinem Handrücken wie Antennen etwas gespürt, das draußen in der Oktobernacht vorüberglitt. Vielleicht gab es irgendwo lohende Brände, und ihr feuriger Atem warnte ihn. Oder eine neue Eiszeit kroch übers Land und deckte in einer Stunde eine Milliarde Menschen zu. Vielleicht rann die Zeit selbst aus dem Stundenglas der Ewigkeit, und danach folgte eine pulverisierte Finsternis, die alles begrub.

Vielleicht war es aber auch nur der Mann im dunklen Anzug, den er durch die Glastür der Kneipe auf der anderen Straßenseite erblickt hatte. Der Mann hatte eine große Papierrolle unter dem Arm, in der anderen Hand Eimer und Bürste, und er pfiff leise eine Melodie.

Es war ein unzeitgemäßes Lied, das Charles Halloway immer betrübt stimmte. Es paßte nicht in den Oktober, aber es war zu jeder Jahreszeit, zu jeglicher Tageszeit rührend und überwältigend.

Hell hört' ich Weihnachtsglocken klingen
Und ihre alten Weisen singen.
  So süß und laut,
  Die Worte traut:
Friede auf Erden, Friede auf Erden!

Charles Halloway rann ein Schauder über den Rücken. Da war es plötzlich wieder, dieses alte, schrecklich erhebende Gefühl, daß man lachen und weinen zugleich möchte, wenn man am Tag vor Weihnachten die Unschuldigen dieser Erde durch die verschneiten Straßen wandern sieht, zwischen all den müden Männern und Frauen, deren Gesichter schmutzig vor Schuld und nicht abgewaschener Sünde waren, zerschlagen wie kleine Fenster, zertrümmert von den Hieben des Lebens, das unversehens zuschlägt und zurückweicht, wieder zuschlägt und immer wieder.

Lauter und tief die Glocke spricht:
Gott ist nicht tot, noch schläft er nicht!
  Der Böse unterliegt,
  Der Gerechte siegt!
Friede auf Erden, Friede auf Erden!

Das Pfeifen verklang.

Charles Halloway trat hinaus. Weiter vorn stand der Mann an einem Telegrafenmast und arbeitete schweigend. Dann verschwand er in der offenen Tür eines Ladens.

Charles Halloway wußte auch nicht, warum er über die Straße ging und dem Mann zuschaute, wie er eins seiner Plakate im Fenster des leeren, unvermieteten Ladens anbrachte.

Dann trat der Mann mit seiner Papierrolle, seinem Eimer und dem

Pinsel wieder aus der Tür. Sein wilder, flackernder Blick richtete sich auf Charles Halloway. Lächelnd hob er die Hand.
Halloway riß die Augen auf.
Die Handfläche war mit seidenweichem schwarzem Haar bedeckt. Es sah aus wie ...
Die Hand ballte sich zur Faust. Ein Winken, dann war der Mann um die nächste Ecke. Charles Halloway stand benommen da, von Sommerhitze übergossen, schwankte, dann drehte er sich um und warf einen Blick in den leeren Laden.
Unter einer einzelnen Lampe standen nebeneinander zwei Sägeböcke. Darüber lag wie ein Sarg aus Schnee und Eiskristallen ein sechs Fuß langer Eisblock, schimmernd wie von innen heraus, bläulichgrün gefärbt. Ein großer, kalter Edelstein in der Dunkelheit.
Auf dem kleinen weißen Plakat im Fenster las er im Licht der Lampe:

Cooger & Dark
Wundersame Schattenspiele
Fantoccini, Marionettentheater,
Bunter Rummelplatz!
Demnächst in dieser Stadt.
Mit vielen Attraktionen, unter anderem auch
DIE SCHÖNSTE FRAU DER WELT!

Halloways Blick wurde von dem Plakat an der Innenseite des Fensters magisch angezogen.
DIE SCHÖNSTE FRAU DER WELT!
Dann starrte er wieder auf den langen, kalten Eisblock.
An einen solchen Eisblock erinnerte er sich noch aus Kindertagen; der Zauberer eines Wanderzirkus' hatte Mädchen zwölf Stunden lang in einen Brocken Winter eingefroren, den die hiesige Eisfabrik geliefert hatte. Vor der Eiswand ging die Vorstellung weiter, bis schließlich schwitzende Magier die blassen Damen befreiten und sie lächelnd hinter den Vorhang entführten.
DIE SCHÖNSTE FRAU DER WELT!
Dabei war dieser durchsichtige Klotz aus winterlichem Glas nichts weiter als gefrorenes Flußwasser.
Oder nicht? Nein, ganz leer war er nicht.
Halloway spürte, wie sein Herz rascher klopfte.
War da nicht ein Hohlraum in dem riesigen weißen Diamant? Eine gewölbte Leere, die sich vom Scheitel bis zur Sohle des Klotzes hinzog? War diese Höhlung, die darauf wartete, mit warmem Fleisch gefüllt zu werden, nicht ungefähr geformt wie ein Frauenkörper?
Ja.
Das Eis. Der Hohlraum mit den lieblichen Kurven, waagrechter Fluß von Linien in der Leere des Eises. Liebliches Nichts. Die schö-

nen Linien einer Meerjungfrau, die es wagte, sich vom Eis gefangennehmen zu lassen.
Das Eis war kalt.
Der Hohlraum im Eis war warm.
Er wollte weg von hier.
Aber Charles Halloway blieb lange Zeit in dem düsteren, leeren Laden stehen. Vor ihm, auf den beiden Sägeböcken, wartete kalt der arktische Sarg und funkelte im Dunkeln wie der Stern von Indien.

6

Jim Nightshade blieb an der Ecke der Hickory und Main Street stehen. Sein Atem ging kaum rascher. Zärtlich wanderte sein Blick die staubbedeckte Hickory Street entlang.
»Will . . .«
»Nein!« Will erschrak über die eigene Heftigkeit.
»Ist doch gleich da vorn. Das fünfte Haus. Eine einzige Minute nur, Will«, bettelte Jim leise.
»Minute?« Will sah die Straße entlang.
Es war die Straße des Theaters.
Bis zu diesem Sommer war es eine ganz gewöhnliche Straße, in der sie je nach Jahreszeit Pfirsiche, Pflaumen und Aprikosen stahlen. Aber dann, Ende August, als sie gerade nach den sauersten Äpfeln in die höchsten Wipfel kletterten, da ereignete sich etwas, das die Häuser verwandelte, den Geschmack der Früchte, sogar die Luft zwischen den flüsternden Bäumen.
»Will. Es wartet auf uns. Vielleicht passiert etwas!« zischte Jim.
Vielleicht passierte wirklich etwas. Will schluckte hart und spürte an seinem Arm den Druck von Jims Hand.
Das war nun nicht mehr die Straße der Äpfel oder Pflaumen oder Aprikosen; es ging nur um das eine Haus mit dem einen Fenster an der Seite. Dieses Fenster, so sagte Jim, sei eine Bühne und die hochgezogenen Jalousien der Vorhang. In diesem Zimmer, auf dieser seltsamen Bühne, standen die Schauspieler und sprachen geheimnisvolle Texte, formten fremde Worte, lachten, murmelten, seufzten. Das meiste davon war nur Flüstern, und Will verstand es nicht.
»Nur das eine Mal noch, Will!«
»Du weißt genau, es ist nicht das letzte Mal.«
Jims Gesicht war gerötet, seine Backen glühten, seine Augen blitzten wie flaschengrünes Feuer. Er dachte an jene Nacht, als sie die Äpfel pflückten und er plötzlich rief: »Da – schau mal!«
Will klammerte sich aufgeregt an die Äste des Baumes und starrte hinein auf das Theater, auf die Bühne, wo die Leute Hemden über die Köpfe zogen, Kleidungsstücke auf den Teppich fallen ließen und nackt wie Tiere dastanden, die Hände nacheinander ausgestreckt.

Was treiben sie nur; überlegte Will. Warum lachen sie? Was fehlt ihnen, was stimmt bei ihnen nicht?
Er wünschte sich nur, daß das Licht ausgehen möge.
Doch er klammerte sich plötzlich mit feuchten Fingern krampfhaft an den Ast und beobachtete das helle Zimmertheater, hörte das Lachen, bis ihm schließlich die Muskeln lahm wurden und er abglitt. Benommen lag er da, dann erhob er sich und starrte hinauf zu Jim, der sich immer noch an seinem hohen Ast festhielt. Mit strahlenden Augen, die Backen feuerrot, die Lippen leicht geöffnet, so starrte er durch das Fenster. »Jim, Jim, komm doch runter!« Aber Jim hörte ihn nicht. »Jim!« Als Jim dann endlich herunterschaute, da stand Will unten wie ein Fremder, der die verrückte Forderung stellt, das Leben aufzugeben und zur Erde zurückzukehren. Will rannte allein davon. Er dachte zu viel, er dachte gar nichts, er wußte nicht mehr, was er denken sollte.
»Will, bitte ...«
Will sah Jim an, die Bücher unter den Arm gepreßt. »Wir waren doch in der Bibliothek, langt das nicht?«
Jim schüttelte den Kopf. »Halt mal die Bücher.«
Er reichte Will die Bücher und schlich dann unter den leise wispernden Bäumen entlang. Drei Häuser weiter rief er zurück: »Will, weißt du, was du bist? Ein blöder, alter Baptist!«
Dann war Jim verschwunden.
Will drückte die Bücher fester an sich. Sie wurden von seinen Handflächen feucht.
Nicht umsehen, dachte er.
Ich tu's nicht! Nein – ich tu's nicht!
Er richtete den Blick dahin, wo sein Haus lag. In diese Richtung marschierte er.
Rasch, rasch.

7

Will hatte die Hälfte des Heimwegs hinter sich, da spürte er jemanden hinter seinem Rücken.
»Theater geschlossen?« fragte er, ohne sich umzudrehen.
Jim ging eine Weile schweigend neben ihm her, dann sagte er: »Keiner zu Hause.«
»Fein.«
Jim spuckte aus. »Du verdammter Baptistenprediger!«
Wie ein riesiger Wattebausch kam ein zusammengeknülltes weißes Papier um die Ecke gesaust und verfing sich an Jims Füßen. Will packte lachend das Papier und ließ es fliegen. Dann hörte er auf zu lachen.
Die beiden Jungen froren plötzlich, als sie dem Papierknäuel nachschauten.
»Augenblick ...«, sagte Jim langsam.

Mit einem Mal rannten sie schreiend hinterher. »Vorsicht! Nicht zerreißen!«
Das Papier flatterte in ihrer Hand wie das Fell einer Trommel.
»AM 24. OKTOBER KOMMT COOGER & DARK ...«
Die Lippen formten die verschnörkelten Buchstaben nach.
»Jahrmarkt!«
»Am 24. Oktober! Das ist morgen!«
»Unmöglich«, sagte Will. »So spät im Jahr kommt kein Jahrmarkt mehr in die Stadt.«
»Na und? Es geschehen immer noch Zeichen und Wunder! Schau mal! MEPHISTOPHELES, DER FEUERFRESSER! MR. ELEKTRIKO! RIESIGE MONTGOLFIERE!«
»Eine Montgolfiere ist ein Ballon«, erklärte Will.
»MADEMOISELLE TAROT!« las Jim weiter. »DER SCHWEBENDE MENSCH! DÄMONEN-GUILLOTINE! DER ILLUSTRIERTE MANN! He!«
»Das ist nichts weiter als so ein tätowierter Kerl.«
»Nein!« Jims Atem schlug warm an das Papier. »Er ist illustriert, das ist etwas Besonderes. Sieh mal – mit Ungeheuern bedeckt. Eine Menagerie!« Jims Augen blitzten. »Da – das Skelett! Ist das nicht prima, Will? Kein magerer Mann, ein SKELETT! Dann hier – DIE STAUBHEXE! Was ist eine Staubhexe, Will?«
»Eine dreckige alte Zigeunerin.«
»Nein!« Jim blinzelte in die Ferne und sah alles mögliche. »Eine Zigeunerin, die im Staub geboren wurde, im Staub aufgewachsen ist, eines Tages wieder zu Staub werden wird! Aber da ist noch mehr: ÄGYPTISCHES SPIEGELLABYRINTH! SIE SEHEN SICH SELBST ZEHNZAUSENDMAL! ST. ANTONS TEMPEL DER VERSUCHUNG!«
»DIE SCHÖNSTE ...«, las Will.
»... FRAU DER WELT!« beendete Jim den Satz.
Sie sahen einander an.
»Kann ein Jahrmarkt, ein Zirkus überhaupt die schönste Frau der Welt dabei haben, Will?«
»Du kennst doch diese Jahrmarktweiber, Jim!«
»Grizzlybären. Aber es steht doch hier ...«
»Ach, hör auf damit!«
»Böse, Will?«
»Nein, nur – halt's fest!«
Der Wind hatte ihnen das Plakat aus den Händen gerissen. Es wurde in verrückten Sprüngen und Bogen über die Baumwipfel davongeweht.
»Stimmt ohnehin nicht«, stieß Will hervor. »So spät im Jahr kommt kein Zirkus mehr. Alles dummes Zeug. Wer geht denn da hin?«
»Ich.« Jim stand ganz still im Dunkeln.
Ich auch, dachte Will. Er sah vor sich das Ägyptische Spiegelkabinett, die blitzende Guillotine und den schwefelgelben Mann, der flüssige Lava schlürfte wie Tee aus Schießpulver.

»Die Musik«, flüsterte Jim. »Jahrmarktsorgel. Sie müssen heute nacht schon kommen!«
»Ein Zirkus kommt immer bei Sonnenaufgang an.«
»Und der Geruch nach Lakritze und Zuckerwatte heute abend?«
Will dachte an die Düfte und Klänge, die mit dem Strom des Windes über die Hausdächer hergeweht kamen, an Mr. Tetley, der lauschend neben seinem hölzernen Indianer stand, Mr. Crosetti mit der einen Träne auf der Wange, und das erleuchtete, unendliche Band vor dem Friseurladen, das seine rote Zunge aus dem Nichts ins Nichts wand.
Er klapperte mit den Zähnen.
»Laß uns nach Hause gehen.«
»Aber – wir sind schon zu Hause!« rief Jim überrascht.
Ohne es zu merken, waren sie angekommen. Jeder ging seinen Weg zu seinem Haus.
Auf der Veranda drehte Jim sich um und rief halblaut: »Will, du bist mir nicht böse?«
»Aber nein.«
»Wir gehen einen Monat lang nicht mehr in diese Straße, zu diesem Haus, zum Theater. Ich *schwör's* dir!«
»Schon gut, Jim.«
Ihre Hände ruhten schon auf den Türknöpfen ihrer Häuser, da wanderte Wills Blick hinauf zu Jims Dach, wo der Blitzableiter gegen den sternklaren Himmel glänzte.
Das Gewitter kam. Oder es kam *nicht* . . .
Auf jeden Fall war Jim froh, daß Jim das großartige Ding auf dem Dach hatte.
»Nacht!«
»Nacht.«
Die beiden Türen schlugen zu.

8

Will machte die Tür noch einmal auf und schloß sie wieder – diesmal leise.
»Schon besser«, sagte seine Mutter.
Durch den Türrahmen erblickte Will das einzige Theater, an dem ihm etwas lag, die vertraute Bühne, auf der sein Vater mit einem Buch in der Hand saß und zwischen den Zeilen las.
(Er war schon zu Hause! Sie mußten vorhin doch einen ziemlichen Umweg gemacht haben!)
In dem Sessel neben dem Kamin saß seine Mutter, strickte und summte dabei wie ein Teekessel.
Er wollte ihnen nahe sein und doch fern, er sah sie aus der Nähe, und zwischen ihnen war ein gewaltiger Abstand. Plötzlich sahen sie schrecklich klein in einem viel zu großen Zimmer aus, in einer zu großen Stadt, in einer viel zu riesigen Welt. In diesem unverschlos-

senen Haus schienen sie allem ausgeliefert zu sein, was aus der Nacht draußen einbrechen konnte.
Das gilt auch für mich, dachte Will, auch für mich.
Plötzlich liebte er sie, weil sie so klein waren, noch viel mehr als zu Zeiten, wo sie ihm groß erschienen waren.
Die Finger seiner Mutter regten sich, ihre Lippen zählten lautlos Maschen – die zufriedenste Frau, die er je gesehen hatte. Er erinnerte sich, wie er an einem Wintertag in einem Gewächshaus ein Dickicht grüner Blätter beiseite geschoben hatte, um darunter eine einzelne, pastellfarbene Rose zu finden. Das war Mutter – sie roch nach frischer Milch, war sich in diesem Zimmer selbst genug, immer zufrieden.
Zufrieden? Wie nur? Warum? Gleich neben ihr saß der Hausmeister, der Mann aus der Bibliothek, der Fremde. Seine Uniform hatte er abgelegt, doch sein Gesicht trug immer noch den Ausdruck des Mannes, der nachts in den marmornen Tiefen zugiger Korridore, allein mit seinen Besen, viel glücklicher ist.
Will betrachtete die beiden und fragte sich, warum diese Frau so zufrieden und dieser Mann so traurig war.
Sein Vater starrte tiefsinnig ins Feuer. In der einen Hand hielt er lose ein Papierknäuel.
Will blinzelte.
Das Plakat fiel ihm ein, das der Wind ihnen vor die Füße und davongeweht hatte. Das Papier hier hatte dieselbe Farbe, dieselben verschnörkelten Buchstaben.
»He!«
Will trat ein.
Auf Mutters Gesicht leuchtete sofort ein Lächeln auf, das warm wie ein zweites Kaminfeuer war.
Dad blickte erschrocken auf, als fühlte er sich bei etwas Verbotenem ertappt.
Will wollte fragen: »He, was machst du mit dem Zettel?«
Aber Dad schob das zusammengeknüllte Papier tief in die Polsterung des Sessels.
Mutter blätterte die Bücher aus der Bibliothek durch.
»Hübsche Bücher, Will!«
Will stand da, schluckte Cooger & Dark wieder hinunter und sagte: »Junge, der Wind hat uns richtig heimgeweht! In den Straßen fliegt überall *Papier* herum!«
Dad zuckte nicht mit der Wimper.
»Gibt's was Neues, Dad?«
Dads Hand steckte immer noch in der Polsterung des Sessels. Er hob seinen grauen, etwas besorgten, sehr müden Blick zu seinem Sohn: »Hat einen steinernen Löwen vor der Bibliothek weggeweht. Der macht jetzt die Stadt unsicher und sucht nach Christen, die er fressen kann. Findet aber keine. Die einzige Christin der Stadt halte ich hier gefangen, und sie ist eine gute Köchin.«

»Unsinn!« sagte Mom.
Als Will die Treppe hinaufging, hörte er, womit er halb gerechnet hatte.
Erst ein leises Zischen, als legte jemand einen neuen Holzklotz aufs Feuer. Er stellte sich Dad vor, wie er vor dem Kamin stand und zuschaute, wie das Papierknäuel verbrannte.
»Crooger ... Dark ... Zirkus ... Hexe ... Wunder ...«
Er wäre am liebsten wieder hinuntergegangen und hätte sich neben Dad gestellt, die Hände zum wärmenden Feuer hin ausgestreckt. Statt dessen ging er langsam hinauf und schloß die Tür zu seinem Zimmer.

An manchen Abenden preßte Will, wenn er schon im Bett lag, sein Ohr an die Wand und lauschte der Unterhaltung seiner Eltern. Sprachen sie von etwas Interessantem, hörte er zu, sonst schlief er ein. Wenn es um die Zeiten und die verstreichenden Jahre oder ihn selbst oder die Stadt ging, um die willkürliche Art und Weise, mit der Gott die Welt lenkte, dann hörte er gern und dankbar zu, mit einer warmen Freude im Herzen, denn dann redete meistens Dad. Mit Dad konnte er nicht oft reden, nicht in seiner Welt und nicht draußen, doch das war etwas anderes. In Dads Stimme lag etwas Beschwingtes, leicht wie eine Handbewegung in der Luft, wie ein weißer Vogel hoch droben am Himmel; das Ohr hörte gern zu, und die Gedanken folgten mühelos den Worten.
Das Seltsame an Dads Stimme war wohl, daß alles so wahr klang. Der Klang der Wahrheit inmitten einer Welt von Lügen fesselt einen Jungen immer. An vielen Abenden schlummerte Will so ein. Sein Verstand glich einer stehengebliebenen Uhr, lange bevor Dads halb singende Stimme verklang. Dads Stimme war eine Abendschule, in der tiefe, letzte Wahrheiten gelehrt wurden – Wahrheiten über das Leben.
So war es auch an diesem Abend. Mit geschlossenen Augen hielt Will sein Ohr an den Putz der Wand. Zuerst dröhnte Dads Stimme sanft wie eine Negertrommel im Urwald, viele Meilen entfernt. Mutter sang mit ihrem wasserhellen Sopran im Kirchenchor der Baptistengemeinde; sie sang ihre Antworten zurück. Will sah Dad auf dem Rücken liegen und zur Zimmerdecke hinaufreden.
»Will ... komm' mir immer so alt vor ... Vater sollte mit seinem Sohn Ball spielen ...«
»Nicht unbedingt«, sagte die Frauenstimme freundlich. »Du bist ein guter Mensch, ein guter Vater.«
»... schlechte Zeit. Gott, ich war schon vierzig, als er zur Welt kam! Und du. Ist das Ihre *Tochter*? fragen die Leute. Gott, wenn man sich hinlegt, dann laufen einem die Gedanken fort.«
Will hörte etwas knacken und knistern – Dad drehte sich um. Ein Streichholz wurde angerissen, die Pfeife angezündet. Der Wind rüttelte an den Fensterläden.

»... Mann mit Plakaten unterm Arm ...«
»... Zirkus ...«, sagte die Stimme seiner Mutter. »So spät im Jahr?«
Will wollte sich abwenden, brachte es aber nicht fertig.
»Die schönste Frau der Welt«, murmelte Dads Stimme.
Mutter lachte leise. »Du weißt genau, daß ich das nicht bin.«
Nein, dachte Will. Das steht doch auf dem Plakat! Warum sagt Dad es ihr denn nicht?
Deshalb, gab er sich zur Antwort. Weil da etwas vor sich geht. Ja – irgendwas ging da vor sich ...
Will sah das weiße Papier flatternd in den Bäumen verschwinden, mit den Worten: DIE SCHÖNSTE FRAU DER WELT. Seine Wangen glühten fiebrig. Er mußte denken: Jim, die Straße mit dem Theater, die Nackten im Fenster des Theaters, auf der Bühne, verrückt wie eine chinesische Oper, seltsam und total verrückt wie eine alte chinesische Oper, Judo, Jiu-Jitsu, indianische Geheimnisse, und nun Dads verträumte Stimme, traurig, trauriger, am traurigsten – zu viel, um das alles zu verstehen. Plötzlich bekam er Angst, weil Dad nicht über den Zettel reden wollte, den er gerade verbrannt hatte. Heimlich. Will starrte aus dem Fenster. Da! Wie Samen vom Löwenzahn tanzte weißes Papier durch die Luft.
»Nein«, flüsterte er. »So spät kommt kein Zirkus mehr. Das ist unmöglich!« Er verkroch sich unter der Bettdecke, knipste die Taschenlampe an und schlug ein Buch auf. Das erste Bild, auf das sein Blick fiel, zeigte ein prähistorisches Reptil, das mit seinen weiten Schwingen durch eine Nacht flatterte, die seit Jahrmillionen vergessen und verloren war.
Teufel, dachte er. In der Eile haben wir die Bücher vertauscht. Das sind Jims Bücher, und er hat jetzt meine.
Aber es war doch ein recht hübsches Reptil.
Er sank schon in Schlummer, da glaubte er noch, unten seinen Vater rastlos auf und ab gehen zu hören. Die Haustür klappte zu. Dad ging also noch einmal zur Arbeit, spät, grundlos, mit seinen Besen, zurück zu seinen Büchern, in die Stadt, fort. Fort ...
Und Mutter schlief friedlich. Sie wußte nicht, daß er noch einmal weggegangen war.

9

Niemand auf der ganzen Welt hatte einen Namen, der so glatt über die Zunge ging.
Jim Nightshade. Ich?
Jim war groß, wenn er stand, lang, wenn er im Bett lag. Die Muskeln umspielten seine Knochen, die Knochen steckten locker in den Muskeln. Die Bücher lagen geschlossen neben seiner rechten Hand.
Er wartete. Seine Augen waren Zwielichtdunkel, mit Schatten darunter. Die stammten, so sagte seine Mutter, noch von einer Krank-

heit, an der er mit drei Jahren beinahe gestorben wäre. Er erinnerte sich immer noch daran. Sein Haar hatte das dunkle Braun herbstlicher Kastanien, und die Adern an Stirn und Schläfen, am Hals und an den Gelenken sahen alle blau aus. Er war dunkel marmoriert, dieser Jim Nightshade – ein Junge, der mit zunehmendem Alter immer weniger redete und immer seltener lachte.

Bei Jim war es so, daß er stets die Welt vor Augen hatte und nie den Blick abwenden konnte. Wenn man sein ganzes Leben lang niemals wegsieht, dann hat man mit dreizehn schon soviel gesehen wie andere mit zwanzig.

Will Halloway war jung und blickte immer darüber hinweg oder daran vorbei. Er hatte mit dreizehn erst sechs Jahre Schauen hinter sich gebracht.

Jim kannte jeden Zentimeter seines Schattens so genau, daß er ihn aus Dachpappe ausschneiden und als sein Banner an einem Mast hissen konnte.

Will bemerkte manchmal überrascht, daß sein Schatten ihm folgte, doch das war schon alles.

»Jim? Noch wach?«

»Ja, Mom.«

Eine Tür öffnete und schloß sich. Dann fühlte er ihr Gewicht auf der Bettkante.

»Jim, deine Hände sind wieder wie Eis. Du solltest das Fenster nicht so weit aufmachen. Wirst dich noch erkälten.«

»Sicher, Mom.«

»Sag das nicht immer so. Wie das ist, weißt du erst, wenn du auch drei Kinder verloren hast.«

»Ich werd' nie welche haben.«

»Das sagst du nur so.«

»Ich *weiß* es. Ich weiß immer alles.«

Sie wartete einen Augenblick. »Was weißt du?«

»Hat keinen Sinn, noch mehr Menschen in die Welt zu setzen. Sie sterben doch.«

Seine Stimme klang sehr ruhig und fast traurig. »So ist es.«

»Das ist nicht alles. *Du* bist da, Jim. Wenn du nicht wärst, hätte ich längst aufgegeben.«

»Mom.« Langes Schweigen. »Mom – kannst du dir Dads Gesicht vorstellen? Bin ich wie er?«

»An dem Tag, wo du weggehst, wird er für immer weggehen.«

»Wer geht weg?«

»Jim, auch wenn du so daliegst, rennst du. Ich habe noch nie jemanden gesehen, der sich im Schlaf so viel bewegt. Versprich mir eines, Jim. Wenn du einmal weggehst und wiederkommst, dann bring mir eine Menge Enkelkinder mit. Laß sie wild aufwachsen. Ich möchte sie eines Tages verwöhnen.«

»Ich werde niemals etwas besitzen, was mir weh tun kann.«

»Willst du nur Steine um dich sammeln, Jim? Nein, eines Tages wird's dich auch treffen.«
»Nein, gewiß nicht.«
Er blickte sie an. Ihr hatte man schon vor langer Zeit weh getan. Die Spuren der Schläge waren immer noch um die Augen herum zu sehen.
»Du lebst, also wird man auch dir weh tun«, sagte sie im Dunkeln. »Aber sag's mir, wenn's so weit ist. Sag mir Lebewohl. Sonst lasse ich dich vielleicht nicht gehen. Wäre das nicht schrecklich – wenn ich dich ganz einfach festhalte?«
Sie stand plötzlich auf und schloß das Fenster.
»Warum haben Jungen nur ihr Fenster immer so weit offen?«
»Heißes Blut.«
»Heißes Blut.« Sie stand ganz still und allein da. »Davon kommen all unsere Sorgen. Frag nicht, warum!«
Die Tür fiel ins Schloß.
Sobald Jim allein war, öffnete er wieder das Fenster und beugte sich weit hinaus in die vollkommen klare Sternennacht.
Gewitter, bist du da? dachte er.
Ja.
Er spürte es. Im Westen. Ein Mordsding. Es raste daher.
Der Blitzableiter warf einen Schatten unten auf die Einfahrt.
Jim sog die kühle Nachtluft ein und atmete mit ungeheurer Erleichterung die Hitze aus.
Warum steige ich nicht da hinauf, reiße den Blitzableiter vom Dach und werfe ihn weg, überlegte er.
Mal sehen, was dann geschieht.
Ja.
Sehen, was dann geschieht!

10

Kurz nach Mitternacht.
Schleppende Schritte.
Der Blitzableiterverkäufer kam mit zufriedener Miene die menschenleere Straße entlang, die Ledertasche fast leer. An der Ecke blieb er stehen.
Weiche weiße Nachtfalter klopften leise an ein Fenster und schauten hinein. Im Schaufenster lag wie ein Totenschiff aus sternenfarbenem Glas auf zwei Sägeböcken ein Eisklotz, groß genug, um dem Ring eines Riesen als Edelstein zu dienen.
In diesen Eisblock war die schönste Frau der Welt eingeschlossen.
Das Lächeln wich vom Gesicht des Blitzableiterverkäufers.
Da lag diese Frau in der traumhaften Kälte des Eises, wie jemand, der vor Jahrtausenden in einer Lawine entschlafen ist, ewig jung. Sie war schön wie der Morgen und frisch wie Blumen, lieblich wie ein Mädchen, wenn ein Mann die Augen

schließt und es in der vollkommenen Schönheit einer Gemme festhält.
Erst jetzt wurde dem Blitzableiterverkäufer bewußt, daß er den Atem angehalten hatte.
Vor langer, langer Zeit, in der marmornen Pracht von Rom und Florenz, da hatte er solche Frauen gesehen, gebannt in Stein und nicht in Eis. Vor langer Zeit wanderte er einmal durch den Louvre und fand solche Frauen, in sommerlichem Licht gebadet, in Farben verewigt. Vor langer Zeit, er war damals noch ein Junge, hatte er sich einmal in einem Kino durch die kühlen Gänge hinter der Leinwand gezwängt und den Blick gehoben. Turmhoch über sich hatte er auf der Leinwand das Antlitz einer Frau erblickt, wie er noch nie eines gesehen hatte, riesig und schön, milchweiß und mondklar, und er war erstarrt hinter der Bühne stehengeblieben, im Schatten der Lippen, der vogelgleich flatternden Wimpern, übergossen von der schneeigen Todesblässe der Wangen.
Aus vergangenen Jahren flossen Bilder zusammen und fanden ihre Verkörperung in diesem Eisblock.
Welche Farbe hatte ihr Haar?
Es schimmerte weißblond, aber es konnte jede Farbe annehmen, wenn es vom Eise befreit war.
Wie groß war sie?
Gut möglich, daß die Lichtbrechung des Eises sie größer oder kleiner erscheinen ließ, je nachdem, ob man vor dem Fenster des leeren Ladens einen Schritt nach dieser oder jener Seite machte. Samtweich pochten die Nachtfalter ans Glas.
Nicht wichtig.
Der Blitzableiterverkäufer erbebte. Er wußte etwas ganz Ungewöhnliches: Wenn sich ihre Lider durch ein Wunder in dem Saphir öffnen sollten und sie ihn ansah, dann kannte er die Farbe ihrer Augen.
Er kannte die Farbe ihrer Augen.
Wenn nun jemand den leerstehenden Laden betrat ...
Wenn jemand die Hand ausstreckte, würde die Wärme das Eis schmelzen?
Der Blitzableiterverkäufer blieb eine Weile regungslos stehen, dann schloß er rasch die Augen.
Er stieß die aufgestaute Luft aus.
Sie schmeckte warm wie der Sommer auf seinen Lippen.
Seine Hand berührte die Tür. Sie ließ sich öffnen. Arktischkalte Luft umwehte ihn. Er trat ein. Die Tür fiel zu.
Helle Nachtfalter tappten gleich Schneeflocken ans Fenster.

11

Mitternacht. Von den Türmen der Stadt schlug es zwölf und eins und zwei und dann drei. Die harten Glockenschläge ließen den Staub von alten Spielsachen hoch oben in den Dachspeichern auffliegen und das Silber von noch älteren Spiegeln in anderen Speichern abbröckeln. Sie weckten Träume von Uhren bei allen schlafenden Kindern.
Will hörte es.
Gedämpft, weit draußen in der Prärie, war das Stampfen einer Lokomotive und das langsame Rollen des Zuges.
Will setzte sich im Bett auf.
Auf der anderen Straßenseite setzte sich wie ein Spiegelbild Jim in seinem Bett auf.
Eine Jahrmarktsorgel begann wundersam weich und leise zu spielen, so unsagbar traurig, Millionen Meilen entfernt.
Mit einem Ruck war Will aus dem Bett und beugte sich weit aus dem Fenster – genau wie Jim drüben. Wortlos starrten sie über die Baumwipfel hinweg.
Ihre Zimmer lagen hoch, wie die Zimmer von echten Jungen liegen sollen. Von ihren Fenstern aus hatten ihre Blicke freies Schußfeld über Bibliothek und Stadthaus, über Feuerwehrdepot, Scheunen und Farmhäuser hinweg bis in die unendliche Weite der leeren Prärie.
Dort, am Ende der Welt, krochen wie glitzernde Schlangen die Eisenbahnschienen dahin, dort reckten sich gestikulierend grüne und rote Signale den Sternen entgegen. Dort, am Rande der Erde, erhob sich ein Federwölkchen wie der Vorbote eines Gewitters.
Glied für Glied tauchte der Zug auf: Lokomotive, Kohlentender, viele schlafende Wagen, die dem Funkenregen folgten, summend, grollend wie ein Kaminfeuer im Herbst. Selbst aus dieser Entfernung konnte man sich starke Arme vorstellen, die meteorschwarze Kohlen in den feurigen Schlund der Dampfmaschine schaufelten.
Die Lokomotive!
Beide Jungen verschwanden und kamen mit Feldstechern zurück.
»Die Lok!«
»Uralt! Gibt's mindestens seit 1900 nicht mehr!«
»Auch der übrige Zug ist uralt!«
»Die Fahnen! Die Käfige! Es ist der Zirkus!«
Sie lauschten. Erst dachte Will seinen eigenen Atem zu hören, aber es war der Zug, die Orgel, die leise sang und stöhnte.
»Klingt wie Kirchenmusik.«
»Hölle. Warum soll ein Zirkus Kirchenmusik spielen?«
»Sag nicht immer Hölle«, zischte Will.
»Hölle.« Jim beugte sich vor. »Hab's den ganzen Tag nicht sagen dürfen. Jetzt schlafen sie alle. Hölle!«
Die Klänge schwebten an den Fenstern vorbei. Will spürte die Gänsehaut auf seinen Armen.
»Wirklich, das *ist* Kirchenmusik!«

»Mir ist kalt. Los, gehen wir hin, schauen wir ihnen zu!«
»Um drei Uhr am Morgen?«
»Um drei am Morgen.«
Jim verschwand. Will sah ihn drüben umhertanzen, Hemd und Hose überziehen, während der totenschwarze Zug übers Land keuchte, schwarz alle Wagen, lakritzschwarz. Eine alte Orgel spielte drei Hymnen durcheinander. Aber vielleicht war es auch nichts. Jim glitt die Dachrinne hinab auf den schlafenden Rasen.
»Jim! Warte!«
Will schlüpfte blitzschnell in die Kleider.
»Jim, geh doch nicht *allein* hin!«
Und er rannte ihm nach.

12

Manchmal sieht man hoch oben am Himmel einen Papierdrachen, so weise, daß er den Wind kennt. Er fliegt, dann stürzt er auf einen bestimmten Fleck zu. Man kann an der Schnur ziehen, daß sie fast reißt, es ist zwecklos, man kann rennen, der Drachen sucht sich doch seinen Landeplatz.
»Jim! Wart auf mich!«
Jim war jetzt dieser Drache, und die Schnur war durchschnitten. Sein Wissen um den Wind trug ihn von Will hinweg. Der konnte nur rennen, erdgebunden, wohin der andere flog, hoch, dunkel, still und plötzlich so fremd.
»Jim! Ich komme!«
Im Laufen dachte Will: Es ist immer dasselbe. Er rennt. Ich rede. Ich drehe Steine um. Jim greift in den kalten Schlick darunter. Ich erklimme Hügel. Jim schreit von der höchsten Kirchturmspitze herab. Ich habe ein Sparkonto. Jim hat nur das Haar auf seinem Kopf, den Schrei auf seinen Lippen, das Hemd am Leibe und die Tennisschuhe an den Füßen. Warum erscheint er mir reicher? Weil ich auf einem Stein in der Sonne sitze, dachte Will, während Jims Haare auf den Armen im Mondschein knistern und er mit Kröten tanzt. Ich hüte Kühe. Jim zähmt Ungeheuer. Narr, schreie ich Jim an. Feigling, schreit er zurück. Und wir – *rennen!*
Sie rannten aus der Stadt, über die Felder und blieben dann regungslos unter der Eisenbahnbrücke stehen. Der Mond lauerte hinter den Hügeln, die Wiesen erbebten unter einem Gespinst von Tau.
Dann donnerte der Zug über die Brücke. Die Zirkusorgel wimmerte.
»Aber – es spielt sie doch keiner!« Jim starrte hinauf.
»Jim, laß die üblen Späße!«
»Ganz ehrlich – sieh doch selbst!«
Die blanken Pfeifen der Zirkusorgel glitten im Sternenlicht dahin, immer weiter, aber niemand saß am Spieltisch. Der Wind spielte mit eisigem Hauch in den Orgelpfeifen.

Die Jungen rannten. Der Zug kurvte davon. Wie aus tiefer See, verrostet, mit grünem Moos überwachsen läutete die Glocke zum Begräbnis, läutete, läutete. Dann stieß die Dampfpfeife eine große weiße Wolke aus, und Will spürte eiskalte Perlen auf der Stirn.

Wie oft hatte Will mitten in der Nacht den Zug pfeifen gehört? Die Dampfpfeife stößt weiße Wolken aus, die den Schlaf säumen, verloren, allein und fern, und sei der Zug noch so nahe. Manchmal wachte er mit Tränen auf der Wange auf und fragte sich: Warum? Er legte sich wieder ins Kissen zurück und dachte: Ja, sie bringen mich zum Weinen, wenn sie nach Osten fahren, nach Westen fahren, so tief im Land sich verlieren, daß sie im Traum versinken.

Diese Züge und ihr Klagelaut gingen auf ewig zwischen den Bahnhöfen verloren. Sie wußten nicht, woher sie kamen, hatten keine Ahnung, wohin sie gingen, hauchten ihren letzten weißen Atem am Horizont aus, waren fort. So geht es mit allen Zügen, immer und immer.

Doch der Pfiff *dieses* Zuges ...

Das Heulen und Klagen eines ganzen Lebens lag darin, gesammelt aus anderen Nächten, anderen schlummernden Jahren; das Heulen der Hunde in Vollmondnächten, das Brausen kalter Winde, die im Januar vom Fluß her durch das Geländer der Veranda pfeifen, bis das Blut in den Adern stockt; tausende jammernde Feuersirenen, schlimmer noch: letzte Atemzüge einer Milliarde Menschen, tot oder sterbend, die leben wollten, ihr Stöhnen, ihr Seufzen – das tönte hier über die Erde!

Wills Augen füllten sich mit Tränen. Er stolperte. Er kniete hin und tat so, als müsse er sich ein Schuhband schnüren.

Doch dann sah er, wie auch Jim sich an die Ohren griff, wie auch seine Augen naß wurden. Die Dampfpfeife brüllte – Jim brüllte mit ihr um die Wette. Die Pfeife schrillte – Jim schrie gegen sie an.

Dann verstummten plötzlich die Milliarden Stimmen, als ob der Zug in einem feurigen Wirbelsturm von der Erde verschwunden sei.

Leise glitt der Zug weiter. Schwarze Transparente flatterten, schwarzes Konfetti schwebte im süßlichen Wind den Hügel herab. Die Jungen liefen hinterher, und der Nachtwind war so kalt, daß sie mit jedem Atemzug Eiskrem aßen.

Sie erklommen die letzte Anhöhe.

»Junge!« flüsterte Jim.

Der Zug war auf Rolfes Mondwiese abgebogen. Sie hieß so, weil die jungen Pärchen der Gegend hierherkamen, um den Mond über einem weiten, unendlichen Land stehen zu sehen, über einem Binnenmeer, das im Frühjahr voller Gras und im Herbst voller Heu und voller knirschendem Schnee im Winter war. Es war ein schöner Spazierweg, am Ufer des geheimnisvollen Binnenmeers entlang, wenn der Mond sich zitternd über das Gewoge erhob.

Der Zug jedenfalls duckte sich nun auf dem alten Bahngleis ins

hohe Gras drüben am Waldrand, und die Jungen kauerten wartend hinter einem Busch.
»Es ist so still«, flüsterte Will.
Der Zug stand mitten auf der gemähten Herbstwiese. Niemand auf der Lokomotive, niemand auf dem Tender, niemand in den Wagen dahinter, alle schwarz im Schein des Mondes. Metall kühlte sich klickend ab.
»Psst!« machte Jim. »Ich *spüre* sie, wie sie sich dort bewegen.«
Will spürte die Gänsehaut tausendfach am ganzen Körper.
»Glaubst du, sie haben etwas dagegen, daß wir ihnen zusehen?«
»Möglich«, gab Jim fröhlich zurück.
»Warum dann der Lärm der Zirkusorgel?«
»Wenn mir das einfällt, sag' ich's dir.« Jim lächelte. »Sieh mal!«
Flüstern.
Ein riesiger, moosgrüner Ballon berührte den Mond, als käme er geradewegs vom Himmel.
Zweihundert Meter entfernt, zweihundert Meter hoch verhielt er und schwankte lautlos in der Luftströmung.
»Der Korb unter dem Ballon – da ist jemand drin!«
Aber dann stieg ein hochgewachsener Mann vom Führerstand des Zuges, wie ein Kapitän, der die Untiefen dieses Binnenmeeres ausloten will. Er war ganz in Schwarz gekleidet. Sein Gesicht lag im Schatten. So watete er bis zur Mitte der Wiese. Sein Hemd war so schwarz wie die Handschuhe an den Händen, die er zum Himmel emporstreckte.
Er machte eine Handbewegung. Einmal nur.
Der Zug erwachte zum Leben.
Ein Kopf tauchte an einem Fenster auf, dann ein Arm, dann noch ein Kopf – wie Marionetten auf der Bühne. Plötzlich trugen zwei schwarzgekleidete Männer einen dunklen Zeltmast durch das raschelnde Gras.
Die Stille war es, die Will zurückschrecken ließ, während Jim sich mit mondhellen Augen gespannt vorbeugte.
In einem Zirkus sollte man Knurren und Brüllen hören wie im tiefen Wald und ganze Wolken von Staub sehen, aufgewirbelt von den Löwen; Männer müssen geschäftig herumrennen, Flaschen klirren, Futtereimer klappern, Maschinen und Elefanten stampfen, Zebras seufzen, eingeschlossen in doppelten Käfigen.
Aber das war wie ein alter Stummfilm, eine schwarzweiße Bühne voller Geister, die ihre Lippen bewegten; mondweiß stand der Atem vor ihren Gesichtern, und alle Bewegungen vollzogen sich in so vollkommener Stille, daß man den Wind in den Härchen auf der Backe flüstern hörte.
Weitere Schatten entstiegen dem Zug und huschten an den Käfigen vorbei, in denen die Finsternis mit blicklosen Augen lauerte. Auch die Zirkusorgel schwieg, bis auf die Andeutung eines verrückten Liedes, das der Wind den Orgelpfeifen entlockte.

Der Zirkusdirektor stand mitten auf dem freien Feld. Der Ballon hing wie ein riesiger, grünverschimmelter Käse regungslos am Himmel. Dann senkte sich die Dunkelheit über alles herab.
Als die Wolken den Mond verhüllten, sah Will gerade noch, wie der Ballon herabschwebte.
In der schwarzen Nacht spürte er, wie die Männer sich unsichtbar an die Arbeit machten. Der unsichtbare Ballon kam ihm vor wie eine fette Spinne im Netz. Er machte sich an Masten und Tauen zu schaffen und zog Stoff in die Höhe.
Die Wolken lichteten sich. Der Ballon stieg auf.
Auf der Wiese ragten die Masten auf, das Skelett des Hauptzeltes, das nur noch auf die Zeltbahnen wartete.
Wieder schoben sich Wolken vor den weißen Mond. Will erschauderte im Schatten. Er hörte Jim wegkriechen, packte seinen Fuß und spürte, wie seine Muskeln erstarrten.
»Warte!« raunte Will. »Sie ziehen gerade die Zeltbahnen auf.«
»Nein«, sagte Jim. »O nein ...«
Auf geheimnisvolle Weise wußten es beide: Die Drähte und Taue hoch droben an den Masten fingen die vorbeifliegenden Wolken ein, entrissen dem Wind ganze Bahnen von ihnen; ein großes Schattenungeheuer nähte sie aneinander, eine neben die andere, bis das Zelt Gestalt annahm. Endlich vernahmen sie das klatschende Geräusch der im Wind flatternden riesigen Fahnen.
Die Bewegung hörte auf. Dunkelheit ruhte wieder regungslos in der Dunkelheit.
Will lag mit geschlossenen Augen da und lauschte dem Schlag der gewaltigen pechschwarzen Schwingen, als sei ein riesiger Urvogel zum Leben erwacht, hier, auf der nachtschwarzen Wiese.
Die Wolken flogen davon.
Der Ballon war verschwunden.
Die Männer waren fort.
Der Wind ließ Wellen wie schwarzen Regen über das fertige Zelt rinnen.
Plötzlich erschien der Weg zurück zur Stadt unendlich weit.
Will blickte instinktiv über die Schulter. Nichts als Gras und leises Flüstern.
Langsam wandte er den Blick wieder dem schweigenden, dunklen, scheinbar leeren Zelt zu.
»Das gefällt mir nicht«, sagte er.
Jim konnte seinen Blick nicht abwenden.
»Ja«, flüsterte er nur. »Ja!«
Will stand auf. Jim lag noch flach am Boden.
»Jim!« rief Will.
Jims Kopf flog herum, als hätte er eine Ohrfeige bekommen. Er kniete und raffte sich schwankend auf. Sein Körper drehte sich um, doch sein Blick war immer noch auf diese schwarzen Fahnen geheftet, die großen Banner und Transparente, die mit ungeahnten

Schwingen, mit Hörnern und dämonenhaftem Grinsen sich regten.
Ein Vogel schrie auf. Jim erschrak.
Wolkenschatten jagten sie in blinder Flucht bis an den Stadtrand. Von da aus rannten die beiden Jungen von ganz allein weiter.

13

Kalter Wind blies durch das weitgeöffnete Fenster in die Bibliothek.
Charles Halloway stand schon seit einer ganzen Weile hier. Nun zuckte er zusammen.
Unten flogen zwei Schatten die Straße entlang, Schritt um Schritt begleiteten sie ihre größeren Schatten. Leise malten sie Fußspuren in die Nachtluft.
»Jim!« rief der alte Mann. »Will!«
Doch seine Stimme klang nicht sehr laut.
Die Jungen rannten weiter, nach Hause.
Charles Halloway blickte über das Land.
Er war allein durch die Gänge der Bibliothek gewandelt, und sein Besen hatte ihm Dinge zugeflüstert, die kein anderer hörte; da hatte er den Zug und das disharmonische Klingen der Zirkusorgel vernommen.
»Drei Uhr«, murmelte er. »Drei Uhr morgens ...«
Draußen auf der Wiese wartete das Zelt, wartete der Zirkus. Sie warteten auf jemanden, der die Brandung des Grasmeeres entlangkommen sollte. Die großen Zelte blähten sich wie Blasebälge. Dann atmeten sie ganz leise eine Luft aus, die nach urtümlichen gelben Ungeheuern roch.
Doch nur der Mond blickte in das dunkle Loch, die tiefen Höhlen.
Draußen verharrten am Karussell die Tiere der Nacht mitten im Sprung. Dahinter lagen die Tiefen des Irrgartens mit vielfältigen Trugbildern, eines überlagerte das andere, still, erhaben, silbern vom Alter, weiß vom Schnee der Zeit. Jeder Schatten am Eingang konnte Farben der Angst erzittern lassen und tief vergrabene Monde enthüllen.
Wenn dort ein Mensch stünde – würde er sich dann millionenmal sehen können, eine endlose Kette bis hin zur Ewigkeit? Würden ihn eine Million Abbilder anstarren, eines hinter dem anderen, eines älter als das andere? Würde er dort in feinem Staub versinken, tief drin, nicht fünfzig, sechzig, siebzig Jahre alt, sondern neunzig, neunundneunzig Jahre?
Die Spiegel stellten keine Frage. Sie gaben keine Antwort.
Sie standen nur einfach da wie ein riesiges arktisches Eisfeld.
»Drei Uhr ...«
Charles Halloway fror. Seine Haut fühlte sich plötzlich an wie die

eines Reptils. Das Blut in seinem Magen verwandelte sich in Rost. Er schmeckte die feuchte Kühle der Nacht.
Aber er konnte sich nicht vom Fenster abwenden.
Weit draußen glitzerte etwas auf der Wiese.
Es war der Mond, der sich in einem großen Glas spiegelte. Vielleicht wollte das Licht etwas sagen, geheimnisvoll, verschlüsselt.
Ich gehe hin, dachte Charles Halloway. Ich gehe nicht hin.
Schön ist es, dachte er weiter. Nein, es gefällt mir nicht.
Einen Augenblick später schlug die Tür der Bibliothek zu. Auf dem Heimweg kam er an dem leeren Schaufenster vorbei. Drin standen verlassen zwei Sägeböcke. Dazwischen eine Wasserpfütze, in der ein paar Eisstückchen schwammen. Lange blonde Haare im Eis...
Charles Halloway sah es, wollte es aber nicht sehen. Er wandte sich ab und ging. Bald war die Straße wieder so leer wie das Fenster des Ladens.
Weit draußen auf der Wiese zuckten Schatten durch das Spiegelkabinett, als ob ungeborenes Leben dort der Errettung harrte.
So wartete der Irrgarten, kalt starrend, daß wenigstens ein Vogel käme und nach kurzem Blick aufkreischend davonflöge.
Doch kein Vogel kam.

14

»Drei Uhr«, sagte eine Stimme.
Will lauschte. Allmählich wich die Kälte aus seinen Gliedern. Er war froh, ein Dach über dem Kopf, einen Boden unter den Füßen, vier Wände um sich zu haben, eine Tür zwischen sich und der Gefahr, der Freiheit, der Nacht.
»Drei ...«
Dads Stimme. Er war wieder zu Hause und sprach mit sich selbst, während er den Flur entlangging.
»Drei Uhr ...«
Drei Uhr, überlegte Will. Da war doch der Zug angekommen! Hatte Dad ihn gehört? War er ihm nachgegangen?
Nein, das darf nicht sein! Will rollte sich zusammen. Warum nicht? Er zitterte. Was hatte er zu fürchten?
Den Zirkus, der wie von einem Schwall schwarzer Sturmwogen auf das Gestade da draußen gespült wurde? Daß er es wußte, er und Jim und Dad? Daß die schlafende Stadt ahnungslos war – hatte er davor Angst?
Ja. Will vergrub sich in den Kissen. Ja ...
»Drei Uhr ...«
Drei Uhr morgens, dachte Charles Halloway und hockte sich auf die Bettkante. Warum kam der Zug zu dieser Stunde an?
Das ist eine ganz besondere Stunde, dachte er weiter. Um diese Zeit sind Frauen nie wach. Sie schlafen den Schlaf der Kinder. Aber Männer in mittleren Jahren? Sie kennen diese Stunde gut. Gott im

Himmel, Mitternacht ist nicht weiter schlimm, man wacht auf und schläft wieder ein; ein Uhr, zwei Uhr geht auch noch, man wälzt sich eine Weile unruhig hin und her, doch man schläft wieder ein. Fünf oder sechs Uhr morgens – eine hoffnungsvolle Stunde, die Morgendämmerung lauert bereits unter dem Horizont. Aber drei Uhr – großer Gott! Die Ärzte sagen, daß der Körper dann den Tiefpunkt erreicht hat. Die Seele ist frei. Das Blut strömt nur langsam. Nie wieder ist man dem Tod näher, bis zur Stunde des Todes selbst. Schlaf ist ein Stück des Todes, aber drei Uhr morgens, offenen Auges erlebt, das ist der lebende Tod! Man träumt mit offenen Augen. Gott, wenn man die Kraft aufbrächte, sich zu erheben, man würde die eigenen Träume mit einer Schrotflinte niederschießen! Aber nein, man liegt machtlos auf dem Grunde eines tiefen, ausgedörrten Brunnens. Der Mond rollt vorbei und grinst einen mit seinem idiotischen Gesicht da unten an. Der Weg zurück zum Sonnenuntergang ist weit, weit ist es noch bis zur Morgendämmerung. Alle Dummheiten des Lebens fallen einem wieder ein, all die herrlich dummen Erlebnisse mit Menschen, die man so gut gekannt hat und die nun tot sind, tot ...

Und stimmte das nicht – hatte er nicht irgendwo gelesen, daß in den Krankenhäusern um drei Uhr morgens mehr Leute sterben als zu jeder anderen Tages- und Nachtzeit?

»Halt!« schrie er lautlos.

»Charlie?« fragte seine Frau im Schlaf.

Behutsam zog er den anderen Schuh aus.

Seine Frau lächelte im Schlaf.

Warum?

Sie ist unsterblich. Sie hat einen Sohn.

Er ist auch dein Sohn!

Aber welcher Vater glaubt das jemals wirklich? Er trägt keine Bürde, leidet keine Schmerzen. Welcher Mann kann sich – wie eine Frau – in der Dunkelheit hinlegen und mit einem Kind wieder erheben? Die Sanften, die Lächelnden hüten das zarte Geheimnis. Welch seltsame, wunderbare Uhren die Frauen doch sind. Sie ruhen in der Zeit selbst. Aus ihnen wird das Fleisch, das die Ewigkeit bindet und festhält. Sie leben begnadet, wissen um ihre Macht, halten sie fest und brauchen nicht davon zu reden. Wer spricht schon von der Zeit, wenn er selbst die Zeit ist und die flüchtigen Augenblicke im Universum in Wärme und Tat umformt, ehe sie entschwinden? Wie Männer diese warmen Uhren beneiden und oft sogar hassen, diese Frauen, die wissen, daß sie unsterblich sind. Was tun wir also? Wir Männer werden schrecklich und böse, weil wir die Welt nicht festhalten können, nicht uns selbst – nichts. Blind stehen wir vor dem Beständigen, alles bricht zusammen, stürzt ein, schmilzt, hört auf, verrottet oder entgleitet uns. Wenn wir also die Zeit nicht formen können – was bleibt uns dann noch? Schlaflosigkeit. Hilfloses Starren.

Drei Uhr morgens. Das ist unser Lohn. Drei Uhr morgens. Mitternacht der Seele. Die Flut fließt ab. Ebbe ist in der Seele. Und in dieser Stunde der Verzweiflung kommt ein Zug an.
Warum?
»Charlie?«
Die Hand seiner Frau berührt die seine.
»Du – Charlie – alles in Ordnung?«
Sie schläft schon wieder.
Er schweigt.
Er kann ihre Frage einfach nicht beantworten.

15

Die Sonne ging gelb wie eine Zitrone auf.
Der Himmel erstrahlte rund und blau.
Die Vögel trällerten wasserhelle Melodien in die Luft.
Will und Jim beugten sich aus ihren Fenstern.
Nichts hatte sich verändert.
Bis auf den Blick in Jims Augen.
»Letzte Nacht ...«, begann Will. »War es wirklich oder nicht?«
Beide blickten auf die fernen Wiesen hinaus.
Die Luft roch süß wie Sirup. Nirgends Schatten, nicht einmal unter den Bäumen.
»Sechs Minuten!« rief Jim.
»Fünf!«
Vier Minuten später schwappte das hastig hinuntergeschlungene Frühstück in ihren Mägen. Sie rannten zur Stadt hinaus, zertraten braune Blätter unter ihren Sohlen zu Staub.
Rasch atmend hoben sie den Blick vom Boden, den sie zertrampelten?
Da war er – der Zirkus!
»He ...«
Jetzt waren die Zelte gelb wie die Sonne, messingfarben wie die Weizenfelder vor wenigen Wochen. Fahnen und Transparente, farbig wie Buntspechte, knatterten über den löwenfarbenen Zelten. Von den bonbonbunt gestrichenen Buden ging ein herrlicher Samstaggeruch aus, nach Schinken und Eiern, Würstchen und Pfannkuchen. Überall rannten Jungen hin und her. Überall folgten ihnen verschlafen die Väter.
»Ein ganz simpler alter Zirkus!« stellte Will fest.
»Quatsch! Wir waren letzte Nacht doch nicht blind!«
Sie marschierten hundert Schritte geradeaus, genau in den Mittelgang des Zirkus hinein. Je tiefer sie vordrangen, um so klarer wurde ihnen, daß sie hier keine nächtlichen Gestalten finden würden, keinen leise tappenden Ballonschatten, unter dem sich fremdartige Zelte wie Gewitterwolken drohend blähten. Aus der Nähe sah der Zirkus nur nach zerschlissenen Tauen, nach vermotteter

Zeltleinwand, nach regenverwaschenem, ausgebleichtem Gewebe aus. Die Schilder, auf denen die Attraktionen angekündigt wurden, hingen wie müde Albatrosse an ihren Pfählen und ließen ab und zu Flocken uralter Farbe abbröckeln. Zitternd gaben sie die entzauberten Wunder eines zu dünn geratenen Mannes, eines Dicken, eines spitzköpfigen Tätowierten, einer Hulatänzerin preis . . .
Sie strichen weiter durch Zelte und Buden, entdeckten aber keine geheimnisvollen mitternachtsschwarzen Kugeln voller Giftgas, mit einem orientalischen Geheimknoten an den in die Erde gestoßenen Dolch gefesselt, keine rasenden Wilden, die Eintrittskarten kontrollierten und dabei auf finstere Rache sannen. Die Zirkusorgel neben der Kasse gab weder Todesschreie von sich, noch summte sie idiotische Melodien vor sich hin. Der Zug? Der stand auf einem Abstellgleis im sonnenwarmen Gras. Alt sah er aus, zusammengehalten vom Rost, wie ein riesiger Magnet, der aus den Lokomotivfriedhöfen dreier Kontinente alte Kurbelstangen, Schwungräder, Ofenrohre und gebrauchte, minderwertige Alpträume angezogen hatte. Das war keine schwarze, drohende Silhouette. Der Zug bettelte um die Erlaubnis, sich tot ins herbstliche Heu sinken zu lassen, so müde war er davon, ewig Dampf und rostige Eisenspäne in die Luft blasen zu müssen.
»Jim! Will!«
Miß Foley, die Lehrerin ihrer 7. Klasse kam lächelnd auf die beiden zu.
»Na, ihr beiden?« fragte sie. »Stimmt etwas nicht? Ihr seht aus, als hättet ihr etwas verloren.«
»Na ja«, antwortete Will. »Haben Sie auch letzte Nacht die Zirkusorgel gehört?«
»Zirkusorgel? Nein.«
»Warum sind Sie dann so früh hier, Miß Foley?« fragte Jim.
»Ich liebe eben den Zirkus.« Miß Foley, eine kleine Frau, die sich in ihren grauen Fünfzigern verloren hatte, sah sich strahlend um. »Ich kauf' euch Würstchen, dann suche ich meinen dummen kleinen Neffen. Habt ihr ihn irgendwo gesehen?«
»Ihren Neffen?«
»Robert. Er wohnt für ein paar Wochen bei mir. Sein Vater ist tot, die Mutter liegt im Krankenhaus. Da hab' ich ihn zu mir genommen. Er ist schon früh hier herausgelaufen, wir wollten uns treffen. Aber wie Jungen nun einmal sind . . . Gott, ihr seht aber traurig aus!« Sie schob ihnen Würstchen zu. »Laßt es euch schmekken! Lacht! In zehn Minuten machen die Karussells auf. Vorher will ich mir einmal das Spiegelkabinett anschauen . . .«
»Nein«, sagte Will.
»Wieso nein?« fragte Miß Foley.
»Nicht den Irrgarten.« Will schluckte und starrte die grundlosen Tiefen der Spiegel an. Dort kommt man niemals auf den Grund. Das war wie ein Polarwinter, der nur darauf lauert, dich mit einem

Streich zu töten. Schließlich sagte er: »Miss Foley, gehen Sie da nicht hinein.« Er wunderte sich über seine eigene Stimme.
»Warum denn nicht?«
Jim blickte Will gebannt an. »Ja, sag's uns. Warum nicht?«
»Man kann sich verirren«, antwortete Will unsicher.
»Dann erst recht! Vielleicht läuft Robert da drin herum und findet den Ausgang nicht mehr. Wenn ich ihn beim Ohr erwische ...«
»Man kann nie wissen.« Will konnte den Blick nicht von den Millionen Meilen blinden Glases wenden. »Keiner kann sagen, was da drin herumschwimmt ...«
»Schwimmt!« Miss Foley lachte. »Du hast eine herrliche Phantasie, Will. Aber ich bin ein alter Fisch. Deshalb ...«
»Miss Foley!«
Miss Foley zögerte, gab sich einen Ruck, tat einen Schritt und verschwand im Meer von Spiegeln. Sie sahen ihr nach, wie sie kleiner wurde, tiefer versank, immer tiefer, bis sie sich schließlich auflöste, grau in einem Ozean von Silber. Jim packte Wills Arm. »Was soll das?«
»Gott, Jim – die Spiegel sind's! Das einzige, was ich nicht leiden kann. Ich meine – die Spiegel sind das einzige, was wirklich noch so aussieht wie letzte Nacht.«
»Junge, Junge, du warst zu lange in der Sonne!« sagte Jim verächtlich. »Das Spiegelkabinett da ist doch ...« Er verstummte. Er hob die Nase in die kalte Luft, die ihnen aus den hohen Spiegeln wie aus einem Eiskeller entgegendrang.
»Jim? Was wolltest du sagen?«
Doch Jim sagte nichts. Nach einer Weile fuhr er sich mit der Hand über den Nacken. »Es tut's wirklich!« rief er leicht bestürzt aus.
»Was tut was?«
»Das Haar! Ich hab's immer wieder gelesen. In den Gruselgeschichten, da steht den Leuten dauernd das Haar zu Berge. Jetzt spür' ich's auch bei mir!«
»Herr im Himmel, Jim – meins auch!«
Sie standen da und genossen die herrliche kalte Hand im Nacken. In ihrem Nacken stellten sich tatsächlich die kurzen Härchen auf. Licht und Schatten verschwammen vor ihren Augen.
Sie erblickten Miss Foley – doppelt, vierfach, dutzendfach –, wie sie ihnen aus dem Spiegelkabinett entgegenstolperte. Sie wußten nicht, welche die richtige Miss Foley war. So winkten sie allen zu.
Aber keine der vielen Miss Foleys sah das Winken, keine winkte zurück. Blind tappte sie weiter. Blindlings krallte sie ihre Fingernägel ins kalte Glas.
»Miss Foley!«
Ihre Augen weit aufgerissen wie auf einem Blitzlichtfoto, waren weiß verschleiert, die Augen einer Statue. Tief drunten im Glasmeer sagte sie etwas. Sie murmelte. Sie wimmerte. Dann schrie sie. Schrie, so laut sie konnte. Sie stieß mit dem Kopf und dem Ellbogen

ans Glas, taumelte trunken wie ein Falter im Licht und hob ihre Hände wie Krallen. »Gott, o Gott! Hilfe!« jammerte sie.
Jim und Will stürzten vor. Sie sahen in den Spiegeln ihre eigenen, weit aufgerissenen Augen, ihre bleichen Gesichter.
»Hierher, Miss Foley!« Jim stieß sich die Stirn an.
»*Hier*her!« Aber wohin Will auch tastete, überall war nur kaltes Glas.
Eine Hand tauchte aus dem Nichts auf. Eine Frauenhand, wie bei einer Ertrinkenden hochgereckt. Sie griff nach dem letzten Strohhalm. Dieser Strohhalm war Will. Sie zog ihn mit in die Tiefe.
»Will!«
»Jim! Jim!«
Jim hielt ihn fest, und er hielt sie fest. So zogen sie Miss Foley aus den ständig aus den Tiefen der See heranbrandenden Wogen der Spiegel.
Sie traten hinaus in den Sonnenschein.
Miss Foley preßte eine Hand an die verletzte Wange, murmelte etwas, lachte dann rasch auf, holte tief Luft und wischte sich über die Augen.
»Danke, Will, Jim. Vielen, vielen Dank! Ich wäre fast ertrunken. Ich meine – Will, du hattest recht! Mein Gott, habt ihr sie gesehen? Sie ist verloren, wird da drin ertrinken, das arme Mädchen, die arme, verlorene Seele ... Retten! Ja, wir müssen sie retten!«
»Miss Foley, au, Sie tun mir weh!« Will schob energisch ihre Faust beiseite, die noch immer seinen Arm umkrampfte. »Da drin ist doch keiner.«
»Ich hab' sie aber gesehen! Bitte! Seht doch! Rettet sie!«
Will sprang zum Eingang des Irrgartens und hielt inne. Das Mädchen an der Kasse streifte ihn mit einem verächtlichen Blick. Will kam langsam zu Miss Foley zurück.
»Ich kann's beschwören, Miss Foley – da ist weder vor noch nach Ihnen jemand reingegangen. Ich bin schuld, ich hab' den Witz mit dem Wasser gemacht, das muß Sie durcheinander gebracht haben. Sie haben sich dann verirrt und hatten Angst ...«
Sie schien ihn nicht gehört zu haben. Ihre Zähne gruben sich in ihren Handrücken, ihre Stimme klang wie die einer Ertrinkenden, die – fast schon erstickt – aus dem Wasser auftaucht, die keine Hoffnung mehr hatte und nun plötzlich wieder lebt.
»Niemand drin? Sie liegt ganz tief auf dem Grund. Armes Mädchen. Ich hab' sie gut gekannt. ›Ich kenne dich!‹ sagte ich, als ich sie vorhin sah. Ich winkte, sie winkte zurück. ›Hallo!‹ Ich rannte auf sie zu – bums, da fiel ich hin. Sie fiel hin. Tausendmal fiel sie hin. ›Warte!‹ rief ich. Sie sah so hübsch aus, so jung. Aber das machte mir angst. ›Was machst *du* denn hier drin?‹ fragte ich sie. Ich glaube, sie hat geantwortet: ›Wieso? Ich bin doch wirklich – aber du nicht!‹ Dann lachte sie, tief drunten im Wasser. Sie rannte zwischen den Spiegelbildern davon. Wir *müssen* sie finden, bevor ...«

Will legte seinen Arm um Miss Foley und hielt sie fest. Sie holte noch einmal tief Luft, dann wurde sie seltsam still. Jim starrte tief in die kalten Spiegel hinein und suchte vergebens nach Haien.
»Miss Foley, wie sah sie denn aus?« fragte er.
Miss Foleys Stimme klang matt, aber ruhig. »Nun, eigentlich – eigentlich sah sie aus wie ich vor vielen, vielen Jahren.«
Dann sagte sie: »Ich gehe jetzt nach Hause.«
»Miss Foley, wir ...«
»Nein. Bleibt ruhig hier, es geht schon wieder. Viel Spaß!«
Langsam ging sie weg, den breiten Weg entlang, sehr allein.
Irgendwo ließ ein großes Tier Wasser. Ammoniakgeruch machte den vorbeistreifenden Wind sehr alt.
»Ich gehe«, sagte Will.
»Will – wir bleiben bis zum Abend, bis es dunkel wird. Wollen doch alles ansehen. Oder willst du kneifen?«
»Nein«, murmelte Will. »Aber wer will noch einmal in den Irrgarten hineintauchen?«
Jim starrte wütend in die grundlose See, wo sich jetzt nur noch das Licht spiegelte, Leere vor ihren Augen.
»Niemand.« Sein Herz klopfte zweimal. »Ich glaube, niemand ...«

16

Bei Sonnenuntergang geschah es: Jim verschwand.
Am Vormittag und Nachmittag hatten sie lärmend alle Karussells ausprobiert, schmutzige Milchflaschen umgeworfen, nach Ringen geangelt und sich mit offenen Ohren, Augen und Nasen ihren Weg durch die quirlende Menge gebahnt, die auf Laub und Sägespänen herumtrampelte.
Dann war Jim auf einmal fort.
Will brauchte keinen zu fragen außer sich selbst. Zielsicher steuerte er durch die dünner werdende Menschenmenge unter dem Himmel, der sich pfirsichfarben rötete, bis er das Spiegelkabinett erreichte. Er bezahlte seinen Eintritt, tastete sich zwischen die Spiegel hinein und rief halblaut, aber nur einmal.
»Jim?«
Da war Jim. Halb versank er im kalten Glas, halb ragte er daraus hervor wie jemand, den man am Meeresufer allein gelassen hat, während sein guter Freund weit hinausgeschwommen ist. Da stand er nun und wartete, ob er jemals zurückkommen würde. Jim sah aus, als hätte er seit mindestens fünf Minuten keinen Finger gerührt, mit keiner Wimper gezuckt. Mit offenem Mund lauschte er der nächsten Woge entgegen, ob sie ihm mehr über den verlorenen Freund erzählen konnte.
»Jim, Komm hier heraus!«
»Will, laß mich in Ruhe!« Er seufzte leise.
»Den Teufel werd' ich!« Will stand mit einem Satz neben Jim,

packte ihn beim Gürtel und zog. Jim schien nicht einmal zu bemerken, daß er rücklings herausgezerrt wurde, so versunken war er in den Anblick eines unsichtbaren Wunders. Leise protestierte er: »Will, ach, Will! O Will ...«
»Jim, du bist übergeschnappt! Ich bring' dich nach Hause.«
»Was? Wie? Was?«
Sie standen im kalten Abendwind. Der Himmel war inzwischen dunkler als eine Pflaume. Hoch droben brannten ein paar Wolken im letzten Feuer der Sonne. Das Licht spiegelte sich auf Jims fiebrigen Wangen, seinen geöffneten Lippen, seinen großen tiefgrünen Augen.
»Jim, was hast du da drin gesehen? Dasselbe wie Miss Foley?«
»Was? Was?«
»Ich hau dir die Nase ein! Komm jetzt!« Will zerrte, schob und stieß. Er mußte seinen fiebernden, selbstvergessenen Freund halb tragen.
»Kann's dir nicht sagen. Glaubst es doch nicht. Kann's dir nicht sagen, was ich da drin ... Oh, da drin, da drin ...«
»Halt den Schnabel!« Will packte ihn beim Arm. »Machst mir genauso angst wie sie! Blödsinn! Bald Zeit zum Essen. Zu Hause glauben sie schon, wir sind tot und begraben.«
Sie schritten nun rasch aus. Ihre Sohlen drückten das nach Heu duftende Herbstgras nieder, die laubbestreuten Wiesen außerhalb der Zelte. Will blickte zur Stadt, Jim zurück zu den Zelten, zu den dunkler werdenden Fahnen, wo die Sonne sich unter der Erde versteckte.
»Will, wir müssen noch einmal hin. Heute nacht ...«
»Schön, dann gehst du allein hin.«
Jim blieb stehen.
»Du läßt mich ja doch nicht allein gehen. Du bist immer um mich herum, Will. Warum? Um mich zu beschützen?«
»Als ob du Schutz brauchst!« Will lachte, aber dann brach sein Lachen ab; denn Jim sah ihn an, und das letzte Licht erstarb auf seinen Lippen, in seinen Nasenlöchern, um die plötzlich tiefliegenden Augen.
»Du bist einfach immer bei mir, wie, Will?«
Jims warmer Atem traf ihn. In seinem Blut regte sich die alte, vertraute Antwort: Ja, ja, du weißt es doch – ja!
Gemeinsam stolperten sie über eine riesige dunkle Ledertasche.

17

Lange Zeit standen sie über die große Ledertasche gebeugt. Dann versetzte ihr Will fast verstohlen einen Tritt. In ihren Eingeweiden klapperte es wie Eisen.
»Schau mal – die gehört dem Blitzableiterverkäufer!« sagte Will.
Jim schob eine Hand ins lederne Maul und holte einen metallenen

Stab heraus, bedeckt mit Chimären, chinesischen Drachen, zähnefletschend, augenrollend, moosgrün gepanzert, alles wirr durcheinander. Jedes Symbol der ganzen Welt, das den Menschen Sicherheit verlieh oder von dem man das zumindest glaubte, war hier vertreten. Schwer von geheimnisvoller Bedeutung lag das Ding in der Hand des Jungen.
»Das Gewitter ist ausgeblieben. Aber er ist *fort.*«
»*Wohin?* Und warum hat er seine Tasche zurückgelassen?«
Sie blickten beide zurück zum Zirkus, wo die Dämmerung die Zeltbahnen dunkel anmalte. Kalte Schatten ergossen sich über die Wiese und hüllten sie ein. Leute fuhren müde mit den Autos nach Hause. Jungen auf Fahrrädern pfiffen hinter Hunden her. Bald gehörte der breite Mittelweg der Nacht, und die Schatten fuhren auf dem Riesenrad empor, um die Sterne zu verdunkeln.
Jim sagte: »Man läßt doch nicht sein ganzes Leben so herumliegen. Das war alles, was der alte Mann besaß. Etwas Wichtiges ...« Sein Atem war wie warme Glut. »Etwas Wichtiges muß geschehen sein, daß er sie vergessen hat. Er ist einfach weggegangen und hat die Tasche liegengelassen.«
»Aber was? Was ist so wichtig, daß man alles vergißt?«
Jim betrachtete seinen Freund mit seltsamem Ausdruck. Zwielicht umschattete sein Gesicht. »Nun, das kann dir keiner sagen. Du mußt selbst dahinterkommen. Geheimnisse über Geheimnisse. Ein Gewitterverkäufer. Die Tasche eines Gewitterverkäufers. Wenn wir nicht gleich nachsehen, erfahren wir es vielleicht nie.«
»Jim, in zehn Minuten ...«
»Klar. Dann ist's dunkel. Alle sind zu Hause beim Abendessen. Nur wir nicht. Aber ist das nicht ein herrliches Gefühl? Nur *wir*! Los, wir gehen wieder zurück!«
Als sie am Spiegelkabinett vorbeikamen, erblickten sie zwei ganze Armeen – eine Milliarde Jims, eine Milliarde Wills. Sie stießen zusammen, verschmolzen miteinander, verschwanden. Und wie diese beiden Geisterarmeen, so verschwanden auch die richtigen Menschenmengen. Die beiden Jungen standen allein zwischen den Ufern der Dunkelheit und dachten an all die anderen Jungen in der Stadt, die sich jetzt in warmen, gemütlichen Häusern zum Essen hinsetzten.

18

Auf dem Schild stand mit roten Lettern geschrieben: AUSSER BETRIEB! BETRETEN VERBOTEN!
»Das Schild hängt schon den ganzen Tag da. Ich glaub' solchen Schildern nicht«, sagte Jim.
Sie sahen sich das Karussell an, das versteckt unter einem knarrenden, rüttelnden Dach windzerzauster alter Eichen stand. Seine Pferde, Ziegen, Antilopen, Zebras, deren Rücken von Messingspeeren durchbohrt waren, verharrten in verkrampftem Sprung

wie im Todeskampf. Ihre verängstigten Augen erflehten Gnade, ihre vor Entsetzen grellen Zähne verhießen blutige Rache.
»Sieht gar nicht kaputt aus.«
Jim stieg über die klirrende Kette hinweg und sprang auf die Drehscheibe, die so groß war wie der Mond, mitten hinein zwischen die verängstigten, aber für immer erstarrten Tiere.
»Jim!«
»Will, das ist das einzige Karussell, das wir nicht ausprobiert haben. Also ...«
Jim schwankte. Das verrückte Karussell wippte unter seinem geringen Gewicht. Er stolperte durch metallenes Unterholz und zwischen wilden Tieren dahin. Dann schwang er sich auf seinen pflaumendunklen Wallach.
»He, Junge, hau ab!«
Aus dem Dunkel des Maschinenhauses tauchte ein Mann auf.
»Jim!«
Der Mann reckte seine Arme aus den Schatten zwischen Orgelpfeifen und mondsilbernen Trommeln und hob Jim hoch in die Luft.
Jims Stimme wurde schrill.
»Hilfe! Will, hilf mir!«
Will sprang zwischen den Tieren hindurch.
Der Mann lächelte ein wenig, packte ihn, hob ihn hoch und setzte ihn neben Jim. Sie starrten hinab auf flammendrotes Haar, helle, flammendrote Augen, gewaltige Muskeln.
»Außer Betrieb!« sagte der Mann. »Könnt ihr nicht lesen?«
»Setzen Sie die beiden runter«, sagte eine sanfte Stimme.
Aus luftiger Höhe blickten Jim und Will auf einen zweiten Mann hinab, der groß und schlank vor der Kette stand.
»Runter!« befahl der Mann noch einmal.
Sie wurden durch den metallenen Wald wilder, doch regungsloser Tiere getragen und im Staub abgesetzt.
»Wir wollten nur ...«, sagte Will.
»Neugierig?« Der andere Mann war so groß wie ein Laternenpfahl. Sein blasses Gesicht, narbig wie die Mondscheibe, warf einen Schimmer auf jeden, der darunter stand. Seine Weste hatte die Farbe frischen Blutes. Seine Augenbrauen, sein Haar, sein Anzug – alles schwarz wie Lakritze. Der sonnengelbe Edelstein, der in seiner Krawattennadel blitzte, strahlte dasselbe harte, kalte Licht aus wie seine Augen. Doch in diesem einen Augenblick war Will alles klar – ihn faszinierte nur noch der Anzug. Er schien aus der harten, federnden Wolle eines Ebers gewebt zu sein, steif, leise zitternd, kratzend, ewig glitzernd. Das Licht spiegelte sich in dem Anzug und zitterte wie auf tausend schwarzen Tweedfasern, die immer kitzelten und den lang aufgeschossenen Körper des Fremden in ständiger Bewegung hielten, ihn quälten, bis es schien, daß er sich schreiend die Kleider vom Leib reißen müsse. Aber er stand da, ruhig und

gelassen wie der Mond, in seinem kratzigen Tweedanzug und blickte mit seinen gelben Augen auf Jims Mund. Will beachtete er gar nicht.

»Ich heiße Dark.«

Er zückte eine weiße Visitenkarte. Sie wurde blau.

Pswsws. Rot.

Psstwsst. Ein grüner Mann baumelte von einem Zweig und trat auf die Karte.

Fscht-sst.

»Dark. Und mein Freund hier mit den roten Haaren ist Mr. Cooger, von Cooger & Dark ...«

Flpp-fscht-ssst.

Namen tauchten auf dem weißen Rechteck auf, verschwanden wieder.

»Kombinierte Schattenspiele ...«

Tick-wssst.

Eine Waldhexe rührte in einem Topf dampfender Kräuterbrühe.

»... und internationale Grusel-Theater-Schau ...«

Er reichte Jim die Karte. Jetzt stand darauf:

Unsere Spezialität:
Überprüfung, Reinigung und Ölen von
Todesuhr-Käfern.

Jim las es gelassen. Ebenso gelassen schob Jim eine Hand in seine geräumigen, unergründlichen Hosentaschen, suchte darin herum und hielt dem Mann die Hand hin.

Auf seiner Handfläche lag ein toter brauner Käfer.

»Da«, sagte Jim. »Reparieren Sie *das*!«

Mr. Dark lachte schallend. »Großartig! Mach' ich!« Er streckte die Hand aus. Sein Hemdsärmel rutschte hoch. Über sein Handgelenk krochen hellrote, schwarze, grüne und stahlblaue Egel, Würmer und Schnecken.

»Junge, Junge!« rief Will. »Dann müssen Sie der tätowierte Mann sein!«

»Nein.«

Jim betrachtete den Fremden. »Der illustrierte Mann, das ist etwas anderes.«

Mr. Dark nickte geschmeichelt. »Wie heißt du, mein Junge?«

Sag's ihm nicht, dachte Will. Dann faßte er sich und fragte sich: Warum eigentlich nicht?

Jims Lippen bewegten sich kaum.

»Simon«, sagte er.

Dabei lächelte er, um zu zeigen, daß es eine Lüge war.

Mr. Dark lächelte zurück. Er wußte Bescheid.

»Willst du noch mehr sehen, ›Simon‹?«

Jim gönnte ihm den Triumph nicht, ihn nicken zu sehen.

Langsam, mit vergnügtem Lächeln, schob Mr. Dark seinen Hemdsärmel bis zum Ellbogen hoch.

Jim riß die Augen auf. Der Arm war wie eine Kobra, die zuckt und sich wiegt, ehe sie zustößt. Mr. Dark ballte die Faust, wackelte mit den Fingern. Die Muskeln tanzten.
Will wollte näher treten, damit er auch etwas sehen konnte, aber er konnte immer nur beobachten und dabei denken: Jim, ach Jim!
Da stand Jim, und da stand der große Mann, und jeder musterte den anderen wie sein Spiegelbild in einem leeren Schaufenster am Abend. Von dem dunklen, groben Anzug des Mannes fielen Schatten auf Jims Gesicht, krochen in seine Augen und ließen sie gewitterdunkel erscheinen und nicht so lebhaft grün, wie sie sonst immer blickten. Jim stand da, als habe er einen langen Dauerlauf hinter sich, atmend, die Hand wie nach einem Geschenk ausgestreckt. Es war ein Geschenk aus zuckenden Bildern. Mr. Dark ließ seine Illustrationen, die kalthäutigen Tiere, über sein warm durchpulstes Handgelenk springen. Am Himmel traten die Sterne hervor, und Jim starrte nur. Will konnte nichts sehen. Weit in der Ferne kehrten die letzten Besucher in ihren Autos zur Stadt zurück.
»Donnerwetter!« sagte Jim schwach, und Mr. Dark rollte seinen Ärmel wieder herab.
»Vorstellung beendet. Essenszeit. Zirkus bleibt bis sieben geschlossen. Raus mit euch! Komm wieder, ›Simon‹. Du darfst auf dem Karussell fahren, sobald es repariert ist. Hier, eine Freikarte.«
Jim starrte das nun bedeckte Handgelenk an und schob die Karte in seine Tasche.
»Wiedersehen!«
Jim rannte. Will rannte.
Jim fuhr herum, blickte zurück, machte einen Satz und war zum zweiten Mal innerhalb einer Stunde verschwunden.
Will blickte hinauf in den Baum. Dort hockte Jim versteckt auf einem Ast. Er schaute zurück. Mr. Dark und Mr. Cooger kehrten ihnen die Rücken zu und arbeiteten an ihrem Karussell.
»Rasch, Will!«
»Jim . . .«
»Sie sehen dich sonst. Rauf!«
Will sprang hoch. Jim zog ihn auf den Ast. Der hohe Baum bebte. Am Himmel heulte der Wind. Will keuchte, und Jim hielt ihn zwischen den Zweigen fest.
»Jim, wir haben hier nichts zu suchen.«
»Halt den Mund. Schau doch!« flüsterte Jim.
Irgendwo in der Maschinerie des Karussells klapperte Eisen. Es quietschte leise, dann pfiff der Dampf durch die Pfeifen der Zirkusorgel.
»Was war auf seinem Arm zu sehen, Jim?«
»Ein Bild.«
»Was für ein Bild?«
»Es war . . .« Jim schloß die Augen. »Ein Bild. Von einer – Schlange.

Ja – eine Schlange.« Aber als er die Augen wieder öffnete, konnte er Will nicht ansehen.
»Na schön, wenn du's mir nicht sagen willst.«
»Ich hab's dir doch gesagt, Will. Eine Schlange. Ich sag' ihm nachher, er soll's dir auch zeigen, wenn du willst. Ja?«
Nein, dachte Will. Ich will es nicht.
Er sah hinab auf die Millionen Fußspuren in den Sägespänen des verlassenen Weges. Plötzlich war Mitternacht viel näher als Mittag.
»Ich geh' nach Hause . . .«
»Klar, Will, geh nur. Spiegelgewirr, alte Lehrerinnen, verlorene Blitzableitertaschen, ein Blitzableiterverkäufer verschwindet – aber du willst nach Hause gehen. Schlangenbilder zucken, die Karussells sind wieder in Ordnung – geh nur, Will, alter Freund. Geh nur!«
»Ich . . .« Will blickte hinab und erstarrte.
»Alles klar?« rief unten eine Stimme.
»Klar!« rief jemand vom anderen Ende des Mittelganges zurück.
Mr. Dark trat, keine zwanzig Schritte entfernt, an einen roten Schaltkasten neben der Kasse des Karussells. Er sah sich nach allen Seiten um. Er starrte in den Baum hinauf.
Will machte sich klein, Jim machte sich klein. Sie verschmolzen fast mit dem Ast.
»Einschalten!«
Das Karussell setzte sich knarrend und klappernd in Bewegung. Zügel strafften sich, es hob und senkte sich.
Aber – es ist doch kaputt! dachte Will. Es ist doch außer Betrieb! Er warf Jim einen raschen Blick zu. Der deutete heftig nach unten.
Das Karussell drehte sich – jawohl . . .
Aber es drehte sich *rückwärts*!
Die kleine Zirkusorgel, die dazu gehörte, klapperte mit den Trommeln, die nach nervösen Hengsten klangen. Herbstliche Zymbeln gellten, Kastagnetten klapperten, dann krächzten heiser, halb erstickt, seufzend die Pfeifen und Flöten.
Auch die Musik läuft *rückwärts*, dachte Will.
Mr. Dark fuhr herum und blickte nach oben, als hätte er Wills Gedanken gehört. Ein Windstoß schüttelte die schwarz aufragenden Wipfel. Achselzuckend wandte sich Mr. Dark ab.
Das Karussell drehte sich schneller, kreischend, holpernd, immer rundherum – rückwärts!
Nun kam Mr. Cooger, der Mann mit dem feuerroten Haar und den leuchtendblauen Augen, den Mittelgang entlang und schaute sich um. Genau unter ihrem Baum blieb er stehen. Will hätte ihm leicht auf den Kopf spucken können. Dann stieß die Zirkusorgel einen durchdringenden Schrei aus, unheimlich, mörderisch, der die Hunde in fernen Ländern angstvoll aufheulen ließ. Mr. Cooger drehte sich um, rannte zurück und sprang auf das verkehrte Tierleben, zwischen die Kreaturen, die sich mit dem Schwanz voran in endlosen

nächtlichen Kreisen einer unbekannten, ewig verborgenen Bestimmung entgegenbewegten. Seine Hand klatschte gegen metallene Stangen. Er schwang sich auf einen Sitz, dann blieb er mit seinem roten Stoppelhaar, seinem geröteten Gesicht und den unglaublich scharfen blauen Augen regungslos sitzen, rückwärts reitend, immer zurück. Und die Musik lief verkehrt ab wie lautes Atemholen.
Diese Musik, dachte Will, was ist das nur? Woher weiß ich, daß sie verkehrt herum abläuft? Er umklammerte den Ast, suchte nach der Melodie und bemühte sich, sie in seinem Kopf umzukehren. Doch die Messingbecken, die Trommeln hämmerten gegen seine Brust, zerrten an seinem Herzen, bis er spürte, wie sich sein Puls umkehrte, sein Blut verkehrt herum durch den Körper strömte. Fast stürzte er vom Baum. Er konnte sich nur festklammern. Bleich nahm er das Bild in sich auf: Das rückwärts laufende Karussell und Mr. Dark, der an den Hebeln und Schaltern arbeitete.
Jim bemerkte die Veränderung zuerst. Er versetzte Will einen Stoß. Will schaute zu ihm hinüber; da deutete Jim mit dem Kopf auf den Mann im Karussell, als er das nächste Mal im Kreis nach vorn kam.
Mr. Coogers Gesicht schmolz dahin wie rosa Wachs.
Seine Hände wurden zu Puppenhänden.
Seine Knochen sanken im Anzug zusammen, und der Anzug schrumpfte ein, bis er zu dem kleiner gewordenen Körper paßte.
Sein Gesicht blitzte als heller Fleck auf, und bei jeder Runde schmolz es mehr zusammen.
Will sah, wie Jims Kopf sich mit dem Karussell drehte.
Das Karussell kreiste, ein riesiger, verkehrtherum ablaufender Alptraum, die Pferde galoppierten rückwärts, die Musik war ein Einatmen, während Mr. Cooger – einfach wie der Schatten, einfach wie das Licht, einfach wie die Zeit – immer jünger wurde. Immer jünger und jünger.
Jedesmal wenn er auftauchte, bogen sich seine Knochen wie warm gewordene Kerzen, schmolzen dahin, der Jugend entgegen. Er starrte verzückt umher, in den Baum mit den Jungen, bis er sich wieder von ihnen entfernte. Seine Nase wurde kleiner, seine Ohren aus rosa Wachs nahmen die Formen zarter Kinderohren an.
Mr. Cooger hatte seine Rückwärtsfahrt mit Vierzig begonnen. Jetzt war er nur noch neunzehn.
Immer im Kreise lief die verkehrte Parade von Pferd, Pfosten, Musik. Aus dem Mann wurde ein junger Mann, aus dem jungen Mann rasch ein Knabe ...
Mr. Cooger war siebzehn. Sechzehn ...
Noch eine Runde und noch eine unter dem Himmel und den Bäumen. Will flüsterte, und Jim zählte die Kreise, die das Karussell zog. Die Nachtluft erwärmte sich zu sommerlicher Hitze – das kam von der Reibung sonnengelben Metalls, der leidenschaftlichen Rück-

wärtsflucht der Tiere. Die Wachspuppe schmolz mehr und mehr zusammen, immer seltsamere Musik umspülte sie, bis alles aufhörte, zu absoluter Stille erstarb, bis die Orgel verstummte, die eisernen Eingeweide der Maschine zischend stehenblieben, bis das Karussell mit einem letzten leisen Singen wie von Wüstensand, der in arabischen Stundengläsern aufstieg, auf der Dünung von Wasser und Tang schwankte und schließlich stillstand.
Die Gestalt in dem weißen hölzernen Schlitten war sehr klein geworden.
Mr. Cooger war zwölf Jahre alt.
Nein. Wills Lippen formten das Wort. Jims Lippen sagten auch nein.
Die kleine Gestalt verließ die schweigende Welt. Das Gesicht lag im Schatten, doch die Hände, rosa und runzelig wie bei einem neugeborenen Baby, streckten sich dem grellen, bunten Licht der Zirkusbeleuchtung entgegen.
Der seltsame Mann-Junge warf einen Blick nach oben, nach unten. Er spürte irgendwo in der Nähe die Gefahr, den Schrecken. Will krümmte sich zusammen und schloß ganz fest die Augen. Er fühlte fast, wie die entsetzlichen Blicke wie Pfeile aus einem Blasrohr durch die Zweige schossen und dicht an ihm vorbeizischten. Dann sauste die kleine Gestalt hastig wie ein Hase den menschenleeren Mittelgang des Zirkus entlang.
Jim schob zuerst die Blätter beiseite.
Auch Mr. Dark war fort, verschwunden in der Dämmerung.
Der Sprung hinab zur Erde schien Jim eine Ewigkeit zu dauern. Will sprang ihm nach. Schockiert standen sie nebeneinander, erschüttert von lautlosen Gesten, hin- und hergerissen von Ereignissen, die nur noch betäubender waren, weil sie sich in der Nacht, im Unbekannten verloren. Verwirrt und zitternd hielten sie sich aneinander fest und sahen den kleinen Schatten davonhuschen. Er wollte sie über die Wiesen locken. Jim fand zuerst die Sprache wieder.
»Will, wenn wir nur nach Hause gehen könnten! Wenn wir nur zum Essen gehen könnten! Aber jetzt ist's zu spät, jetzt haben wir's gesehen. Wir müssen noch mehr sehen! Oder nicht?«
»Herr im Himmel!« stöhnte Will verzweifelt. »Ich glaube schon.«
Gemeinsam rannten sie los, hinter dem Unbekannten her, das wer weiß wohin führte.

19

Draußen auf der Landstraße waren gerade die letzten matten Farbtönungen der Sonne hinter den Bergen verschwunden. Das, was sie jagten, war ihnen so weit voraus, daß es im Lampenschein nur noch ein winziger Fleck war, im nächsten Augenblick schon rannte es frei in die Dunkelheit hinein.

»Achtundzwanzig!« keuchte Jim. »Achtundzwanzigmal!«
»Das Karussell, klar!« Will machte eine ruckartige Kopfbewegung. »Achtundzwanzig hab' ich gezählt, und es lief rückwärts.«
Vor ihnen hielt die winzige Gestalt an und blickte zurück.
Jim und Will versteckten sich hinter einem Baum und warteten, bis es sich weiterbewegte.
»Es«, dachte Will. Warum denke ich immer »Es«? Er ist ein Junge, er ist ein Mann ... nein ... *es* ist etwas anderes, Verändertes, deshalb denke ich immer »Es«.
Sie erreichten die Stadtgrenze und rannten weiter. Kurzatmig rief Will: »Jim, da müssen *zwei* auf dem Ding gewesen sein, Mr. Cooger *und* der Junge und ...«
»Nein. Ich habe ihn nicht aus den Augen gelassen.«
Sie rannten an dem Friseurladen vorbei. Will sah ein Schild im Fenster und sah es doch wieder nicht. Er las es und las es doch nicht. Er erinnerte sich daran und vergaß es wieder. Er rannte weiter.
»He – er ist in die Culpepper Street abgebogen! Schnell!«
Sie bogen um eine Ecke.
»Er ist weg!«
Die Straße lag lang und leer im Licht der Straßenleuchten vor ihnen. Welke Blätter raschelten auf den Bürgersteigen, auf die mit Kreide Kästchen für Kinderspiele gemalt waren.
»Will, in der Straße wohnt Miss Foley.«
»Weiß ich. Im vierten Haus, aber ...«
Jim schlenderte gemächlich weiter, pfeifend, die Hände in den Hosentaschen. Will folgte ihm. Als sie an Miss Foleys Haus vorbeikamen, blickten sie hinauf.
An einem der erleuchteten vorderen Fenster stand jemand und blickte heraus.
Ein Junge. Nicht älter als zwölf Jahre.
»Will!« rief Jim halblaut. »Der Junge ...«
»Ihr Neffe ...«
»Neffe – Hölle! Schau nicht hin, vielleicht kann er von den Lippen ablesen. Geh langsam. Bis zur Ecke und wieder zurück. Siehst du sein Gesicht? Die Augen, Will! Die verändern sich bei einem Menschen nie, bei jung oder alt, sechs oder sechzig Jahre. Klar, ein Jungengesicht, aber die Augen waren die von Mr. Cooger.«
»Nein!«
»Ja!«
Sie blieben beide stehen und genossen erregt das Herzklopfen des anderen.
»Los, weiter!« Sie gingen weiter. Jim hielt Will am Arm fest und führte ihn. »Du hast doch Mr. Coogers Augen gesehen, nicht? Wie er uns gepackt hat und die Köpfe zusammenstoßen wollte? Und du hast den Jungen gesehen, wie er von dem Karussell gestiegen ist? Er hat unter dem Baum gestanden und genau zu mir raufgeschaut – Junge! Das war, wie wenn man die Tür von 'nem Heizkessel

aufmacht! Die Augen vergesse ich nie! Da sind sie wieder, die Augen, da in dem Fenster. Umkehren! Los, wir gehen ganz langsam und gemächlich wieder zurück. Wir müssen doch Miss Foley warnen, daß er sich in ihrem Haus versteckt, oder nicht?«
»Jim, dir ist's doch ganz egal, ob sich was in Miss Foleys Haus versteckt oder nicht.«
Jim sagte nichts. Arm in Arm mit Will schlenderte er die Straße entlang, sah einmal zu seinem Freund hinüber, senkte die Lider über die grünen Augen und ging weiter.
Und wieder beschlich Will bei diesem Blick das Gefühl, das ihn an einen beinahe vergessenen Hund erinnerte. Irgendwann in jedem Jahr lief der Hund hinaus in die Welt, blieb tagelang weg und kam schließlich humpelnd zurück, zerzaust, zerbissen, stinkend und schlammbeschmiert; er hatte sich in den dreckigen Abfallhaufen der ganzen Welt gewälzt, um dann ganz einfach wieder mit einem kleinen Lächeln um die schnurrbärtige Hundeschnauze nach Hause zu kommen. Dad nannte den Hund Plato, nach dem Philosophen der Wildnis, weil man seinen Augen anmerkte, daß es nichts gab, was er nicht wußte. Danach pflegte der Hund wieder monatelang friedlich und brav dahinzuleben, bis er wieder verschwand und alles von vorn begann.
Als er nun die Straße entlangging, glaubte Will, daß Jim leise vor sich hin wimmerte. Er spürte, wie Jims Muskeln sich versteiften, sah, wie er die Ohren anlegte und ins Dunkle schnupperte. Jim roch Dinge, die andere Leute nie riechen, er hörte Uhren schlagen, die eine andere Zeit anzeigten. Selbst seine Zunge sah seltsam aus, wie er sich damit langsam erst über die untere dann über die obere Lippe fuhr. Sie blieben vor Miss Foleys Haus stehen.
Das Fenster war leer.
»Ich gehe hin und läute«, sagte Jim.
»Was – ihm Auge in Auge gegenübertreten?!«
»Hexenaugen, Will. Müssen doch nachsehen, wie? Ihm die Pfote schütteln, ihm *ins* Auge blicken oder so ähnlich, und wenn *er* es wirklich ist . . .«
»Wir können Miss Foley doch nicht warnen, wenn er dabei ist, nicht wahr?«
»Esel, wir rufen sie nachher an. Los, gehen wir hin.«
Will seufzte und ließ sich zur Haustür ziehen. Er wollte es wissen und doch wieder nicht wissen – ob dieser Junge Mr. Cooger in sich versteckte, ob er ihm aus den Augen blickte wie ein Glühwürmchen.
Jim drückte auf den Klingelknopf.
»Und wenn *er* aufmacht?« fragte Will. »Junge, ich hab' solche Angst, daß ich mir fast . . . Jim, warum hast du eigentlich keine Angst, warum nicht?«
Jim betrachtete seine Hände. Sie zitterten nicht. »Verdammt«, sagte er. »Ich hab' wirklich keine Angst!«

Die Tür flog auf.
Miss Foley strahlte sie an.
»Jim! Will! Wie nett!«
»Miss Foley, alles okay?« platzte Will heraus.
Jim warf ihm einen bösen Blick zu. Miss Foley lachte.
»Warum sollte es denn nicht?«
»Will wurde rot. »Die verdammten Spiegel auf dem Festplatz ...«
»Unsinn, das hab' ich schon wieder vergessen. Na, Jungens, kommt ihr herein?«
Sie hielt ihnen die Tür auf.
Will scharrte mit den Füßen und blieb stehen.
Hinter Miss Foley blähte sich ein Vorhang wie eine blauschwarze Gewitterwolke vor dem Eingang zum Wohnzimmer. Wo der dunkle Regenschauer des wallenden Vorhangs den Boden berührte, schauten ein paar staubige Schuhe hervor. Der Junge, das Böse, lauerte ganz in der Nähe.
Böse? Will blinzelte. Warum böse? Deshalb! Dieses »Deshalb« war ihm Grund genug. Ein Junge – jawohl. Und böse auch.
»Robert?« Miss Foley drehte sich um und rief durch den beständig fallenden Vorhangregen nach hinten. Sie nahm Will bei der Hand und zog ihn sanft ins Haus. »Komm, Robert, ich möchte dich mit zwei meiner Schüler bekanntmachen.«
Der Regen wurde beiseite geschoben. Eine kecke rosafarbene Hand kam wie von allein vor, als wollte sie fühlen, wie das Wetter auf dem Flur war.
Lieber Himmel, dachte Will, gleich sieht er mir in die Augen! Er sah das Karussell und sich selbst darauf, und es fuhr immer rückwärts, rückwärts. Ich *weiß* doch, das Bild ist in meinen Augen zu lesen, als sei ich vom Blitz getroffen!
»Miss Foley!« sagte Will.
Nun schob sich ein rosa Gesicht durch die matte, gefrorene Gewitterwolke.
»Wir müssen Ihnen etwas Schreckliches sagen.«
Jim stieß Will hart mit dem Ellbogen an, damit er den Mund halten sollte.
Nun kam auch der Körper aus der dunklen Regenwolke zum Vorschein. Hinter dem kleinen Jungen schloß sich der Vorhang wieder.
Miss Foley beugte sich erwartungsvoll zu Will herab. Jim packte ihn fest beim Ellbogen. Er stotterte, wurde feuerrot, dann sprudelte er es heraus.
»Mr. Crosetti!«
Ganz plötzlich hatte er wieder klar und deutlich das Schild im Fenster des Friseurladens vor Augen. Das Schild, das er im Vorbeilaufen gesehen und doch wieder nicht gesehen hatte.

WEGEN KRANKHEIT GESCHLOSSEN

»Mr. Crosetti!« sagte er noch einmal und fügte hastig hinzu: »Er ist – tot!«
»Wer – der Friseur?«
»Der Friseur?« fragte Jim wie ein Echo.
»Hier, meine Haare.« Zitternd zeigte Will auf seinen Kopf. »Er hat sie mir geschnitten. Gerade sind wir dort vorbeigekommen, und da hing das Schild im Fenster, und die Leute haben uns gesagt ...«
»Wie furchtbar.« Miss Foley zog den fremden Jungen nach vorn. »Das tut mir aber wirklich leid. – Jungens, das ist Robert, mein Neffe aus Wisconsin.«
Jim streckte seine Hand aus. Robert, der Neffe, betrachtete sie neugierig. »Was schaust du mich so an?« fragte er.
»Du kommst mir bekannt vor«, sagte Jim.
Jim, schrie Will, ohne einen Ton über die Lippen zu bringen.
»Wie ein Onkel von mir«, fügte Jim gelassen und freundlich hinzu.
Der Neffe sah Will an, doch der senkte den Blick, damit der andere in seinen Augen nicht das wirbelnde Karussell erblicken sollte. Verrückt – jetzt hätte er am liebsten die verkehrtherum ablaufende Melodie gesummt.
Nein, dachte er. Sieh ihn an!
Er sah dem Jungen gerade in die Augen.
Es war Wahnsinn, es war verrückt, und der Boden sank ihm unter den Füßen weg; denn vor sich hatte er die rosafarbene, glänzendglatte Karnevalsmaske eines hübschen Jungengesichts, aber es war, als seien Löcher hineingeschnitten, und aus diesen Löchern blickten ihn Mr. Coogers Augen an, alte, alte Augen, helle, scharfe blaue Sterne. Sterne, von denen das Licht eine Million Jahre braucht, bevor es hier ist. Und durch die kleinen Nasenlöcher, die in die Maske geschnitten waren, atmete Mr. Cooger Dampf ein und atmete Eis aus. Und die zuckersüße rote Zunge bewegte sich klein und versteckt hinter den blitzendweißen Zähnen wie auf einer Zahnpastareklame.
Irgendwo hinter den Augenschlitzen machte Mr. Cooger mit seinen Insektenpupillen *klick-klick*. Die Iris explodierte hell wie eine Sonne, dann brannte sie wieder frostig und ruhig.
Er sah Jim an. *Klick-klick*. Wie mit einer Kamera hatte er Jim anvisiert, eingestellt, geknipst, entwickelt, irgendwo im Dunkeln archiviert. *Klick-klick*.
Und doch geschah nichts weiter, als daß ein kleiner Junge mit einer Frau und zwei anderen Jungen auf dem Flur stand ...
Die ganze Zeit erwiderte Jim unverwandt den Blick und schoß unbekümmert seine eigenen Bilder von Robert.
»Habt ihr Jungen eigentlich schon gegessen?« fragte Miss Foley.
»Wir wollten uns gerade hinsetzen ...«
»Wir müssen gehen!«
Sie alle sahen Will an, als seien sie erstaunt darüber, daß er nicht ewig so dastehen wollte.

»Jim . . .«, stammelte er. »Deine Mom ist allein zu Hause . . .«
»Ach, ja, richtig«, murmelte Jim widerwillig.
»Ich weiß was.« Der Neffe wartete, bis er ihre volle Aufmerksamkeit hatte. Als sie ihm die Gesichter zuwandten, machte Mr. Cooger in seinem Kopf *klick-klick*, lauschte durch die Spielzeugohren, beobachtete sie durch die Puppenaugen und benetzte den Puppenmund mit einer winzigen Pekinesenzunge. »Ihr kommt nachher zum Nachtisch vorbei, okay?«
»Nachtisch?«
»Ich führe Tante Willa in den Zirkus.« Er streichelte Miss Foleys Arm, bis sie nervös lachte.
»Zirkus?« schrie Will, dann senkte er die Stimme. »Miss Foley, Sie haben doch gesagt . . .«
»Ich habe gesagt, es war dumm von mir, mir eine solche Angst selbst einzureden«, sagte Miss Foley. »Wir haben Samstagabend, das ist der beste Abend für die Vorstellungen, und ich möchte meinem Neffen doch etwas bieten.«
»Kommt ihr mit?« fragte Robert und hielt Miss Foley bei der Hand. »Bis später?«
»Prima!« sagte Jim.
»Jim«, sagte Will. »Wir waren den ganzen Tag draußen. Deine Mom ist doch krank.«
»Das habe ich glatt vergessen.« Jim schleuderte ihm einen Blick zu, der vor blankem Schlangengift nur so troff.
Klick. Der Neffe machte eine Röntgenaufnahme von den beiden. Zweifellos sah er dabei eiskalte Gebeine, die im warmen Fleisch bebten. Dann streckte er die Hand aus.
»Na, dann bis morgen. Treffen uns auf dem Festplatz.«
»Fein!« Jim nahm die schmale Kinderhand.
»Bis dann!« Will stürzte zur Tür hinaus, dann drehte er sich um und wandte sich inständig bittend an seine Lehrerin.
»Miss Foley . . .«
»Ja, Will?«
Geh nicht mit dem Jungen hin, dachte er. Wag dich nicht in die Nähe des Festplatzes. Bitte, bitte, bleib zu Hause!
Doch dann sagte er: »Mr. Crosetti ist tot.«
Sie nickte gerührt und wartete auf seine Tränen. Während sie noch wartete, zerrte er Jim nach draußen. Die Tür schlug zu. Drin blieben Miss Foley und der Junge mit den Fotoaugen in dem kleinen rosa Gesicht, die immer *klick-klick* machten und zwei verwirrte Jungen fotografierten, wie sie in der Oktoberdämmerung die Stufen hinunterstolperten, während in Wills Kopf wieder das Karussell zu kreisen begann und die Blätter in den Bäumen über ihren Köpfen im Wind flüsterten und raschelten.
Draußen platzte Will heraus: »Jim, du hast ihm die Hand gegeben! Ihm, Mr. Cooger! Du willst dich doch nicht etwa mit ihm *treffen*?«

»Na schön, es ist Mr. Cooger. Junge, diese Augen! Wenn ich mich heute abend mit ihm treffe, dann geht alles in einem Aufwaschen. Will, was ist denn los mit dir?«
»Mit mir?« Sie standen am Gartenzaun, wisperten heftig miteinander und warfen ab und zu einen scheuen Blick zum Fenster hinauf, wo gelegentlich ein Schatten vorbeihuschte. Will hielt inne. Die Musik begann wieder in seinem Kopf zu orgeln. Verdutzt blinzelte er.
»Jim – die Melodie, die die Orgel spielte, als Mr. Cooger immer jünger wurde ...«
»Ja?«
»Das war der Trauermarsch – rückwärts abgespielt!«
»Welcher Trauermarsch?«
»Welcher! Jim, Chopin hat doch nur den geschrieben. *Den* Trauermarsch!«
»Aber warum lief er rückwärts ab?«
»Mr. Cooger marschierte doch *weg* vom Grab, nicht drauf zu. Er wurde doch kleiner, jünger, statt älter ...«
»Will, du bist toll!«
»Klar, aber ...« Will wurde starr. »Er ist da. Am Fenster. Wink ihm zu. Wiedersehen! Und nun geh weiter und pfeif etwas. *Nicht* Chopin, um Himmels willen ...«
Jim winkte, Will winkte. Beide pfiffen »O Susanna«.
Der Schatten am Fenster machte eine Handbewegung.
Da rannten die beiden Jungen die Straße entlang.

20

In zwei Häusern wartete das Essen.
Eine Stimme schrie Jim an, zwei Stimmen schrien Will an.
Beide wurden hungrig nach oben geschickt.
Um sieben Uhr fing es an, um drei Minuten nach sieben war es vorbei.
Türen schlugen. Schlösser klickten.
Uhren tickten.
Will lehnte an der Tür. Das Telefon stand unerreichbar draußen. Und selbst wenn er anrief, würde Miss Foley sich nicht melden. Inzwischen hatte sie die Stadt schon verlassen ... Mein Gott! Außerdem – was sollte er sagen? Miss Foley, dieser Neffe ist nicht Ihr Neffe? Dieser Junge ist kein Junge? Würde sie nicht lachen? Natürlich würde sie lachen. Denn der Neffe war ihr Neffe, und der Junge war ein Junge, jedenfalls schien es so.
Er wandte sich zum Fenster. Drüben, auf der anderen Straßenseite, stand Jim mitten in seinem Zimmer und kämpfte mit denselben Sorgen. Jeder trug den Kampf mit sich allein aus. Es war noch zu früh, das Fenster zu öffnen und einander zuzuflüstern. Unten paß-

ten die Eltern auf, spitzten die Ohren, als hätten sie winzige Antennen drin.
In beiden Zimmern warfen sich die Jungen auf ihre Betten, suchten in den Tiefen der Matratzen nach Schokoladenstücken, die sie da in fetten Zeiten versteckt hatten, und aßen bedrückt.
Uhren tickten.
Neun. Halb zehn. Zehn.
Ein leises Rütteln an der Tür. Dad machte auf.
Dad, dachte Will. Komm herein. Wir müssen miteinander reden!

Aber Dad schwieg draußen auf dem Flur. Nur seine Verwirrung, sein stets erstauntes, immer ein wenig bestürztes Gesicht war durch die Tür zu spüren.
Er kommt nicht herein, dachte Will. Herumlaufen, drumherumreden, den Dingen davonlaufen – ja. Aber herkommen, hinsetzen, zuhören? Wann hatte er das je getan? Wann würde er es einmal tun?
»Will ...«
Will zuckte zusammen.
»Will«, sagte Dad. »Will, sei vorsichtig.«
»Vorsichtig?« schrie Mutter im Flur. »Mehr willst du ihm nicht sagen?«
»Was denn sonst noch?« Dad ging die Treppe hinunter. »Er springt, ich krieche. Wie kann man zwei solche Menschen zusammenbringen? Er ist zu jung, ich bin zu alt. Gott, manchmal wünsche ich mir, wir hätten nie ...«
Die Tür schlug zu. Dad ging auf dem Bürgersteig davon.
Will hätte am liebsten das Fenster aufgestoßen und ihm nachgerufen. Dad war plötzlich so einsam und verloren in der Nacht. Es geht nicht um mich, Dad, mach dir meinetwegen keine Sorgen, Dad, dachte er, aber du sollst zu Hause bleiben! Draußen ist's nicht sicher. Geh nicht weg!
Aber er schwieg. Und als er schließlich ganz leise das Fenster öffnete, war die Straße leer. Er wußte, es war nur eine Frage der Zeit, bis auf der anderen Seite der Stadt das Licht im Fenster der Bibliothek anging. Wenn die Flüsse über die Ufer traten, wenn Feuer vom Himmel fiel, welch ein schöner, sicherer Platz war dann doch die Bibliothek mit ihren vielen Sälen, ihren vielen Büchern. Mit ein bißchen Glück findet einen keiner. Wie sollten sie auch, wenn man weit fort war, in Tanganjika im Jahre 1898, in Kairo im Jahre 1812, in Florenz im Jahre 1492?
»Vorsichtig ...«
Was meinte Dad damit? Roch er das Schreckliche, hatte er die Musik gehört, war er um die Zelte geschlichen? Nein. Nein, das täte Dad niemals.
Will warf ein Steinchen hinüber an Jims Fenster.
Klapp. Stille.

Er stellte sich Jim vor, wie er im Dunkeln saß, sein Atem leuchtend wie Phosphor in der Luft.
Klapp. Stille.
Das sah Jim nicht ähnlich. Früher war dann immer das Fenster aufgegangen, Jims Kopf war herausgekommen, Rufe, geheimnisvolles Flüstern auf den Lippen, Kichern, Streiche, Dummheiten.
»Jim, ich weiß doch, daß du da bist!«
Klapp.
Stille.
Dad ist in der Stadt. Bei Miss Foley ist Duweißtschonwer, dachte er. Mein Gott, Jim, so tu doch etwas! Heute noch!
Er warf ein letztes kleines Steinchen hinüber.
Klapp.
Es fiel lautlos ins Gras unter dem Fenster.
Heute abend, dachte Will. Er biß sich in den Handrücken. Dann legte er sich kalt und gerade und steif aufs Bett.

21

In der Einfahrt hinter dem Haus lag der gewaltige, altmodische Steg aus Fichtenplanken. Er lag schon dort, solange Will denken konnte, seit die Zivilisation gedankenlos die langweiligen, harten, nicht federnden Bürgersteige aus Zement ausgespuckt hatte. Sein Großvater, ein impulsiver, sentimentaler Mann, der sich nichts ohne Gebrüll gefallen ließ, hatte sich für das verschwindende Andenken an alte Zeiten stark gemacht und zusammen mit einem Dutzend Männer gut zehn Meter von dem Holzsteig in die Einfahrt hinter dem Haus gewuchtet. Dort lag er nun wie das alte Skelett eines unbekannten Ungeheuers, Jahr für Jahr, ausgedörrt von der Sonne, faulend im Regen.
Die Uhr in der Stadt schlug zehn.
Will lag im Bett und dachte an Großvaters riesiges Geschenk aus einer anderen Zeit. Er wartete darauf, daß der Holzsteig ihm etwas sagen würde. In welcher Sprache? Nun ...
Ein richtiger Junge geht nie geradewegs an die Haustür, um zu klingeln, wenn er seinen Freund sehen will. Er wirft lieber Dreckklumpen an Fensterläden, läßt Eicheln über Dachziegel rollen oder stößt geheimnisvolle Rufe aus wie eine Eule, die auf dem Dachboden gestrandet ist.
So war's auch bei Will und Jim.
Spät am Abend, wenn es darum ging, über Grabsteine zu hüpfen oder tote Katzen bei unbeliebten Leuten in die Schornsteine zu werfen, dann schlich sich der eine oder der andere von den beiden Jungen im Mondschein hinaus und tanzte über die alten Planken wie über ein Xylophon.
Im Laufe der Jahre hatten sie den Holzsteig *gestimmt*, indem sie hier ein Brett gelockert und dort ein anderes angenagelt hatten. Das

F mußte höher klingen, eine andere Note tiefer; so hatten sich die beiden eine Melodie gemacht, so gut es das Wetter und ihre Geschicklichkeit erlaubten.

Je nach der Melodie, die sie auf den Brettern tanzten, konnte man das bevorstehende Abenteuer bestimmen. Wenn Will hörte, wie Jim laut und hart sieben oder acht Noten von »Way Down Upon the Swanee River« trampelte, wußte er, daß es auf den Mondpfad hinausging, zum Bach, der an den Höhlen vorbeiführte. Wenn Jim von Will etwas zu hören bekam, was entfernt wie »Marching Through Georgia« klang, dann bedeutete das, draußen vor der Stadt waren die Äpfel, Pflaumen oder Pfirsiche reif genug, sich den Magen daran zu verderben.

So wartete Will in dieser Nacht mit angehaltenem Atem auf irgendeine Melodie, die ihn rufen würde.

Viertel nach zehn, halb elf.

Keine Musik.

Will paßte es nicht, daß Jim da drüben in seinem Zimmer hockte und nachdachte. Worüber? Über das Spiegelkabinett? Was hatte er dort gesehen? Und was war ihm dabei in den Sinn gekommen?

Will wälzte sich unruhig hin und her.

Es gefiel ihm ganz und gar nicht, wenn er so an Jim dachte und daß kein Vater sich zwischen ihn und die Zelte und alles stellte, was da draußen auf den dunklen Wiesen lag. Und eine Mutter, die ihn so sehr in der Nähe haben wollte, daß er ganz einfach weggehen *mußte*, hinaus, die frische Nachtluft atmen, hinaus, wo die freien Wasser der Nacht der noch größeren, freieren See entgegenströmten.

Jim, dachte er. Los, wo bleibt die Musik?

Um fünf nach halb elf kam sie dann.

Er hörte Jim – oder glaubte ihn zu hören –, wie er herabsprang und wie ein riesiger Kater im Frühling auf dem gewaltigen Xylophon landete. Und diese Melodie! Klang das nicht wie der Trauermarsch, wie die Zirkusorgel ihn verkehrt gespielt hatte?

Will wollte gerade aus dem Bett steigen, um sich zu vergewissern. Doch in diesem Augenblick hörte er, wie drüben Jims Fenster aufging. Jim war noch gar nicht auf dem Holzsteig gewesen! Die Melodie entstand nur in Wills gereizter Phantasie. Will wollte etwas flüstern, dann hielt er inne.

Jim rutschte nämlich ohne ein Wort die Regenrinne hinunter.

Jim, dachte Will.

Unten auf dem Rasen blieb Jim stocksteif stehen, als er seinen Namen hörte. *Du gehst doch nicht ohne mich, Jim?*

Jim blickte rasch nach oben. Wenn er Will wirklich sah, ließ er es sich nicht anmerken. Jim, dachte Will, wir sind doch immer noch Freunde, riechen Dinge, die kein anderer riecht, hören Dinge, die kein anderer hört, haben dasselbe Blut, laufen denselben Weg. Und nun schleichst du dich zum ersten Mal davon! Ohne mich!

Aber die Einfahrt war leer. Lautlos wie ein Salamander in der Hecke glitt Jim davon.
Will war schon aus dem Fenster, sauste die Dachrinne hinab, sprang über die Hecke, dann fiel ihm ein: Ich bin *allein*! Wenn ich Jim nicht finde, dann ist es auch das erstemal, daß ich nachts allein draußen bin. Und wo soll ich hin? Jim nach.
Jim glitt durch die Nacht wie eine dunkle Eule, die hinter der Maus her ist. Will stolperte dahin wie ein unbewaffneter Jäger, der die Eule jagen will. Ihre Schatten segelten über die Oktoberwiesen.
Und als sie innehielten ...
Da standen sie vor Miss Foleys Haus.

22

Jim blickte zurück.
Will wurde zu einem Busch hinter dem Busch, einem Schatten zwischen den Schatten, mit zwei sternhellen, runden Glasstücken von Augen, in denen sich Jims Abbild spiegelte.
Der flüsterte zum Fenster im Obergeschoß hinauf.
»He, heda!«
Großer Gott, dachte Will, er will aufgeschlitzt und mit zerbrochenem Spiegelglas ausgestopft werden.
»He!« rief Jim leise. »He, du ...«
Ein Schatten tauchte auf dem schwachbeleuchteten Vorhang auf, ein kleiner Schatten. Der Neffe hatte Miss Foley wieder nach Hause gebracht. Sie waren in ihren Zimmern, oder ... Herr im Himmel, dachte Will, hoffentlich ist sie nur wieder heil nach Hause gekommen! Vielleicht ist sie wie der Blitzableiterverkäufer ...
»He ...«
Jim blickte mit jenem seltsamen, warmen Blick atemloser Erwartung hoch, wie er ihn manchmal bei den Schattenspielen vor dem Fenstertheater ein paar Straßen weiter zeigte. Liebevoll, hingebungsvoll starrte Jim hinauf, wie eine Katze, die auf eine ganz besonders schöne Maus lauert. Erst duckte er sich, dann wuchs er langsam empor, als würden seine Knochen von dem Ding da oben im Fenster, das plötzlich verschwand, langgezogen.
Will knirschte mit den Zähnen.
Er spürte, wie der Schatten gleich einem kalten Atem sich durch das Haus nach unten bewegte. Da sprang er vor.
»Jim!« Er packte Jim beim Arm.
»Will, was machst *du* denn hier?«
»Jim, sprich nicht mit *ihm*! Verschwinde von hier. Herrgott, er wird dich fressen und deine Knochen ausspucken?«
Jim riß sich los.
»Will, geh nach Hause! Du verdirbst mir alles.«
»Er macht mir angst, Jim, was willst du nur von ihm? Heute nachmittag – im Spiegelkabinett, hast du da etwas *gesehen*?«

»Ja ...«
»Herr im Himmel, *was* denn?« Will packte Jim am Hemd und spürte den Herzschlag darunter. »Jim ...«
»Laß los!« Jim war furchtbar ruhig. »Wenn er merkt, daß du hier bist, wird er nicht herauskommen. Will, wenn du nicht losläßt, werde ich dran denken, wenn ...«
»Wenn *was*?«
»Wenn ich einmal älter bin, verdammt noch mal, *älter*!«
Jim spuckte aus.
Wie vom Blitz getroffen sprang Will zurück.
Er betrachtete seine leeren Hände, dann wischte er sich die Spucke von der Backe.
»Ach, Jim!« ächzte er.
Und er hörte das Locken des Karussells, wie es auf nachtschwarzen Wogen dahinglitt, im Kreise, immer im Kreise unter den Schatten der Bäume. Und er wollte schreien: Achtung! Das Karussell! Du willst doch, daß es vorwärts läuft, Jim, nicht wahr? Vorwärts und nicht rückwärts. Vorwärts mit dir, Jim. Einmal herum, und du bist fünfzehn, noch eine Runde, und du bist sechzehn, dreimal herum, du bist neunzehn! Musik! Und du bist zwanzig und erwachsen, groß, nicht mehr Jim, dreizehn Jahre alt, fast vierzehn, klein und verängstigt, wie du da auf der Straße neben mir stehst!
Will holte aus und schlug Jim mit voller Kraft die Faust auf die Nase.
Dann sprang er Jim an, ließ nicht mehr locker, riß ihn zu Boden, wälzte sich schreiend mit ihm ins Gebüsch. Er preßte Jim die Hand auf den Mund, schob seine Finger hinein, ließ sich beißen und erstickte die zornigen Schreie, das Knurren.
Die Haustür ging auf.
Will preßte Jim die Luft aus den Lungen, lag schwer auf ihm, verschloß ihm mit der Faust den Mund.
Etwas stand auf der Veranda. Ein kleiner Schatten schaute sich nach Jim um, fand ihn aber nicht.
Aber es war nur Robert, der junge, freundliche Neffe, der beinahe lässig aus dem Haus trat, die Hände in den Hosentaschen, leise vor sich hin pfeifend. Er atmete die Nachtluft ein, wie Jungen das tun, begierig auf Abenteuer, die sie selbst machen mußten, die sich nicht von allein ereignen. Alle Muskeln gespannt, in tödlicher Umklammerung mit Jim, sah Will ihn so dastehen und war vom Anblick des ganz normalen Jungen um so betroffener, wie er sich beiläufig umschaute, in ganz normaler Haltung, an der nichts von einem Erwachsenen war, klein im Licht der Straßenlampen.
Im nächsten Augenblick konnte Robert schreiend hinzuspringen, um mit ihnen zu spielen, mit ihnen zu raufen, die Arme auf den Rücken zu drehen wie Puppen im Mai. Das Ganze würde dann so enden, daß sie sich alle mit Lachtränen in den Augen auf dem Rasen wälzten. Dann war der Schrecken überwunden, die Angst im Tau da-

hingeschmolzen, der Traum vom Nichts schnell vorbei, wie das stets mit solchen Träumen geht, wenn man die Augen aufmacht. Da stand nun der Neffe mit seinem runden, frischen Jungengesicht, glatt wie ein Pfirsich. Lächelnd blickte er auf die beiden raufenden Jungen herab, die er im Gras entdeckt hatte.

Dann verschwand er blitzschnell im Haus. Er rannte nach oben, kramte herum, kam wieder nach unten; dann plötzlich, während die beiden Jungen noch versuchten, sich gegenseitig zu packen, niederzuzwingen, auf den Boden zu drücken, ergoß sich ein glitzernder, klingelnder Regen ins Gras.

Der Neffe schwang sich über das Geländer und landete katzenweich, verborgen im eigenen Schatten, im Gras. Von seinen Händen blinkten Sterne. Er verstreute sie freigiebig. Sie fielen, glitten, blitzten neben Jim. Die beiden Jungen lagen regungslos da, erschrocken von dem Regen von Gold und diamantenem Feuer, der sich über sie ergoß.

»Hilfe! Polizei!« schrie Robert.

Will war so erschrocken, daß er Jim losließ.

Jim war so erschrocken, daß er Will losließ.

Beide griffen gleichzeitig nach dem kalten, ringsum verstreuten Eis.

»Herr im Himmel, ein Armband!«

»Ein Ring! Eine Halskette!«

Robert trat mit dem Fuß aus. Zwei Mülltonnen fielen polternd an der Bordsteinkante um.

»Polizei!«

Robert warf ihnen eine letzte Handvoll Glitzern vor die Füße, dann schloß er die Lippen und sperrte sein freundliches Pfirsichlächeln ein, als wollte er eine Explosion in einer Kiste verschließen, und preschte die Straße entlang.

»Warte!« Jim sprang auf. »Wir tun dir nichts!«

Will stellte ihm ein Bein. Jim fiel hin.

Oben ging das Fenster auf. Miss Foley beugte sich heraus. Jim kniete auf dem Boden und hielt eine Damenarmbanduhr in der Hand. Will blinzelte das Halsband in seiner Hand an.

»Wer ist denn da?« rief sie. »Jim? Will? Was habt ihr denn da?«

Aber Jim rannte schon weg. Will hielt noch für einen Augenblick inne, gerade lange genug, um zu beobachten, wie das Fenster leer wurde und Miss Foley sich in ihrem Zimmer umschaute. Ein leiser Schrei. Als er dann ihren zweiten, schrillen Schrei hörte, wußte er, daß sie den Raub entdeckt hatte.

Im Davonlaufen kam Will in den Sinn, daß er nun genau das tat, was Robert erreichen wollte. Er sollte lieber umkehren, den Schmuck zusammensuchen, Miss Foley erzählen, was geschehen war. Aber er mußte doch Jim retten!

Weit hinter sich hörte er Miss Foley schreien, bis immer mehr Fenster hell wurden! Will Halloway! Jim Nightshade! Nächtliche Herumtreiber! Diebe! Das sind wir, dachte Will. O mein Gott!

Wir sind das! Nichts, *nichts* wird man uns glauben, was immer wir von jetzt an auch sagen! Nichts über den Zirkus, nichts über das Karussell, nichts über Spiegel oder böse, gemeine Neffen – nichts, *nichts*!
Und so rannten sie dahin, drei Tiere im Sternenlicht. Eine Schwarzotter. Ein Kater. Ein Kaninchen.
Ich, dachte Will, ich bin das Kaninchen.
Er war weiß, und er hatte furchtbare Angst.

23

Mit einer Geschwindigkeit von gut dreißig Stundenkilometern erreichten sie den Festplatz – vielleicht ein bißchen mehr oder ein bißchen weniger. Der Neffe lief voran. Jim war dicht hinter ihm, etwas weiter zurück Will. Er keuchte, und die Erschöpfung schoß ihm in die Beine, die Lungen, den Kopf, ins Herz.
Der Neffe rannte vor lauter Angst, sah sich um, lächelte nicht mehr.
Wir haben ihn doch angeschmiert, dachte Will. Er hat gedacht, ich laufe ihm nicht nach, ich bleibe da und rufe die Polizei, ich stolpere, ich werde als Lügner entlarvt – oder ich verstecke mich irgendwo. Jetzt hat er Angst, daß ich ihn windelweich haue. Er will auf das Karussell springen, immer im Kreise herumfahren, damit er älter und stärker wird als ich. Jim! Jim, wir müssen ihn erwischen, er muß jung bleiben, wir müssen ihm das Fell über die Ohren ziehen!
Aber er merkte gleich, daß er mit Jims Hilfe nicht rechnen konnte. Jim lief nicht dem Neffen nach. Ihm war eine Freifahrt wichtiger.
Der Neffe verschwand hinter einem Zelt weit vorn. Jim folgte ihm. Als Will endlich den breiten Mittelweg auf der Festwiese erreichte, setzte sich das Karussell gerade in Bewegung. Im Takt der blechernen, quietschenden Musik schwang sich der Neffe mit dem frischen Jungengesicht auf die große, sich drehende Scheibe. Er wirbelte Mitternachtsstaub auf.
Jim war drei Schritte hinter ihm. Er sah die Pferde davongaloppieren, und sein Blick ließ das Auge des Hengstes aufblitzen.
Das Karussell drehte sich *vorwärts*!
Jim lehnte sich daran.
»Jim!« schrie Will.
Der Neffe verschwand aus seinem Gesichtskreis, fortgetragen von der Maschine. Als er wieder zum Vorschein kam, streckte er seine rosa Finger lockend aus. »Jim ...«
Jim hob schon den einen Fuß.
»Nein!« Will stürzte vor. Er prallte gegen Jim, packte ihn, hielt ihn fest. Sie fielen übereinander.
Überrascht huschte der Neffe in der Dunkelheit vorbei, ein Jahr

älter geworden. Ein Jahr älter, dachte Will, um ein Jahr größer, stärker, böser!
»O Gott, Jim, schnell!« Er sprang auf und rannte zum Führerstand. Ein Gewirr von blanken Schaltern und Hebeln und Porzellan und Drähten umgab ihn. Er legte den Schalter um. Aber hinter ihm stand Jim; er riß Will zurück und sprudelte hervor:
»Will, du machst uns alles kaputt! Nein!«
Jim legte den Schalter wieder vor.
Will fuhr herum und schlug ihm ins Gesicht. Jeder packte den anderen beim Ellbogen, sie schoben und drängten einander. Dann fielen sie gegen den Schaltkasten.
Will sah den bösen Jungen, wieder um ein Jahr älter. So glitt er durch die Nacht. Noch fünf oder sechs Runden, dann war er stärker als sie beide zusammen!
»Jim, er wird uns umbringen!«
»Mich nicht!«
Will spürte, wie ihn etwas elektrisierte. Schreiend zuckte er zurück und schlug nach dem Schalter. Funken flogen aus dem Kasten. Blitze zuckten zum Himmel. Jim und Will wurden vom Druck zurückgeworfen. Sie lagen am Boden und sahen, wie das Karussell außer Kontrolle geriet.
Der böse Junge flog vorbei. Er klammerte sich an einen Baum aus Messing. Er fluchte. Er spuckte. Er kämpfte gegen den Wind, gegen die Zentrifugalkraft. Verzweifelt versuchte er, sich zwischen Stangen und Pferden zum äußersten Rand des Karussells vorzuarbeiten. Sein Gesicht tauchte auf, verschwand wieder, tauchte auf, verschwand. Er klammerte sich fest. Er schwankte. Aus dem Schaltkasten flogen blaue Funken. Das Karussell ruckte und hüpfte. Der Neffe glitt aus. Er stürzte. Der stählerne Huf eines schwarzen Hengstes traf ihn. Er blutete an der Stirn.
Jim fauchte, wehrte sich, schlug, aber Will ließ nicht locker. Er preßte ihn ins Gras. Sie schrien um die Wette, beide voller Angst, und ihre Herzen hämmerten im Gleichtakt. Elektrische Blitze sprühten als weißer Funkenregen aus dem Schaltkasten. Dreißig-, vierzig-, fünfzigmal sauste das Karussell herum.
»Will, laß mich los!«
Die Zirkusorgel jaulte, spuckte Dampf aus, lief trocken und spielte dann gar nichts mehr, als die Zungen verglühten und durch die Ventile geblasen wurden. Blitze zuckten über die beiden hingestreckten Jungen, leckten mit Flammen nach den wildgewordenen Pferden, die immer im Kreis herumjagten. Zwischen ihnen lag eine Gestalt, kein Junge mehr, sondern ein Mann – immer im Kreise, immer im Kreise.
»Er ist – er ist – Will, sieh doch, er ist ...«, keuchte Jim und begann zu schluchzen, weil er nichts anderes tun konnte. Will nagelte ihn am Boden fest. »Will, o Gott, Will, steh auf! Wir *müssen* das Ding rückwärts laufen lassen!«

In den Zelten gingen Lichter an.
Aber niemand kam heraus.
Warum nicht, überlegte Will halb irr. Die Explosionen? Die Entladungen? Glauben die Feiglinge, die ganze Welt jagt über die Festwiese? Wo bleibt Mr. Dark? Ist er in der Stadt? Hat er Böses vor? Was? Wo? Warum?

Er glaubte das Herz der ausgestreckten Gestalt auf der runden Scheibe pochen zu hören, überschnell, dann langsam, schnell, langsam, unglaublich schnell, dann so langsam, wie der Mond in einer weißen Winternacht am Himmel untergeht.
Jemand, irgend etwas droben auf dem Karussell wimmerte schwach.
Gott sei Dank ist es dunkel, dachte Will. Gott sei Dank, daß ich nichts sehen kann. Da geht jemand. Es kommt jemand. Da – was immer es auch sein mag – da ist es wieder! Da ... Da ...
Auf der bebenden Maschine versuchte ein verschwommener Schatten sich wankend zu erheben, aber es war spät, sehr spät, so spät – am spätesten. Der Schatten zerbröckelte. Das Karussell kreiste wie die Erde. Es peitschte Luft und Sonne, Sinne und Vernunft fort, bis nur Dunkelheit, Kälte und Alter blieben.
In einem letzten, krampfhaften Erbrechen flog der Schaltkasten völlig auseinander.
Alle Lichter des Zirkus gingen aus.
Das Karussell wurde im kalten Nachtwind langsamer.
Will ließ Jim los.
Wie oft, dachte Will. Wie oft hat es sich herumgedreht? Sechzigmal? Achtzig-, neunzigmal?
Wie oft, fragte auch Jims Gesicht. Voller Entsetzen sah er zu, wie das tote Karussell bebte und leblos im Gras stehenblieb, eine erstarrte Welt, die nichts – nicht ihre Herzen, nicht ihre Hände oder ihre Köpfe – jemals wieder zurückdrehen konnte.
Langsam gingen sie auf das Karussell zu. Ihre Schuhe raschelten durch das Gras.
Die schattenhafte Gestalt lag auf der ihnen zugewandten Seite, auf dem hölzernen Boden, das Gesicht zur anderen Seite gedreht.
Die eine Hand hing über den Rand der Scheibe.
Sie gehörte keinem Jungen.
Sie sah aus wie eine riesige Hand aus Wachs, geschmolzen im Feuer.
Das Haar des Mannes war lang, weiß, dünn wie Spinnweben. Es flimmerte wie Distelhaar im kalten Windhauch.
Sie beugten sich über das Gesicht.
Die Augen waren zusammengepreßt wie bei einer Mumie. Die Nase war eingefallen. Der Mund war eine zerstörte weiße Blume, die Blütenblätter zu einer dünnen Wachsschicht verzerrt, die sich über die Zähne spannte. Ein schwaches, blubberndes Seufzen drang zwischen den Lippen hervor. Der Mann war in seinem Anzug klein,

klein wie ein Kind, aber lang – und alt, so alt. Nicht neunzig oder hundert Jahre, nicht hundertzehn, sondern wahrscheinlich hundertzwanzig, hundertdreißig Jahre alt.
Will berührte ihn.
Der Mann war so kalt wie ein Albino-Frosch.
Er roch nach Mondsümpfen und uralten ägyptischen Mumienbinden. So etwas findet man sonst nur im Museum, eingewickelt in konservierendes Linnen, luftdicht hinter Glas eingesperrt.
Aber er lebte. Er winselte wie ein Baby und verfiel vor ihren Augen – schnell, so schnell, dem Tod immer näher.
Will mußte sich über das Geländer des Karussells übergeben.
Dann fielen Jim und Will beinahe übereinander. Ihre weichen Schuhe trampelten über die verrückten Blätter, über das unwirkliche Gras, über die wesenlose Erde. Sie flogen den Mittelgang entlang . . .

24

Nachtfalter prallten gegen den Schirm der Bogenlampe, die sich hoch oben verlassen über die Straßenkreuzung erhob. Darunter, in einer einsamen Tankstelle mitten in der Wildnis tickte es auch. In der Telefonzelle von der Größe eines Sarges standen eng aneinandergepreßt zwei bleiche Jungen und sprachen mit Leuten, die irgendwo in der Ferne waren, jenseits der nächtlichen Hügel. Bei jedem Flügelschlag einer Fledermaus, bei jedem Wolkenschatten klammerten sie sich aneinander fest.
Will hängte das Telefon ein. Polizei und Ambulanz waren unterwegs.
Zuerst, als sie nebeneinander durch die Nacht rannten und stolperten, da hatten sie sich zugerufen, zugeraunt, zugeflüstert: nach Hause gehen, alles vergessen, schlafen – nein! Mit einem Güterzug nach Westen flüchten – nein! Es hatte keinen Sinn, denn wenn Mr. Cooger überlebte, was sie ihm angetan hatten, dieser alte, uralte Mann, dann würde er sie quer über den ganzen Erdball verfolgen, bis er sie fand und in der Luft zerriß.
So landeten sie schließlich streitend und zitternd in der Telefonzelle. Nun sahen sie den Streifenwagen mit heulender Sirene vorbeisausen, die Ambulanz dicht dahinter. All die Männer schauten zu den beiden Jungen heraus, die mit schnatternden Zähnen im unsicheren Mondlicht dastanden.
Drei Minuten später gingen sie den Hauptweg auf der Festwiese entlang. Jim führte sie. Er plapperte unentwegt.
»Er lebt noch. Er *muß* noch leben. Wir wollten das doch nicht! Es tut uns so leid!« Er starrte die schwarzen Zelte an. »Hören Sie? Es tut uns wirklich leid!«
»Immer mit der Ruhe, mein Junge«, sagte der Polizeibeamte. »Gehen wir weiter.«

Die beiden Polizisten in Mitternachtsblau, die beiden Krankenträger in geisterhaftem Weiß und die beiden Jungen kamen am Riesenrad vorbei und standen dann gleich am Karussell.
Jim stöhnte.
Die Pferde waren mitten im Sprung erstarrt. Das Sternenlicht spiegelte sich in den Messingstangen. Das war alles.
»Er ist – *weg* . . .«
»Er war aber hier, das können wir beschwören!« sagte Jim. »Hundertfünfzig oder zweihundert Jahre alt, und daran sollte er sterben.«
»Jim«, sagte Will.
Die vier Männer wurden unruhig.
»Sie müssen ihn in ein Zelt gebracht haben.« Will wollte weg, aber einer der Polizisten nahm ihn beim Ellbogen.
»Hast du gesagt, hundertfünfzig Jahre alt?« fragte er Jim. »Warum nicht gleich *drei*hundert?«
»Vielleicht auch dreihundert! O Gott!« Jim drehte sich um und schrie: »Mr. Cooger! Wir haben *Hilfe* mitgebracht.«
Lichter blitzten im Geisterzelt auf. Die riesigen Transparente davor schienen sich zu bewegen, als die Scheinwerfer sie in grelles Licht tauchten. Die Polizeibeamten blickten hoch. MR. SKELETON, DIE STAUBHEXE, DER ZERMALMER, VESUVIO DER LAVAFRESSER. Jedes Wort stand auf einer eigenen Fahne, und sie bewegten sich alle leicht im Wind.
Jim blieb am raschelnden Eingang zur Geisterschau stehen.
»Mr. Cooger?« flehte er. »Sind Sie da?«
Aus der Zeltöffnung entströmte warme Luft, die nach Löwen roch.
»Was?« fragte ein Polizist.
Die Zeltklappen bewegten sich wie Lippen. Jim las die Worte ab. »Sie haben ›Ja‹ gesagt, ›kommt herein!‹«
Jim trat ein, die anderen folgten ihm.
Im Innern des Zeltes blinzelten sie in das Zickzack von Zeltstangen hinauf zu den hohen Geisterpodesten mit all den durch die Welt streunenden Fremden. Verkrüppelt an Geist und Körper, warteten sie hier.
An einem wackeligen Kartentisch ganz in der Nähe saßen vier Männer und spielten mit limonengrünen, sonnenfarbenen Karten, auf die Mondungeheuer und geflügelte Sonnenwesen gedruckt waren. Hier das schiefe Skelett, das man wie eine Orgel spielen konnte; da der Blimp, der jeden Abend durchlöchert und am Morgen wieder aufgepumpt wurde; hier der Knirps, als »die Warze« bekannt, den man spottbillig als Postpaket versenden konnte; und gleich daneben ein noch kleineres Wesen, ein Irrtum der Zellen und der Zeit, ein so kleiner, verhutzelter Zwerg, daß man ihn hinter den Karten in seinen arthritischen, verkrümmten, knorrigen Fingern nicht sehen konnte.

Der Zwerg! Will zuckte zusammen. Diese Hände ... Sie waren ihm bekannt, so bekannt. Wo? Wer? Was? Aber seine Augen schweiften weiter.
Dort stand Monsieur Guillotine in engen schwarzen Hosen, langen Strümpfen, eine schwarze Kapuze über dem Kopf, die Arme vor der Brust verschränkt, stocksteif neben seinem Apparat zum Kopfabschlagen. Das Fallbeil hing hoch oben in der Zeltkuppel, ein hungriges Messer, das meteorgleich glitzerte und blitzte und danach gierte, den Raum zu durchtrennen. Unten lag eine Puppe, den Kopf im Block, und erwartete den raschen Tod.
Da stand der Zermalmer mit Stricken und Ketten, in Stahl und Eisen, der Knochenbrecher, Eisenfresser, Hufeisenverbieger.
Und dort der Lavafresser, Vesuvio mit der verkohlten Zunge und den verbrühten Zähnen. Er wirbelte Dutzende von Feuerbällen in die Luft und spuckte einen Feuerstrahl aus, der gestreifte Schatten durch das hohe Zelt tanzen ließ.
In den Nischen ringsum standen noch weitere dreißig Mißgeburten und sahen das Feuer davonfliegen, bis der Feuerschlukker sich umwandte, die Eindringlinge bemerkte und sein Reich zusammenstürzen ließ. Die Sonnen ertranken in einem Wassertrog.
Dampf wallte auf, alles gefror zu einem Tableau.
Dort, auf dem größten Podest, stand Mr. Dark, der Illustrierte Mann, eine Tätowiernadel wie den Pfeil eines Blasrohrs in seiner Hand. Die Nadel schwebte über dem rosenbedeckten Arm.
Die Bilder zuckten auf seinem nackten Fleisch. Er stand mit bloßem Oberkörper da und war gerade damit beschäftigt, auf seine linke Handfläche ein neues Bild einzustechen. Jetzt, wo das insektengleiche Summen in seiner Hand erstorben war, fuhr er herum. Aber Will starrte an ihm vorbei und schrie:
»Dort steht er! Dort ist Mr. Cooger!«
Die Polizisten und die Krankenträger kamen rasch näher.
Hinter Mr. Dark stand der elektrische Stuhl.
In diesem Stuhl hing ein verfallener Mann. Der Mann, den sie zuletzt seufzend und in einem Haufen loser Knochen zusammengesunken, wächsern-bleich auf dem Karussell gesehen hatten. Nun saß er aufrecht da, angegurtet an dieses Gerät, in dem die Kraft der Blitze war.
»Das ist er. Er war – er lag im *Sterben*!«
Der Blimp *erhob* sich!
Das Skelett drehte sich um, groß und hager.
Die Warze hüpfte mit einem Flohsprung ins Sägemehl herab.
Der Zwerg ließ seine Karten fallen. Seine idiotischen Augen huschten ängstlich hin und her, im Kreise herum.
Ich kenne ihn doch, dachte Will. O Gott, was haben sie ihm nur angetan!
Der Blitzableiterverkäufer!

Ja, er war es. Zusammengequetscht, zerdrückt von einer furchtbaren Kraft zu einer kläglichen Faustvoll Mensch ...
Der Blitzableiterverkäufer.
Aber nun ereigneten sich zwei Dinge gleichzeitig, mit bewunderungswürdiger Schnelligkeit.
Monsieur Guillotine räusperte sich.
Und das Fallbeil hoch droben am Zelthimmel sauste wie ein blutrünstiger Falke herab. Ssst-sst-bums!
Der Kopf der Puppe fiel abgeschlagen in den Korb.
Im Fallen sah er wie Wills Kopf aus, sein Gesicht tot, zerstört.
Er wollte hinlaufen, er wollte nicht hinlaufen, den Kopf hochheben, nachsehen, ob er tatsächlich seine Züge trug. Aber wie konnte er so etwas jemals wagen? Nie, nicht in einer Million Jahren brachte es jemand fertig, diesen entsetzlichen Korb zu leeren.
Dann ereignete sich das zweite Ding.
Ein Mechaniker, der hinter einem aufrecht stehenden Sarg mit gläserner Vorderseite arbeitete, ließ einen Draht schnappen. In der Maschinerie unter dem Schild MLLE. TAROT, DIE STAUBHEXE, klickte es. Die Frau aus Wachs hinter der Glasscheibe nickte und zeigte mit ihrer spitzen Nase auf die beiden Jungen, als sie die Männer daran vorbeiführten. Ihre kalte, wächserne Hand fegte den Staub des Schicksals auf einem Sims im Glassarg zusammen. Ihre Augen sahen nichts. Sie waren mit dunklen Spinnenfäden der Schwarzen Witwe zugenäht.
Es war ein hübsches Gespenst aus Wachs. Feixend sahen die Polizisten sie an und gingen daran vorbei. Dann nickten sie auch Monsieur Guillotine beifällig lächelnd zu. Sie machten nun einen entspannten Eindruck. Es schien ihnen nichts auszumachen, daß sie so spät noch in eine Welt probender Akrobaten und windiger Magier gerufen wurden.
»Gentlemen!« Mr. Dark und seine Bildergalerie traten an die Vorderkante der hölzernen Bühne, ein Dschungel unter jedem Arm, eine ägyptische Viper auf jedem Bizeps. »Willkommen! Sie kommen gerade rechtzeitig! Wir proben alle unsere neuen Kunststücke!«
Mr. Dark winkte. Fremdartige Ungeheuer fletschten auf seiner Brust ihre Fangzähne, ein Zyklop, der den Nabel als einziges Auge benutzte, wand sich bei jedem Schritt auf dem Bauch des Mannes.
Herr im Himmel, dachte Will – bringt er die alle mit, oder zerren ihn die gemalten Ungeheuer vorwärts?
Von den gesprungenen Holzpodesten und vom Sägemehl der Arena her spürte Will die kalten Blicke der ihm zugewandten Mißgeburten. Der illustrierte Mann schien ihnen ebensoviel Freude zu machen wie den Polizisten und den Krankenträgern. Bei jeder Bewegung beherrschten die Ungeheuer die Szene, erfüllten sie den Raum bis hinauf in die Zeltkuppel mit lautlosen Schreien, die Aufmerksamkeit heischten.
Ein Teil der Wesen aus Nadelpunkten meldete sich nun zu Wort.

Mr. Dark öffnete über seinem gemalten Dschungel, den zuckenden Ungeheuern auf der schweißnassen Haut, den Mund. Orgeltöne drangen aus seiner Brust. Die blaugrünen Wesen, die ihn bevölkerten, erbebten, die wirklichen Mißgestalten im Sägemehl erbebten, der Fußboden im Zelt erbebte, und auch Jim und Will erzitterten bis ins innerste Mark und kamen sich noch elender vor als all die Mißgeburten.
»Meine Herren, meine Jungen! Wir haben gerade unsere neue Schau vollendet und zusammengestellt! Sie werden sie als erste zu sehen bekommen!« rief Mr. Dark.
Der eine Polizeibeamte hakte den Daumen lässig hinter die Pistolentasche, blinzelte zu dem Wirrwarr von wilden Tieren und Sagengestalten empor und sagte: »Der Junge da meint . . .«
»Meint?« Der Illustrierte Mann ließ ein bellendes Lachen hören. Die Mißgeburten zuckten erschrocken zusammen und beruhigten sich wieder, als erneut die ruhige, gelassene Stimme ihres Herrn und Meisters ertönte. Er streichelte seine Monster und schien damit gleichzeitig auch die Mißgeburten zu besänftigen. »So, meint er? Aber was hat er denn *gesehen*? Kleine Jungen bekommen bei solchen Vorstellungen doch immer Angst, oder nicht? Sie rennen davon wie die Kaninchen, wenn ein Ungeheuer auftaucht. Auch heute abend. Ganz besonders heute abend.«
Die Polizeibeamten sahen an ihm vorbei und betrachteten das aufrecht sitzende Wesen aus Pappmachée auf dem elektrischen Stuhl.
»Wer ist das?«
»Er?«
Will sah in Mr. Darks verhangenen Augen ein Feuer aufblitzen, aber dann beherrschte er sich rasch wieder. »Unser neuer Trick. Mr. Elektriko!«
»Nein! Seht euch den alten Mann an! Seht nur!« schrie Will. Die Polizisten drehten sich bei seinem Geschrei fragend um.
»Seht ihr denn nicht, daß er tot ist?« sagte Will. »Nur die Gurte halten ihn aufrecht!«
Die Krankenwärter blinzelten empor zu der großen weißen, winterlichen Flocke auf dem weißen Gestell.
Mein Gott, dachte Will, und dabei haben wir uns das alles so einfach vorgestellt! Der alte Mann, Mr. Cooger, lag im Sterben, also haben wir die Ambulanz gerufen, um ihn zu retten, damit er uns – vielleicht – verzeiht. Dann tut uns der Zirkus vielleicht nichts und läßt uns wieder laufen. Aber – was kommt nun? Er ist tot! Zu spät! Sie alle hassen uns!
Will stand zwischen den anderen und spürte, wie ihn ein kalter Hauch von der ausgegrabenen Mumie her anwehte, aus dem kalten Mund, aus den starren, hinter gefrorenen Lidern eingesperrten Augen. In den gefrorenen Nasenlöchern bewegte sich kein Härchen. Mr. Coogers Rippen unter dem losen Hemd rührten sich nicht, sie waren wie Stein, und seine Zähne unter den lehmfahlen Lippen

waren ausgetrocknet und eiskalt. Wenn man ihn um die Mittagszeit hinausstellte, dann dampfte er sicher.
Die Krankenwärter tauschten einen Blick. Sie nickten.
Die Polizisten traten daraufhin einen Schritt vor.
»Gentlemen!«
Mr. Dark hob seine Hand mit der Tarantel zu einem messingfunkelnden Schaltbrett.
»Mr. Elektrikos Körper wird nun gleich von hunderttausend Volt durchströmt!«
»Nein! Nein, das dürft ihr nicht erlauben!« schrie Will.
Die Polizisten machten noch einen Schritt vor. Die Krankenträger wollten etwas sagen. Mr. Dark warf Jim einen raschen fragenden Blick zu.
Jim schrie: »Nein! Ist schon in Ordnung!«
»Jim!«
»Doch, Will, alles ist okay.«
»Zurück!« Der spinnenbedeckte Arm näherte sich dem Schalter, die Hand legte ihn um. »Dieser Mann ist in Trance! Das gehört zu meinem neuen Trick: Ich habe ihn hypnotisiert! Er könnte Verletzungen erleiden, wenn ihr ihn aufweckt!«
Die Krankenwärter machten den Mund wieder zu. Die Polizisten rührten sich nicht mehr.
»Hunderttausend Volt! Und doch bleibt er am Leben und ist nachher ebenso gesund an Körper und Geist wie zuvor!«
»Nein!«
Ein Polizist packte Will.
Der Illustrierte Mann ruckte nun an dem Schalter. All die Unwesen zuckten und tanzten aufgeregt auf ihm herum.
Die Zeltbeleuchtung ging aus.
Polizisten, Krankenwärter, Jungen, sie alle überlief eine Gänsehaut.
Doch im plötzlich mitternächtlichen Dunkel wurde der elektrische Stuhl zu einem Feuerofen, und der alte Mann flammte wie ein bläulicher Herbstbaum.
Die Polizisten fuhren zurück, die Krankenwärter beugten sich vor, und die Mißgeburten taten es ebenfalls. In ihren Augen spiegelte sich das blaue Feuer.
Der Illustrierte Mann ließ die Hand nicht vom Schalter und starrte den alten, alten Mann an.
Ja, der alte Mann war mausetot, aber die Elektrizität zuckte über ihn hin, sie waberte um seine kalten Muschelohren und strömte ihm in die Nasenlöcher, die so tief waren wie ein ausgetrockneter Brunnen. Blaue Flammenzungen leckten um seine Klauenfinger und die mageren Heuschreckenknie.
Der Illustrierte Mann öffnete die Lippen und schrie vielleicht etwas, aber niemand hörte ihn vor lauter Zischen und Fauchen des elektrischen Stroms, der um den Gefangenen und den Stuhl herumkroch

und zuckte. Erwache zum Leben, rief das Summen. Erwache zum Leben, riefen die zuckenden Farben, das Licht. Erwache zum Leben, schrien Mr. Darks Lippen. Ihn hörte niemand außer Jim, der ihm die Worte von den Lippen ablas. Sie klangen laut wie Donner in seinem Kopf, genau wie bei Will. Erwache zum Leben! Mit schierer Willenskraft wollte er den alten Mann zum Leben erwecken. Steh auf, rühr dich, laß die Säfte wieder steigen, den Geist zurückkehren, schmilz die wächserne Seele ...

»Er ist tot!« Doch auch Will hörte niemand, sosehr er auch gegen das Tosen der Blitze anschrie.

Lebendig! Mr. Darks Lippen zuckten. Lebendig. Erwache zum Leben. Er schob den Schalter ganz vor. Irgendwo kreischten protestierend Dynamos, knirschten, schrillten, stöhnten auf in wilder Energie. Das Licht wurde flaschengrün. Tot, tot, dachte Will. Aber du sollst leben, schrien Maschinen, Flammen und Feuer, schrien die Mäuler der Ungeheuer auf der bemalten Haut.

Das Haar des alten Mannes stellte sich prickelnd auf. Funken bluteten von seinen Fingernägeln, tropften träge auf die Planken. Grünlich sickerte das Licht durch die geschlossenen Augenlider.

Der Illustrierte Mann beugte sich über das alte, alte, tote, tote Ding, rief erregt unverständliche Worte. Seine Untiere ertranken in Schweißbächen, seine Rechte stieß immer wieder fordernd in die Luft: Lebe! Lebe!

Und der alte Mann erwachte zum Leben.

Will schrie sich heiser.

Und keiner hörte ihn.

Jetzt – ganz langsam, wie vom Donner angerührt, von der neuen Dämmerung des elektrischen Feuers, öffnete sich ganz langsam ein totes Augenlid.

Die Mißgeburten staunten.

Weit, weit weg schrie nun auch Jim, denn Will hielt seinen Ellbogen umkrampft und spürte den Schrei durch die Knochen zittern, als sich die Lippen des Alten öffneten und schreckliche Blitze zischend im Zickzack zwischen den Lippen und den weißen Zähnen hin und her huschten.

Der Illustrierte Mann drosselte den Strom, bis nur noch ein leises Wimmern zu hören war. Dann drehte er sich um, fiel auf die Knie und streckte die Hand aus.

Weit oben auf dem Podium bewegte sich kaum merklich etwas unter dem Hemd des alten Mannes, wie wenn ein welkes Blatt im Herbstwind raschelt.

Die Mißgeburten atmeten auf.

Der alte, alte Mann seufzte.

Ja, dachte Will, sie atmen für ihn, sie helfen ihm, erfüllen ihn mit Leben.

Einatmen, ausatmen, einatmen, ausatmen – und doch wirkte alles wie eingelernt.

Was konnte er sagen oder tun?
»Die Lungen ... so ...«, flüsterte jemand.
Die Staubhexe in ihrem Glaskasten?
Die Lippen des Alten zuckten.
»... Herzschlag ... eins ... zwei ... so ... so ...«
Wieder die Staubhexe? Will fürchtete sich, hinzusehen.
Eine Ader tickte wie eine kleine Uhr am Hals des Mannes.
Ganz, ganz langsam glitt das rechte Auge des alten Mannes auf, wurde weit, blickte starr wie die Linse einer kaputten Kamera. Es war, als blicke man durch ein Loch ohne Grund und Boden hinaus in den endlosen Raum. Er wurde wärmer.
Den Jungen unten wurde kälter.
Nun war das alte, schauerlich-weise Auge so groß und so tief und so lebendig, das einzig Lebendige in dem porzellanstarren Gesicht, daß tief auf dem Grunde des Auges irgendwo der böse Neffe die Polizisten, Krankenwärter und mißgestalteten Kreaturen anblickte.
Und Will.
Will sah sich, er sah Jim, zwei winzige Bilder, widergespiegelt in diesem einzigen Auge. Wenn der alte Mann blinzelte, dann mußte er das Bild mit seinen Lidern *zerschmettern*!
Endlich drehte sich der Illustrierte Mensch auf den Knien um und beruhigte alle mit seinem Lächeln.
»Gentlemen! Jungen! Hier habt ihr wirklich einen Menschen, der mit den Blitzen lebt.«
Der zweite Polizist lachte. Dabei glitt sein Daumen von der Pistolentasche.
Will schob sich nach rechts.
Das offene, starre Auge verfolgte ihn, schien ihn mit seiner Leere ansaugen zu wollen.
Will drückte sich nach links.
Wieder folgte ihm der starre, unheimliche Blick des alten Mannes, während sich die kalten Lippen öffneten, um einen leisen Seufzer, einen Laut zu formen. Tief aus dem Körper des alten Mannes stieg wie aus einem steinernen Brunnen die Stimme hoch, bis sie endlich die Lippen erreichte.
»... willkommmmmmm ...«
Das Wort versank wieder im Brunnen.
»... will...kom...mmm ...«
Die beiden Polizisten stießen einander feixend an.
»Nein!« rief Will plötzlich. »Das war nicht gespielt! Er war tot! Und er wird wieder sterben, wenn Sie den Strom ausschalten.«
Will schlug sich die Hand vor den Mund.
O Herr, dachte er, was mache ich da? Ich will doch, daß er am Leben bleibt, damit er uns verzeihen kann, uns leben läßt. Aber mehr noch wünsche ich mir, daß er tot wäre, daß sie alle tot wären. Sie machen mir solche Angst, daß ich Schmetterlinge im Magen habe, so groß wie Fledermäuse.

»Tut mir leid . . .«, flüsterte er.
»Macht nichts!« rief Mr. Dark.
Die Mißgeburten wurden unruhig und sahen einander an. Was war von der kalten Statue auf dem zischelnden Stuhl noch zu erwarten? Das einzige Auge des alten, alten Mannes verklebte sich wieder. Der Mund verfiel, eine gelbe Schlammblase in einem Schwefelbad.
Der Illustrierte Mann drückte den Schalter mit wildem Grinsen ein Stück vor. Er schob dem alten Mann ein stählernes Schwert in die behandschuhte Rechte.
Elektrizität summte im Stoppelbart der alten Wangen. Das tiefe Auge öffnete sich so rasch wieder wie die Wunde von einem Einschuß. Hungrig suchte es nach Will, fand ihn, verschlang sein Bild. Die Lippen formten Worte.
»I . . . sss . . . ich . . . gesehen . . . Jungen . . . insss . . . Zelt . . . schleichen . . .«
Der ausgetrocknete Blasebalg füllte sich wieder. Wie aus einem feinen Nadelloch entwich in kleinen Blasen die feuchte Luft.
»Wir . . . üben . . . spielen . . . einennn . . . Trick . . . ich tattt . . . wie ein . . . Toterrr . . .«
Wieder eine Pause. Er trank Sauerstoff wie Wasser, Elektrizität wie Wein.
». . . ließ . . . mich . . . fallennn . . . wie totttt . . . Jungen . . . schreien . . . rennenn . . . *rennen* . . .«
Der alte Mann stieß Silbe für Silbe hervor.
»Ha!« Pause. »Ha!« Pause. »Ha!«
Elektrizität säumte die pfeifenden Lippen.
Der Illustrierte Mann hüstelte leise. »Diese Vorführung ermüdet Mr. Elektriko sehr . . .«
»Ja, natürlich.« Einer der Polizisten setzte sich in Bewegung. »Tut mir leid.« Er tippte sich an die Mütze. »Prima Vorstellung.«
»Wirklich prima«, sagte einer der Krankenträger.
Will sah sich rasch um, weil er wissen wollte, was der Mann für ein Gesicht dabei machte, doch Jim stand ihm im Wege.
»Hier, Jungens! Ein Dutzend Freikarten!« Mr. Dark hielt sie ihnen hin. »Da!«
»Na?« fragte einer der Polizisten.
Zögernd griff Will nach den flammenfarbenen Karten, hielt aber inne, als Mr. Dark fragte: »Wie heißt ihr denn?«
Die Beamten blinzelten einander zu.
»Sagt es ihm, Jungens.«
Schweigen. Die Mißgeburten warteten gespannt.
»Simon«, sagte Jim. »Simon Smith.«
Mr. Darks Hand mit den Freikarten krümmte sich.
»Oliver«, sagte Will. »Oliver Brown.«
Der Illustrierte Mann holte tief Luft. Auch die Mißgeburten holten tief Luft. Das Luftholen schien Mr. Elektriko zu stören. Sein Schwert

zuckte. Von seiner Spitze sprangen Funken auf Wills Schulter über, dann wurde Jim mit blauen Flammen übergossen. Blitze schossen zwischen ihnen hin und her.
Die Polizisten lachten.
Das weitoffene Auge des alten Mannes funkelte.
»Ich schlage ... euch ... Esel und ... Trottel ... ich schlage ... euch ... zum bleichen ... Ritterrrr ...«
Mr. Elektriko war am Ende. Das Schwert berührte sie.
»Ein kurzes ... trauriges ... Leben ... euch ... beiden ...«
Dann klappte sein Mund zu, das eine Auge schloß sich. Er hielt den kellertiefen Atem an und ließ die Fünkchen sein Blut durchschwärmen wie Bläschen den Champagner.
»Die Freikarten«, murmelte Mr. Dark. »Alles umsonst. Kommt, wann ihr wollt. Kommt wieder. Kommt wieder.«
Jim und Will griffen nach den Karten. Dann rannten sie beide aus dem Zelt. Die Polizisten winkten nach allen Seiten und folgten ihnen gemächlich.
Hinter ihnen kamen wie Geister die Krankenträger. Sie lächelten nicht. Sie fanden die beiden Jungen eng aneinandergedrückt im Polizeiwagen.
Sie sahen aus, als wollten sie auf dem schnellsten Wege nach Hause.

25

Sie fühlte, wie die Spiegel in allen Zimmern auf sie warteten, genau wie man, ohne die Augen zu öffnen, spürt, daß draußen der erste Schnee des Winters gefallen ist.

Vor einigen Jahren hatte Miss Foley zum erstenmal bemerkt, daß ihr Haus voll war von hellen Schatten ihrer selbst. Da war es am besten, die kalten Scheiben Dezembereis im Flur, über dem Toilettentisch, im Bad einfach zu ignorieren. Über dünnes Eis gleitet man am besten leicht dahin. Wenn man innehält, kann man mit seinem Gewicht, mit seiner Aufmerksamkeit die Schicht zum Springen bringen. Ist man erst einmal durch die dünne Kruste gebrochen, dann kann man in Tiefen stürzen, so tief, so kalt, so erdenfern, daß die ganze Vergangenheit dort unter marmornen Grabsteinen ruht. Eiswasser kann einem durch die Adern rieseln. Dann hält man sich gebannt, erstarrt am Spiegelrahmen fest, für immer unfähig, den Blick vom Zeugnis der Zeit abzuwenden.

Doch an diesem Abend, wo sie draußen die Schritte der davonlaufenden Jungen verklingen hörte, spürte sie dauernd in allen Spiegeln ihres Hauses den Schnee fallen. Sie wollte die Hand durch die Rahmen stoßen, nach dem Wetter fühlen. Aber gleichzeitig hatte sie Angst davor, daß sich die Spiegel dann in milliardenfacher Vervielfältigung ihrer selbst zusammentun könnten, eine Armee von Frauen auf dem Marsch fort in die Jungmädchenzeit, ein Heer junger Mädchen unterwegs in die fernste Kindheit. Wenn sich so viele Menschen in dem kleinen Haus drängten, mußten sie einfach ersticken.

Was sollte sie also mit den Spiegeln machen, mit Will Halloway, Jim Nightshade, mit – diesem Neffen?

Seltsam. Warum sage ich nicht *meinem* Neffen?

Weil er von dem Augenblick an, dachte sie, wo er das Haus betrat, irgendwie nicht hierhergehörte, weil er nicht echt war, weil sie immer auf – ja, auf was wartete?

Heute abend. Der Zirkus. Musik, so sagte der Neffe, die man einfach gehört haben *muß*, Karussells, auf denen man einfach gefahren sein *muß*. Halt dich fern von dem Irrgarten, in dem der Winter schlummert. Schwimm mit dem Karussell im Kreise, wo der Sommer ist, süß wie Klee, Ginster und wilde Minze, eine liebliche Zeit.

Sie blickte hinaus auf den nachtschwarzen Rasen, von dem sie ihren Schmuck immer noch nicht aufgelesen hatte. Unbewußt ging ihr auf, daß der Neffe sich auf diese Weise der beiden Jungen entledigt

hatte, die sie vielleicht daran gehindert hätten, die Karte zu benutzen, die sie nun vom Kaminmantel nahm.
KARUSSELL. GÜLTIG FÜR EINE FAHRT.
Sie hatte auf die Rückkehr des Neffen gewartet. Die Zeit verging, sie mußte nun selbst handeln. Etwas tun, nicht um Schaden anzurichten, nein – nur um die Einmischungen von Jungen wie Will und Jim zurückzudrängen. Keiner durfte zwischen ihr und dem Neffen stehen, zwischen ihr und dem Karussell, ihr und dem lieblich gleitenden, kreiselnden Sommer.
Das hatte der Neffe ihr klargemacht, ohne ein Wort, nur indem er ihre Hand festhielt und ihr aus seinem kleinen rosa Mund den süßen Duft gedünsteter Äpfel ins Gesicht atmete.
Sie hob den Telefonhörer ab.
Am anderen Ende der Stadt sah sie Licht in der Bibliothek, dem steinernen Gebäude, ein Licht, das die ganze Stadt seit Jahren kannte.
Sie wählte. Eine ruhige Stimme meldete sich.
»Ist dort die Bibliothek?« fragte sie. »Mr. Halloway? Hier Miss Foley, Wills Lehrerin. Bitte kommen Sie zum Polizeirevier. Wir treffen uns dort in zehn Minuten. – Mr. Halloway?«
Pause.
»Hallo, sind Sie noch da?«

26

»Ich hätte schwören können, daß der Alte tot war, als wir hinkamen«, sagte der eine Krankenträger.
Die Ambulanz und der Streifenwagen hielten auf dem Rückweg in die Stadt gleichzeitig an der Kreuzung. Der eine Krankenträger hatte es hinübergerufen. Nun rief einer der Polizisten zurück.
»Machen Sie keine Witze!«
Die Träger saßen stumm im Krankenwagen. Sie zuckten nur die Achseln.
»Na klar, nur ein Spaß.«
Dann fuhren sie weiter. Ihre Gesichter waren so ausdruckslos und weiß wie ihre Kittel.
Der Streifenwagen fuhr hinterher. Jim und Will drängten sich auf dem Rücksitz aneinander und wollten noch mehr berichten, aber die Beamten begannen zu reden und zu lachen, sie erzählten einander umständlich alles noch einmal, was geschehen war. So begannen Jim und Will wieder zu lügen. Sie nannten falsche Namen und behaupteten, nahe beim Revier zu wohnen.
Sie ließen sich vor zwei dunklen Häusern in der Nähe des Reviers absetzen, liefen zur Haustür und blieben im Schatten stehen, die Hand an den Türklinken, bis der Streifenwagen um die Ecke in den Hof des Reviers eingebogen war; dann rannten sie weg, dem Wagen nach, und bestaunten die gelben Lichter am Revier, sonnenfarben

mitten in der Nacht. Will wandte den Kopf und sah den ganzen Abend auf Jims Gesicht noch einmal kommen und gehen, und Jim starrte die Fenster des Reviers an, als könnte schon im nächsten Augenblick Dunkelheit jeden Raum ausfüllen und die Lichter für immer auslöschen.

Will dachte: Auf dem Rückweg in die Stadt, da hab' ich meine Karten fortgeworfen. Aber, sieh mal ...

Jim hält die seinen immer noch in der Hand.

Will zitterte.

Was dachte Jim, was wollte er, was hatte er nur vor, jetzt, wo Tote lebten, nur durch das Feuer weißglühender elektrischer Stühle lebten? Liebte er den Zirkus immer noch so sehr? Will lauschte. Er forschte. Ein schwaches Echo – ja, es kam und ging in Jims Augen; denn Jim war noch immer Jim, selbst jetzt, wo er hier stand und das fahle Licht der Gerechtigkeit ihm auf die Backenknochen fiel.

»Der Polizeichef«, sagte Will. »Der wird uns anhören ...«

»Ja«, sagte Jim gedehnt. »Der wacht gerade lange genug auf, um nach einem Schmetterlingsnetz zu schicken. Hölle, Will, zur Hölle damit! Nicht einmal *ich* glaub' das, was in den letzten vierundzwanzig Stunden passiert ist!«

»Aber wir müssen es doch wenigstens versuchen, jemanden suchen, der höher ist – jetzt, wo wir wissen, was auf dem Spiel steht.«

»Okay, was steht denn auf dem Spiel? Was ist denn Böses an dem Zirkus? Weil eine Frau sich vor dem Spiegellabyrinth erschreckt hat? Selber schuld, wird die Polizei sagen. Ein Haus beraubt? Okay, wo ist denn der Einbrecher? Versteckt er sich in der Haut eines alten Mannes? Wer glaubt uns das schon? Wer glaubt uns denn, daß ein alter Mann ein zwölfjähriger Junge war? Ein Blitzableiterverkäufer ist verschwunden? Klar, er hat seine Tasche zurückgelassen. Aber er kann doch die Stadt nicht verlassen haben ...«

»Der Zwerg in dem Zelt ...«

»Den hab' ich gesehen, und du hast ihn gesehen, und er sieht dem Blitzableiterverkäufer ein bißchen ähnlich, klar – aber kannst du denn beweisen, daß er einmal größer war? Nein! Genausowenig wie du beweisen kannst, daß Cooger einmal klein war. Damit sind wir genauso weit wie zuvor, wir stehen auf der Straße, haben keinen Beweis außer dem, was wir gesehen haben, sind nur zwei Kinder, und das Wort der Zirkusleute steht gegen das unsere. Außerdem hat die Polizei dort 'ne Menge Spaß gehabt. Herr im Himmel, ist das ein Durcheinander! Wenn's nur irgendeine Möglichkeit gäbe, sich *jetzt* noch bei Mr. Cooger zu entschuldigen ...«

»Entschuldigen?« schrie Will. »Bei einem menschenfressenden Krokodil? Herjemine! Du willst immer noch nicht einsehen, daß man sich mit diesen Ulmers und Goffs auf nichts einlassen kann.«

»Ulmers? Goffs?« Jim sah ihn nachdenklich an. Ulmers und Goffs, das waren die Namen, die sie selbst den Geschöpfen gegeben hatten, die durch ihre Jugendträume wankten und drehten und schwebten. In Wills bösen Träumen stöhnten die Ulmers, sie hatten keine Gesichter. In Jims bösen Träumen kamen die Goffs vor, sie wucherten wie riesige Giftpilze, die sich von Ratten nährten, die sich wiederum von Spinnen nährten und die, weil sie groß genug waren, von Katzen.

»Ulmers! Goffs!« sagte Will. »Muß dir denn erst ein Zehntonnenpanzerschrank auf den Kopf fallen? Denk doch, was bereits mit den zwei Menschen passiert ist, mit Mr. Elektriko und diesem schrecklichen verrückten Zwerg! In dieser vertrackten Maschine kann mit Menschen alles mögliche passieren. Wir wissen's, weil wir's gesehen haben. Vielleicht haben sie den Blitzableiterverkäufer absichtlich so zusammengequetscht, vielleicht ist auch etwas schief gegangen. Tatsache ist, daß sie ihn durch die Mangel gezogen haben, daß er unter ein Dampfkarussell gekommen ist. Verrückt! Er *erkennt* uns ja nicht einmal mehr! Reicht das denn noch nicht, daß dir angst und bange wird? Vielleicht ist sogar Mr. Crosetti ...«

»Mr. Crosetti macht Urlaub.«

»Vielleicht. Vielleicht auch nicht. Da ist sein Laden. Da hängt das Schild WEGEN KRANKHEIT GESCHLOSSEN. Was für eine Krankheit ist das denn, Jim? Hat er auf der Festwiese zu viel süßes Zeug gegessen? Ist er seekrank geworden, weil er auf jedem Ding fahren wollte?«

»Hör auf, Will.«

»Nichts da, ich hör' nicht auf. Klar, die Sache mit dem Karussell klingt toll. Glaubst du vielleicht, ich will immer dreizehn bleiben? Ich nicht! Aber zum Teufel, Jim, denk doch mal vernünftig: Du willst doch nicht *wirklich* zwanzig sein!«

»Worüber haben wir denn sonst den ganzen Sommer geredet?«

»Geredet schon. Aber stürz dich kopfüber in die Teufelsmaschine und laß dir die Knochen langziehen, Jim, dann weißt du nachher nicht mehr, was du mit deinen Knochen anfangen sollst.«

»Ich schon«, sagte Jim in die Nacht hinein. »Ich schon.«

»Klar. Du gehst einfach weg und läßt mich hier zurück, Jim.«

»Aber nein!« protestierte der andere. »Ich laß dich doch nicht zurück, Will. Wir bleiben beisammen.«

»Beisammen? Wenn du zwei Köpfe größer bist und vor lauter Kraft kaum laufen kannst? Wenn du auf mich herabschaust? Und worüber sollen wir dann reden, Jim, wenn ich die Taschen voller Bindfäden und Murmeln und Froschaugen habe und deine Taschen ordentlich, sauber und leer sind und du dich über mich lustig machst? Sollen wir darüber reden? Daß du schneller laufen kannst und daß du mich mit einer Hand ...«

»Ich würde dich niemals verhauen, Will.«

»In einer Minute schaffst du das! Geh nur, Jim, los, hau schon ab! Ich finde nichts dabei, wenn ich mit meinem Taschenmesser unter einem Baum sitze und Messerwerfen spiele, während du dich mit den herumrasenden Pferden verrückt machst. Aber Gott sei Dank rennen die ja nicht mehr ...«

»Und daran bist du schuld!« schrie Jim. Er blieb stehen.

Will erstarrte und ballte die Fäuste. »Meinst du damit, ich hätte zusehen sollen, wie aus diesem kleinen gemeinen Hund ein großer, alter gemeiner Hund wird und uns die Köpfe abreißt? Ihn einfach rumsausen und uns anspucken lassen? Und vielleicht auch noch mit dir daneben, daß du mir zum Abschied zuwinkst, wieder rumsaust und mir Lebewohl sagst! Und ich soll dir dann einfach zurückwinken, wie? Meinst du das, Jim?«

»Psst!« machte Jim. »Wie du sagst, ist's ohnehin zu spät. Das Karussell ist kaputt ...«

»Und wenn's wieder repariert ist, dann lassen sie den alten, schrecklichen Cooger rückwärts fahren, machen ihn wieder so jung, daß er reden kann und sich an unsere Namen erinnert, und dann sind sie wie die Menschenfresser hinter uns her. Oder zumindest hinter mir, wenn du dich bei denen einschmeicheln willst und ihnen meinen Namen und meine Adresse sagst ...«

»Das tu ich niemals!« sagte Jim und faßte Will an.

»Ach, Jim! Jim, das siehst du doch ein, wie? Alles zu seiner Zeit, wie der Prediger erst vorigen Monat gesagt hat. Immer schön eins nach dem anderen, nicht zwei auf einmal. Denkst du dran?«

»Alles zu seiner Zeit«, sagte Jim.

Dann hörten sie Stimmen aus dem Polizeirevier. In einem Raum, rechts vom Eingang, sagte eine Frauenstimme etwas, und Männerstimmen antworteten.

Will gab Jim mit einer Kopfbewegung ein Zeichen. Leise drückten sie sich zwischen die Büsche, bis sie in den Raum hineinsehen konnten.

Da saß Miss Foley. Und da saß Wills Vater.

»Ich verstehe das nicht«, sagte Miss Foley. »Wenn ich mir vorstelle, daß ausgerechnet Will und Jim in mein Haus einbrechen, mich bestehlen, davonlaufen ...«

»Sie haben ihre Gesichter genau gesehen?« fragte Mr. Halloway.

»Als ich schrie, haben sie unten im Licht zu mir heraufgeschaut.«

Von dem Neffen sagt sie nichts, dachte Will. Natürlich sagt sie nichts davon.

Da siehst du's, Jim, hätte er am liebsten geschrien. Es war eine Falle. Der Neffe hat nur darauf gewartet, daß wir ums Haus schleichen. Er wollte nur, daß wir so tief in der Patsche sitzen, daß wir zur Polizei, zu den Eltern, zu irgend jemandem sagen konnten, was wir wollten – keiner würde uns mehr glauben, nichts von Karussells, vom Zirkus, von späten Nachtstunden – unser Wort wäre keinen Pfifferling mehr wert!

»Ich will keine Anzeige erstatten«, sagte Miss Foley. »Aber wenn die Jungen unschuldig sind – wo sind sie dann?«

»Hier!« schrie jemand.

»Will!« sagte Jim.
Zu spät.
Will war schon aufgesprungen und kletterte durchs Fenster.
»Hier«, sagte er einfach, als er mit beiden Beinen auf dem Boden stand.

27

Sie gingen schweigend über die mondfarbenen Bürgersteige nach Hause, Mr. Halloway zwischen den beiden Jungen. Als sie am Ziel waren, seufzte Wills Vater.
»Jim, es hat keinen Sinn, deine Mutter zu dieser Stunde aufzuregen. Wenn du mir versprichst, daß du ihr alles morgen beim Frühstück erzählst, laß ich dich laufen. Kommst du ins Haus, ohne sie aufzuwecken?«
»Klar. Sehen Sie mal, was wir da haben.«
»Wir?«
Jim nickte und führte die beiden an die Seite des Hauses. Dann fummelte er zwischen dichtem Moos und Laub nach den eisernen Sprossen, die sie sich zu einer versteckten Geheimleiter hinauf in Jims Zimmer zusammengebastelt hatten. Mr. Halloway lachte. Es klang beinahe schmerzhaft, und eine seltsame, wilde Traurigkeit schüttelte ihn.
»Wie lange geht das schon so? Nein, sagt mir nichts. Ich hab's in eurem Alter auch getan.« Er blickte die Efeuranken hinauf zu Jims Zimmerfenster. »Macht Spaß, spät noch draußen zu sein, frei wie ein Vogel.«
Er faßte sich wieder.
»Aber ihr bleibt doch wohl nicht zu lange ...«
»In dieser Woche ist's wirklich das erste Mal nach Mitternacht geworden.«
Dad überlegte eine Weile. »Wenn's euch erlaubt wird, so ist vermutlich alles verdorben, wie? Euch kommt's darauf an, euch in den Sommernächten hinauszuschleichen zum See, auf den Friedhof, zur Eisenbahn, zu den Pfirsichpflanzungen ...«
»Gott, Mr. Halloway, haben Sie auch ...«
»Ja. Aber laßt die Frauen nichts davon wissen, daß ich es euch gesagt habe. Rauf mit dir!« Er deutete nach oben. »Und laß dich einen Monat lang nachts nicht wieder erwischen!«
»Ja, Sir.«
Jim schwang sich wie ein Affe zu den Sternen empor, verschwand durch sein Fenster, zog es zu und ließ die Jalousie herab.
Dad blickte zu den verborgenen Sprossen hinauf, die aus dem Sternenschimmer herunterführten in die vogelfreie Welt der Bürgersteige, die zum Wettrennen einluden, zu den hohen Hürden dunkler Büsche, dem pfahlumgebenen Friedhof mit seinen Mauern und Steinen ...

»Weißt du, Will, was mir am schlimmsten ist? Daß ich nicht mehr so laufen kann wie ihr.«
»Ja, Sir«, sagte sein Sohn.
»Damit wir uns verstehen«, sagte Dad. »Morgen wirst du dich noch einmal bei Miss Foley entschuldigen. Such den Rasen ab. Vielleicht haben wir bei Taschenlampe und Streichhölzern etwas von – von dem Diebesgut übersehen. Dann meldest du dich beim Polizeichef. Du hast Glück gehabt, weil du von selbst gekommen bist. Und weil Miss Foley nicht auf einer Anzeige besteht.«
»Ja, Sir.«
Sie gingen hinüber an die Seite des eigenen Hauses. Dad suchte mit seinen Händen zwischen den Efeuranken.
»Hier auch?«
Seine Finger stießen an eine Sprosse, die Will zwischen die Ranken genagelt hatte.
»Ja, hier auch.«
Während sie unter dem Efeu standen, zog Dad den Tabaksbeutel heraus, stopfte seine Pfeife und zündete sie an. Unter dem Laub führten die eisernen Stifte hinauf ins warme Zimmer, ins Bett. Dann sagte er: »Ich kenn' euch doch. Ihr seht nicht aus, als ob ihr schuldig wärt. Ihr habt nichts gestohlen.«
»Nein.«
»Warum habt ihr's dann gesagt – bei der Polizei?«
»Weil Miss Foley – oder weiß Gott wer – *will*, daß wir schuldig sind. Wenn sie das sagt, dann sind wir schuldig. Hast du gesehen, wie überrascht sie war, als wir durchs Fenster kamen? Sie hat nicht geglaubt, daß wir's zugeben würden. Aber wir haben gestanden. Wir haben schon genug Feinde, ohne daß die Polizei uns auf den Fersen ist. Ich hab mir gesagt, wenn wir reinen Tisch machen, dann werden sie uns nicht so hart hernehmen. So war's dann auch. Ja, aber gleichzeitig hat auch Miss Foley erreicht, was sie erreichen wollte. Wir sind jetzt Kriminelle. Niemand wird uns mehr ein Wort glauben.«
»Ich schon.«
»Wirklich?« Will durchforschte die Schatten auf dem Gesicht seines Vaters, sah die weiße Haut, die Augen, das Haar.
»Dad, gestern nacht, um drei Uhr morgens . . .«
»Drei Uhr morgens . . .«
Er sah, wie Dad zurückzuckte wie vor einem kalten Windstoß, als könnte er alles riechen, wissen, sich aber nicht bewegen, nicht die Hand ausstrecken und Wills Arm tätscheln.
Und er wußte, sagen konnte er es auch nicht. Vielleicht morgen. Irgendwann. Wenn die Sonne wieder aufging, dann waren die Zelte vielleicht verschwunden und mit ihnen die Monstren. Sie ließen sie allein und wußten, daß sie Angst genug hatten, nichts zu unternehmen, nichts zu sagen, den Mund zu halten. Vielleicht blies der Wind alles fort. Vielleicht – vielleicht . . .

Ja, Will?« murmelte der Vater gepreßt, die Pfeife in der Hand. »Weiter!«
Nein, dachte Will. Wenn schon Jim und ich unter die Menschenfresser fallen, dann zumindest nicht noch jemand. Wer davon weiß, dem passiert auch etwas. Also darf es sonst niemand erfahren. Niemand.
Laut sagte er: »In ein paar Tagen, da sag' ich dir alles, Dad. Ich schwör's dir. Bei Moms Ehre.«
»Bei Moms Ehre«, sagte Dad nach einer Weile. »Ja, das genügt mir.«

28

Die Nacht war erfüllt vom süßen Duft des Herbstlaubs; es roch, als türmte sich der feine Sand des alten Ägyptens vor der Stadt zu hohen Dünen. Wie kommt es nur, dachte Will, daß ich in so einer Stunde an viertausend Jahre alten Staub alter Völker denken kann, der um die Welt treibt – wo ich doch so traurig bin, weil keiner es merkt, bis auf mich und vielleicht Dad, aber wir reden nicht darüber.
Es war wirklich eine Zeit zwischen den Zeiten. In der einen Sekunde waren ihre Gedanken neugierige Terrier, in der nächsten schlafende Katzen, samten und weich. Es war Zeit zum Schlafen, aber sie zögerten noch wie alle Jungen, die um Bett und Kopfkissen einen weiten Bogen machen. Es war eine Zeit, in der man vieles sagen kann, wenn auch nicht alles. Die Zeit nach den ersten Entdeckungen – doch andere standen ihnen noch bevor. Sie wollten alles wissen und nichts wissen. Es war die neugefundene Süße eines Männergesprächs, wie es sein muß. Es war auch die mögliche Bitterkeit der Offenbarung.
Eigentlich sollten sie nach oben gehen, aber sie konnten sich in diesem Augenblick, der für die Zukunft ähnliches versprach, nicht trennen; Augenblicke in kommenden, nahen Nächten, in denen der Mann und der zum Mann werdende Junge am liebsten gesungen hätten. So fragte Will schließlich vorsichtig:
»Dad? Bin ich ein guter Mensch?«
»Ich denke schon. Doch – ich *weiß* es.«
»Wird mir – wird mir das etwas nützen, wenn's wirklich hart auf hart kommt?«
»Ja, es wird dir helfen.«
»Wird es mich notfalls auch retten? Ich meine, wenn ich unter lauter bösen Menschen bin, und in meilenweitem Umkreis ist nicht ein einziger guter Mensch – was dann?«
»Es wird dir helfen.«
»Das genügt mir nicht, Dad.«
»Gott garantiert nicht für deinen Leib. Es geht mehr um den Seelenfrieden ...«

»Aber, Dad, hast du nicht auch manchmal solche Angst, daß du ...«
»Daß man keinen Seelenfrieden findet?« Sein Vater nickte und machte ein bedrücktes Gesicht.
»Dad«, fragte Will mit sehr leiser Stimme. »Bist du ein guter Mensch?«
»Dir und deiner Mutter gegenüber ja. Ich versuche es. Aber kein Mensch ist immer nur ein Held. Ich kenn' mich jetzt ein ganzes Leben lang. Ich kenne alles, was es an mir Bemerkenswertes gibt ...«
»Und wenn du alles zusammenrechnest?«
»Eine Summe von allem? Nun, die anderen kommen und gehen, und ich verhalte mich meist still. Ja, da bin ich schon ganz in Ordnung.«
Will fragte: »Und warum bist du dann nicht glücklich, Dad?«
»Der Rasen vor dem Haus – warte mal – morgens um halb zwei ist nicht der richtige Ort zum Philosophieren ...«
»Ich wollt's ja nur mal wissen.«
Sie schwiegen eine Weile, dann seufzte Dad.
Er nahm Will beim Arm und führte ihn zur Verandastufe. Sie setzten sich, er zündete sich die Pfeife wieder an. Schmauchend sagte er: »Na gut. Mutter schläft ja. Sie weiß nicht, daß wir Nachtschwärmer hier draußen sitzen. Also können wir ruhig weitermachen. Nun hör mir mal zu: Wann bist du auf den Gedanken gekommen, ein guter Mensch müßte immer glücklich sein?«
»Das glaube ich immer schon.«
»Dann mußt du jetzt umlernen. Manchmal trägt der Mann, der am glücklichsten von allen aussieht, der immer mit dem breitesten Lächeln durch die Stadt läuft, die allergrößte Sündenlast. Es gibt solche und solche Lächeln, man muß lernen, die dunklen von den lichten zu unterscheiden. Wer bellend lacht, richtig laut und herzhaft, der hat meist etwas zu verbergen. Er hat seinen Spaß gehabt und trägt eine Schuld mit sich herum. Die Menschen lieben nämlich die Sünde, Will – und wie sie sie lieben! In allen Farben, Formen, Größen, Arten. Es gibt Zeiten, da steht unser Appetit nicht nach einem schön gedeckten Tisch, sondern nach einem Futtertrog. Wenn einer die anderen Menschen zu laut lobt, dann muß man achthaben, ob er sich nicht gerade im Sumpf gesuhlt hat. Andererseits sieht man manchmal Menschen vorbeigehen, unglücklich, bleich, niedergeschlagen – das sind zuweilen die wirklich guten Menschen, Will. Gut sein ist nämlich furchtbar schwierig. Die Menschen strengen sich an und zerbrechen dabei oft. Ich kenn' ein paar davon. Der Bauer muß sich doppelt so sehr anstrengen wie sein Schwein. Vielleicht liegt es am Nachdenken über das Gutsein, daß eines Nachts der Sprung in die Mauer kommt. Es sind auch die Menschen mit dem höchsten moralischen Standard, die schon die Last eines Härchens spüren. Sie lassen sich selbst keine Ruhe, sie lassen nicht locker,

wenn sie merken, daß sie nur einen Fingerbreit vom Pfad der Tugend abkommen.
Ach, wie herrlich wäre das, wenn man nur *gut sein* und Gutes *tun* müßte, nicht immer darüber nachdenken! Aber schwer ist's schon, wie? Wenn du nachts wach liegst und weißt, im Kühlschrank liegt das letzte Stück Zitronenkuchen, und es gehört dir nicht, aber du denkst daran – muß ich dir das erklären? Oder du bist an einem heißen Sommertag an deine Schulbank gefesselt, und weit draußen sprudelt frisch und kühl und klar der Fluß über die Steine. Jungen können klares Wasser über Meilen hinweg rauschen hören. So geht das Minute um Minute, Stunde um Stunde, ein ganzes Leben lang. Es hört nie auf, hat nie ein Ende. Jetzt mußt du eine Wahl treffen, in der nächsten Minute schon wieder eine und dann wieder. Gut oder böse tickt die Uhr. Gut oder böse. Lauf schwimmen oder schwitz weiter, lauf den Kuchen holen oder bleib hungrig liegen. Also bleibst du. Aber bist du erst einmal geblieben, Will, dann kennst du doch das Geheimnis? Du denkst nicht mehr an den Fluß. Oder den Kuchen. Denn wenn du dran denkst, dann wirst du verrückt. Wenn du all die Flüsse zusammenzählst, in denen du nicht geschwommen bist, all die Stücke Kuchen, die du nicht gestohlen hast, Will, dann hast du eine ganze Menge versäumt, wenn du erst in mein Alter gekommen bist. Aber dann tröstest du dich mit dem Gedanken: Je öfter du im Wasser bist, um so öfter kannst du auch ertrinken – oder an einem Stück Kuchenglasur ersticken. Aber dann kann's vielleicht auch sein, daß du dich aus purer dummer Feigheit von zu vielen Dingen fernhältst, wartest, auf Nummer Sicher gehst.
Schau mich an: Ich hab' mit neununddreißig geheiratet, Will – mit neununddreißig! Aber ich hab immer so geschuftet und hab gedacht, ich kann erst heiraten, wenn ich das Böse ganz überwunden habe. Erst zu spät kam ich dahinter, daß man nicht warten darf, bis man vollkommen ist. Daß man hingehen und fallen muß und sich wieder erheben, wie es alle tun. So hab ich einmal in dem ständigen Ringkampf mit mir selbst ausgesehen, als deine Mutter abends in die Bibliothek kam. Sie wollte ein Buch und bekam mich. Damals hab ich's erkannt: Man nimmt einen halbbösen Mann und eine halbböse Frau und tut die beiden guten Hälften zusammen, dann bekommt man einen vollkommenen, guten Menschen. Das bist du, Will, jede Wette! Und das Seltsame ist, mein Sohn – auch traurig für mich –, daß ich dich immer über den Rasen rennen sehe, während ich oben auf dem Dach sitze und es mit Büchern decke, das Leben mit der Bibliothek vergleiche – und bald einsehen mußte, daß du rascher weise wirst, als ich jemals sein werde . . .«
Dads Pfeife war ausgegangen. Er hielt inne, klopfte sie aus und stopfte sie neu.
»Nein, Sir«, sagte Will.
»Doch«, sagte sein Vater. »Ich wäre ein Narr, wenn ich nicht wüßte,

was für ein Narr ich bin. Meine Weisheit besteht nur in dem Wissen, daß du weise bist.«

»Komisch«, sagte Will nach einer langen Pause. »Du hast mir heute abend viel mehr erzählt als ich dir. Ich werde noch darüber nachdenken. Vielleicht sag' ich dir alles beim Frühstück. Einverstanden?«

»Gern, wenn du willst.«

»Weil – ich möchte, daß du glücklich bist, Dad.«

Er haßte die Tränen, die ihm in die Augen schossen.

»Ist schon gut, Will.«

»Ich würde alles sagen oder tun, was dich glücklich machen könnte.«

»Lieber Will.« Dad zündete seine Pfeife wieder an und schaute dem Rauch nach, der sich süßlich in der Luft auflöste. »Sag mir nur, daß ich ewig leben werde, dann bin ich schon zufrieden.«

Seine Stimme ist es, dachte Will. Ich hab's noch nie bemerkt, aber sie hat dieselbe Farbe wie sein Haar.

»Dad«, sagte er. »Sag das doch nicht so traurig.«

»Ich? Ich bin nun mal von Natur aus ein trauriger Mensch. Ich lese ein Buch, und es macht mich traurig. Sehe einen Film: ich werde traurig. Ein Theaterstück? Nichts schlimmer als das.«

»Gibt's denn nichts«, fragte Will, »was dich *nicht* traurig macht?«

»Nur eins: der Tod.«

»Junge!« Will erschrak. »Ich hab gedacht, gerade der muß dich doch traurig machen.«

»Nein«, sagte der Mann, dessen Stimme zu seinem Haar paßte. »Der Tod läßt alles andere traurig erscheinen. Doch der Tod selbst erschreckt nur. Wenn's keinen Tod gäbe, wäre nicht alles andere gefärbt.«

Und genauso ist der Zirkus, dachte Will. Den Tod wie eine Klapper in der einen Hand, das Leben wie eine Zuckerstange in der anderen. Rasselt mit der Klapper, dich zu schrecken, hält dir die Zuckerstange hin und macht dir den Mund wäßrig. Die Zauberschau, beide Hände voll!

Er sprang auf.

»Dad, hör mir zu: Du wirst ewig leben! Glaub's mir, oder du bist verloren! Klar, du warst vor ein paar Jahren krank – aber das ist vorbei. Klar bist du vierundfünfzig, aber das ist doch jung! Und noch etwas ...«

»Ja, Will?«

Sein Vater wartete. Er zögerte, biß sich auf die Lippen, platzte heraus:

»Bleib von dem Zirkus weg!«

»Seltsam«, murmelte Dad, »das wollte ich dir gerade sagen.«

»Ich würde nicht für eine Milliarde Dollar noch einmal dorthin gehen.«

Aber, fügte Will in Gedanken hinzu, das wird die Zirkusleute nicht davon abhalten, die ganze Stadt nach mir abzusuchen.

»Versprichst du's mir, Dad?«
»Warum soll ich nicht dorthin gehen, Will?«
»Das gehört mit zu den Dingen, die ich dir morgen oder nächste Woche oder nächstes Jahr erzähle. Du mußt mir einfach vertrauen, Dad.«
»Tu ich, mein Sohn.«
Dad reichte ihm die Hand.
»Das ist ein Versprechen.«
Wie auf ein geheimes Zeichen wandten sich beide dem Haus zu. Die Zeit war um, es war spät, es war genug geredet, sie spürten beide, daß sie jetzt gehen mußten.
»Wo du rausgekommen bist, da gehst du auch wieder rein«, sagte Dad.
Will tastete schweigend nach den eisernen Stiften unter dem raschelnden Efeu.
»Dad. Du wirst sie mir doch nicht rausziehen?«
Dad probierte einen der Stifte.
»Eines Tages, wenn du sie nicht mehr haben willst, wirst du sie selbst herausziehen.«
»Ich werde sie nie leid.«
»Kommt dir das so vor? Ja, in deinem Alter glaubt man immer, man wird nie etwas leid. Gut, mein Sohn, rauf mit dir!«
Er sah, wie sein Vater die efeuumrankte Steige entlang nach oben blickte.
»Willst du auch mit raufkommen, Dad?«
»Nein, nein!« rief Vater rasch.
»Du darfst gern, wenn du möchtest«, sagte Will.
»Schon gut. Los jetzt.«
Aber er betrachtete immer noch das Efeulaub, das sich in einer frühen Morgenbrise bewegte.
Will griff hinauf, nach der ersten, zweiten, dritten Sprosse, dann blickte er hinab.
Schon aus dieser geringen Entfernung sah es aus, als schrumpfte Dad da unten auf dem Rasen ein. Irgendwie wollte er ihn nicht zurücklassen, mitten in der Nacht, allein gelassen, die eine Hand wie zu einer Bewegung halb erhoben. Aber er bewegte sich nicht.
»Dad!« flüsterte er. »Du hast doch nicht *das Zeug* dazu!«
»Wer sagt das?« rief Dads Mund lautlos.
Dann sprang er.
Lautlos lachend schwangen sich der Junge und der Mann an der Seite des Hauses empor, immer weiter, Hand über Hand, Fuß um Fuß.
Er hörte, wie Dad abrutschte, strampelte, sich festhielt.
Nicht loslassen, dachte er.
»Ach . . .«
Der Mann atmete schwer.
Mit geschlossenen Augen betete Will: Halt – dich – fest!

Der alte Mann atmete ein, atmete aus, fluchte leise, kletterte weiter.
Will öffnete die Augen. Der Rest des Weges ging glatt, wunderbar, leicht, herrlich. Sie schwangen sich über das Fensterbrett und blieben dort eine Weile sitzen, gleich groß, gleich schwer, getönt von denselben Sternen. Sie umarmten sich mit dem Gefühl herrlicher Erschöpfung, lachten leise miteinander, preßten einander die Hand auf den Mund, aus Angst, jemanden zu wecken – Gott, das Land, die Frau, die Mutter, die Hölle. Sie spürten die warme Quelle der Heiterkeit dort, blieben noch einen Augenblick so sitzen, die Augen hell und feucht vor Liebe.
Dann drückte Dad den Jungen noch einmal fest an sich und war fort. Die Tür schloß sich hinter ihm.
Trunken von dem herrlichen nächtlichen Erlebnis, weggelockt von der Angst hin zu größeren, besseren Dingen, die er in Dad entdeckt hatte, warf Will die Kleider mit lahmen Armen und wohlig schmerzenden Beinen von sich und sank schwer wie ein gefällter Baumstamm ins Bett.

29

Er schlief genau eine Stunde.
Dann war ihm, als erinnerte er sich an etwas, das er zuvor nur halb bemerkt hatte. Er wachte auf, setzte sich hoch, blinzelte hinüber zu Jims Dachfirst.
»Der Blitzableiter!« japste er. »Er ist *weg*!«
Wirklich – er war fort!
Gestohlen? Nein. Hat Jim ihn abgenommen? Ja! Warum? Nur so zum Spaß. Lächelnd war er hinaufgeklettert, hatte den Blitzableiter abmontiert – sollte der Blitz doch in das Haus einschlagen! Angst? Nein. Angst war ein neuer Anzug aus elektrischem Strom, den Jim erst noch anprobieren mußte.
Jim! Will hätte ihm am liebsten das verdammte Fenster eingeworfen. Nagel den Blitzableiter wieder an! Noch vor dem Morgen, Jim, wird der Zirkus jemanden ausschicken, der stellt fest, wo wir wohnen, und wir wissen nicht, auf welchem Weg sie kommen und wie sie aussehen. Aber, Herr im Himmel, dein Dach ist so *leer*! Die Wolken treiben schnell dahin, das Gewitter überfällt uns, und dann …
Will hielt inne.
Was für ein Geräusch macht ein treibender Ballon?
Keines.
Nein, ganz stimmte das auch nicht. Aus sich selber heraus macht er ein Geräusch, er seufzt wie der Wind, der deine Gardinen bläht, weiß wie der Atem des Schaums. Oder er macht ein Geräusch wie die Sterne, die sich in deinem Traum drehen. Vielleicht kündigt er sich auch an wie Mondaufgang und Monduntergang. Ja, das ist am

besten: Wie der Mond über die Tiefen des Alls segelt, so treibt ein Ballon dahin.
Wie hört man ihn? Wie wird man gewarnt? Vernimmt das Ohr ihn? Nein. Aber die kleinen Härchen im Nacken, der pfirsichfeine Flaum im Ohr, die nehmen ihn wahr, und die Haare am Arm singen eine fremdartige Musik wie zitternde Heuschreckenbeine. Du weißt es also, du bist ganz sicher, du fühlst es, liegst im Bett und weißt, daß ein Ballon in den himmlischen Ozean eintaucht.
Will spürte Bewegung in Jims Haus. Auch Jim mit seinen feinen Sinnen muß gemerkt haben, wie die Wasser sich hoch über der Stadt teilten, um Leviathan durchzulassen.
Beide Jungen fühlten den mächtigen Schatten auf dem Weg zwischen ihren Häusern, beide stießen ihre Fenster auf, beide schoben die Köpfe heraus, beiden blieb der Mund offenstehen angesichts der gewohnten, freundschaftlichen Gleichzeitigkeit, dieser köstlichen Pantomime der Intuition, des Erspürens. Alles, was sie in diesen Jahren taten, war wie bei einem Tandem aufeinander abgestimmt. Dann blickten beide mit silbrig schimmernden Gesichtern – der Mond ging auf – nach oben.
Ein Ballon schwebte vorbei und verschwand.
»Heiliger Strohsack, was hat denn ein Ballon hier zu suchen?« fragte Jim, ohne eine Antwort zu erwarten.
Denn sie wußten beide, daß ein Ballon zum suchen am besten war: kein Motorengeräusch, keine quietschenden Reifen auf dem Asphalt, keine Schritte auf der menschenleeren Straße, nur der Wind, der eine mächtige Schneise in die Wolken schlug, Platz machte für den Weidenkorb, das Sturmsegel.
Weder Jim noch Will schlugen das Fenster zu. Sie zogen die Jalousie nicht herunter, sie mußten einfach regungslos dastehen, warten, denn sie *hörten* das Geräusch wieder. Es war wie ein Murmeln aus dem Traum eines anderen Menschen ...
Die Temperatur sank um vierzig Grad.
Denn nun flüsterte, raunte der sturmgebleichte Ballon, sank federweich herab, kühlte mit seinem elefantengroßen Schatten glitzernde Gräser und Sonnenuhren, die ihren Blick rasch zu dem Schatten erhoben.
Sie sahen etwas Seltsames, das sich im herunterhängenden Weidenkorb bewegte. War das ein Kopf? Waren es Schultern? Ja, und der Mond stand wie ein silberner Mantel dahinter. Mr. Dark, dachte Will. Der Zermalmer, dachte Jim. Die Warze, dachte Will. Das Skelett! Der Lavaschlürfer! Der Henker! Monsieur Guillotine!
Nein.
Die Staubhexe.
Die Hexe, die Schädel und Knochen in den Staub malen und sie dann wegniesen konnte.
Jim blickte zu Will herüber, Will zu Jim. Beide lasen es von den Lippen des anderen ab: *die Hexe!*

Aber warum schickten sie nachts in einem Ballon ein wächsernes altes Weib auf die Suche, dachte Will. Warum kam nicht einer der anderen mit ihrem Reptiliengift, Wolfsfeuer, Schlangenblick in den Augen? Warum eine bröckelnde Statue mit blinden Augen, mit spinnenfädenzugenähten Lidern?
Und dann sahen sie empor und wußten es.
Die Hexe, seltsam aus Wachs geformt, lebte ein seltsames Leben. Blind war sie, aber sie streckte rostfleckige Finger aus, mit denen sie Windbrocken streichelte, liebkoste, mit denen sie den Wind zerteilen, Schalen vom Raum ablösen, Sterne verdunkeln konnte, bis sie waberten und tanzten und dann wieder scharf in den Raum stachen wie ihre spitze Nase.
Aber die Jungen wußten noch mehr.
Sie wußten, daß sie blind war, aber blind auf besondere Weise. Sie konnte die Hände niedersenken und die Buckel der Welt abtasten, Hausdächer berühren, Dachfenster befühlen, Staub aufrühren und Zugluft beschnuppern, die durch Flure zog, und Seelen, die durch Menschen zogen, Strömungen, die von den Lungen zum klopfenden Puls und zu pochenden Schläfen und wieder zurück zu den Lungen verliefen. Genau wie die beiden spürten, daß sich der Ballon wie Herbstregen herabsenkte, so fühlte sie, wie die Seelen der Jungen durch die bebenden Nasenflügel entflohen und wieder zurückkehrten. Jede Seele – ein riesiger warmer Fingerabdruck – *fühlte* sich anders an, sie konnte sie zwischen den Fingern drehen wie Lehm; jede *schmeckte* anders, sie konnte sie mit ihrem Gummigaumen, ihrer Natternzunge kosten; *klang* anders – sie stopfte sich die Seele in ein Ohr, zog sie beim andern wieder heraus.
Ihre Hände griffen spielerisch durch die Luft herab, eine nach Jim, eine nach Will. Der Schatten des Ballons überspülte sie mit einer Woge der Panik, erfüllte sie mit Entsetzen.
Die Hexe atmete aus.
Der Ballon, nun von dem säuerlich riechenden Ballast befreit, hob sich. Der Schatten glitt vorüber.
»O Gott!« sagte Jim. »Jetzt wissen sie, wo wir wohnen.«
Beide schnappten nach Luft. Irgendein unheimliches Paket schrappte und knirschte über die Ziegel von Jims Dach.
»Will! Sie *hat* mich!«
»Nein! Ich glaube ...«
Das schabende, bürstende Geräusch ratschte von unten nach oben über das ganze Dach. Dann sah Will den Ballon hochwirbeln und in Richtung auf die Berge davonfliegen.
»Sie ist weg – da fliegt sie! Jim, sie hat was mit deinem Dach gemacht. Schieb den Kletterbalken rüber!«
Jim schob den langen, dünnen Pfosten herüber, an dem sonst die Wäscheleine befestigt wurde. Will verankerte ihn fest an seinem Fenstersims, dann kletterte er Hand über Hand hinüber, bis Jim ihn über seine Fensterkante ins Zimmer zog. Den Pfosten ver-

steckten sie im Einbauschrank. Dann schoben und zogen sie sich gegenseitig zum Dach hoch. Auf dem Dachboden roch es nach Sägemühlen, alt, dunkel und viel zu still. Will schob sich auf den hohen Dachgiebel hinaus und rief: »Jim, da ist es!«
Und da war es auch, schimmernd im Mondlicht.
Es war eine Spur, wie eine Schnecke sie auf dem Bürgersteig hinterläßt. Schleimig. Silbrig glitzernd. Aber es war die Spur einer *gigantischen* Schnecke, die hundert Pfund wiegen mußte, wenn es eine solche Schnecke überhaupt gab. Das silbrige Band war einen Meter breit. Es begann unten an der laubgefüllten Dachrinne, zog sich bis zum First empor und auf der anderen Seite zittrig wieder hinunter.
»Warum?« keuchte Jim. »Warum nur?«
»Das ist einfacher, als nach Straßennamen und Hausnummern zu suchen. Sie hat dein Dach markiert, damit sie es meilenweit sehen können, Tag und Nacht.«
»Ach du liebe Zeit!« Jim bückte sich und berührte die Spur mit dem Finger. Ein leicht übelriechendes, klebriges Zeug blieb daran haften.
»Will, was sollen wir machen?«
»Ich hab' eine Idee«, flüsterte der andere. »Vor dem Morgen kommen sie gewiß nicht zurück. In der Nacht fangen die keinen Krach an. Sie haben einen bestimmten Plan. Und was wir jetzt machen – *das da*!«
Tief unter ihnen lag, zusammengeringelt wie eine gewaltige Boa Constrictor, der Gartenschlauch.
Will war wie der Wind unten, schnell, lautlos, er stieß nichts um und weckte keinen auf. Jim oben auf dem Dach war überrascht, als Will in Null Komma nichts wieder angekeucht kam, den Schlauch in der Faust.
»Will, du bist ein Genie!«
»Klar! Beeil dich!«
Sie zerrten den Schlauch hinaus, um die Schindeln zu durchweichen, das Silber wegzuspülen, die böse Quecksilberfarbe zu beseitigen.
Bei der Arbeit blickte Will auf. Die reine Farbe der Nacht ging schon in den Morgen über. Er sah den Ballon, der gegen den Wind anmanövrierte. Spürte sie es? Kam sie zurück? Würde sie das Dach noch einmal markieren? Mußten sie es noch einmal abwaschen? Markieren – abwaschen, bis der Morgen kam? Ja, wenn's sein mußte . . .
Wenn man der Hexe nur endgültig das Handwerk legen könnte, dachte Will. Sie wissen unsere Namen nicht, kennen die Anschrift nicht. Und Mr. Cooger ist dem Tod zu nahe, um sich daran zu erinnern. Der Zwerg – falls das wirklich der Blitzableitermann ist – hat keinen Verstand mehr und erinnert sich auch nicht, so Gott will. Und sie werden es nicht wagen, Miss Foley vor dem Morgen zu be-

lästigen. Also warten sie zähneknirschend draußen auf der Wiese und haben die Hexe als Kundschafterin vorgeschickt ...
»Ich bin ein Narr!« klagte Jim, als er leise die Stelle des Daches abspülte, wo sich der Blitzableiter befunden hatte. »Warum hab ich ihn nicht droben gelassen?«
»Der Blitz hat noch nicht eingeschlagen«, sagte Will. »Und wenn wir aufpassen, wird er es auch nicht. – Hier noch einmal!«
Sie spülten das Dach ab.
Unten öffnete jemand ein Fenster.
»Mom.« Jim lachte leise. »Sie glaubt, es regnet.«

30

Es hörte zu regnen auf.
Das Dach war sauber.
Sie ließen den Schlauch davonschnellen und tausend Meilen tiefer ins nachtfeuchte Gras plumpsen.
Jenseits der Stadt zögerte der Ballon immer noch zwischen finsterer Mitternacht und vielversprechender, erhoffter Morgensonne.
»Worauf wartet sie?«
»Vielleicht *riecht* sie, was wir vorhaben.«
Sie kletterten durch den Dachspeicher herunter und lagen bald wieder in getrennten Betten in getrennten Zimmern, nachdem sie geredet und den fiebrigen Schauder am Rücken gespürt hatten. Nun lagen sie still da und lauschten den Herzen und den Uhren, die zu rasch dem Morgen entgegentickten.
Was sie auch machen, dachte Will, wir müssen einfach schneller sein.
Er wünschte sich, daß der Ballon zurückkommen möge, daß die Hexe merkte, daß sie ihr Zeichen fortgespült hatten, daß sie das Dach noch einmal markierte. Warum?
Weil ...
Er starrte auf seinen Pfadfinderbogen und die Pfeile, den großen, starken Bogen, den Köcher mit spitzen Pfeilen an der Ostwand seines Zimmers.
Tut mir leid, Dad, dachte er und setzte sich lächelnd auf. Diesmal geh' ich allein raus. Ich will erreichen, daß sie Tage, vielleicht Wochen nicht zurückfliegen und über uns Bericht erstatten kann.
Er nahm Bogen und Köcher von der Wand, zögerte, überlegte und drückte dann behutsam das Fenster auf. Er beugte sich hinaus. Sinnlos, laut zu schreien. Nein. Nur scharf und konzentriert denken. *Die* können Gedanken lesen, das weiß ich genau, sonst hätte man sie nicht geschickt; sie kann *keine* Gedanken lesen, aber sie fühlt die Wärme eines menschlichen Körpers, sie spürt jede Temperaturänderung, besondere Gerüche, Aufregung. Und wenn ich auf und ab hüpfe und sie allein durch mein Gefühl wissen lasse, daß ich sie übertölpelt habe, vielleicht, vielleicht ...

Vier Uhr morgens, verkündete schläfrig eine Turmuhr in einem anderen Land.
Hexe, dachte er, *komm zurück!*
Hexe, dachte er lauter, mit klopfendem Herzen, *hörst du mich*? *Das Dach ist sauber!* Wir machen unsern eigenen Regen. Du mußt zurückkommen und das Dach noch einmal markieren! Hexe …
Und die Hexe kam zurück!
Er fühlte, wie sich die Erde unter dem Ballon drehte.
In Ordnung, Hexe, komm nur, ich bin allein, nur der namenlose Junge, du kannst nicht meine Gedanken lesen, aber ich steh' da und spuck' dir mitten ins Gesicht! Und ich schrei' dir zu, daß wir dir einen Streich gespielt haben, du verstehst schon, was ich so meine, also komm nur, komm! Wag es! Los, komm!
Meilen entfernt erhob sich ein zustimmender Seufzer, kam näher.
Heiliger Strohsack, dachte er plötzlich, ich will doch nicht, daß sie zu *diesem* Haus zurückkommt! Los! Er fuhr blitzschnell in die Kleider.
Er umklammerte seine Waffen, kletterte die im Efeu versteckten Sprossen hinunter, stapfte durchs nasse Gras.
Hexe! Hier! Er rannte hierhin und dorthin, er hinterließ Spuren und fühlte sich auf verrückte Weise wohl, wild wie ein Hase, der an einer geheimnisvollen Wurzel, giftig-süß, geknabbert hat und nun wie toll herumhoppelt. Knie stoßen ans Kinn, Absätze zertrampeln nasses Laub. Er hüpfte über eine Hecke, in den Händen die stacheligen Waffen, im Mund Angst und Freude wie aneinanderklickende Murmeln.
Er schaute zurück. Der Ballon kam näher! Atemzug für Atemzug schob er sich näher heran, von Baum zu Baum, von Wolke zu Wolke.
Wohin will ich eigentlich, überlegte er. Warte! Das Redman-Haus! Seit Jahren unbewohnt! Nur noch zwei Häuserblocks.
Seine Füße raschelten leise im Laub, und das große Ding raschelte laut am Himmel, während das Mondlicht alles beschneite und die Sterne glitzerten.
Er hielt vor der Veranda des alten Redman-Hauses inne, eine Fackel in jeder Lunge, Blutgeschmack auf der Zunge, lautlosen Schrei auf den Lippen: Hier! Hier wohne *ich*!
Er fühlte, wie ein mächtiger Fluß am Himmel seinen Lauf änderte.
Gut, dachte er.
Seine Hand drehte den Türknopf des alten Hauses. O Gott, dachte er, und wenn *sie* nun hier drin auf mich warten?
Er öffnete die Tür zur Dunkelheit.
Staub wirbelte im Finstern auf und senkte sich wieder. Spinnweben bebten. Sonst nichts.
Will sprang die zerfallenden Treppenstufen hinauf, immer zwei zugleich. Er kletterte über den Speicher aufs Dach hinaus, versteckte seine Waffe hinter dem Schornstein und richtete sich hoch auf.

Der Ballon senkte seinen Weidenkorb herab. Er war von einem schleimigen Grün, bemalt mit titanischen Bildern geflügelter Skorpione, uralter Phoenixe, mit Rauch und Feuer und Wolken.
Hexe, dachte er, *hierher*!
Der feuchtkalte Schatten traf ihn wie der Flügel einer riesigen Fledermaus.
Will stürzte und reckte die Arme hoch. Der Schatten war fast wie schwarzes Fleisch, das zuschlug.
Er fiel und klammerte sich an den Schornstein.
Der Schatten senkte sich tiefer, hüllte ihn ein.
Aber plötzlich schwenkte der Wind um.
Es war kalt wie in einer Höhle unter dem Meer, in dieser Wolke.
Die Hexe zischte vor verzweifelter Enttäuschung. Der Ballon schoß in weitem Bogen in die Höhe.
Der Wind, dachte der Junge in wilder Freude. Er steht auf *meiner* Seite!
Nein, flieg nicht weg, dachte er. Komm zurück.
Er fürchtete, daß sie seinen Plan gewittert hatte.
Und das stimmte auch. Seine Gedanken juckten sie. Sie schnupperte, sie sog die Luft ein. Er sah, wie ihre Fingernägel die Luft ankratzten und betasteten, als sei sie Wachs, auf dem sie irgendwelche Formen suchte. Sie streckte die Hände aus, die Handflächen nach unten, als sei er ein Ofen, der irgendwo mit kleiner Flamme in den unteren Bereichen der Welt brannte, und sie wollte sich die Hände daran wärmen. Als der Korb sich wie ein Pendel in die Lüfte schwang, sah er ihre blinden, zugenähten Augen, die moosbedeckten Ohren, den fahlen, aprikosenfarbenen Mund, der die hindurchstreichende Luft mumifizierte, um zu schmecken, was an seinem Plan, seinen Gedanken nicht stimmte. Er war zu gut, zu selten, zu fein, zu wirklich, um wahr zu sein! Natürlich wußte sie das!
Und da sie es wußte, hielt sie den Atem an.
Dadurch dehnte sich der Ballon, in der Mitte zwischen Einatmen und Ausatmen.
Nun atmete die Hexe ganz behutsam, probeweise, tastend ein. Der Ballon wurde schwerer und sank. Ausatmen. Das Luftgefährt wurde vom schweren Dampf befreit, es stieg!
Und nun das Warten. Das Anhalten ihres feuchten, stickigen Atems in ihrem Kinderleib.
Will machte ihr eine lange Nase.
Sie sog die Luft ein. Das Gewicht dieses einen Atemzugs ließ den Ballon absinken.
Näher, dachte er.
Aber sie steuerte ihr Gefährt vorsichtig im Kreise, weil sie das aus seinen Poren strömende Adrenalin schmeckte. Er drehte sich im Kreise, folgte dem Ballon mit den Blicken, immer im Kreise. Du, dachte er, du willst, daß ich seekrank werde! Immer herumdrehen willst du mich, wie? Mich schwindlig machen?

Nur eines konnte er noch versuchen.
Er stand mit dem Rücken zum Ballon und rührte sich nicht.
Hexe, dachte er, da kannst du doch nicht widerstehen.
Er spürte das unhörbare Geräusch der schleimgrünen Wolke, die angehaltene, säuerlich riechende Luft, das Quietschen im Weidenkorb, als der Schatten seine Beine kühlte, sein Rückgrat und seinen Nacken.
Näher!
Die Hexe sog Luft ein, Gewicht, nächtliche Last, Ballast aus sternenkaltem Wind.
Näher!
Ein elefantengroßer Schatten strich ihm über die Ohren.
Er drückte seine Waffe an sich.
Der Schatten hüllte ihn ein.
Eine Spinne huschte über sein Haar – ihre Hand?
Er unterdrückte einen Schrei und fuhr herum.
Die Hexe lehnte sich über den Rand des Korbes, kaum einen Fußbreit entfernt.
Er bückte sich. Griff zu.
Die Hexe stieß kreischend den Atem aus, als sie roch, fühlte, wußte, was er da in der Hand hielt.
Entsetzt reagierte sie, holte tief Luft, sog Gewicht ein, belastete den Ballon. Er kratzte übers Dach.
Will spannte die Sehne, lud sie mit Vernichtung.
Der Bogen zerbrach in zwei Stücke. Er starrte auf den nicht verschossenen Pfeil in seiner Hand.
Die Hexe atmete triumphierend auf. Es war ein Seufzer der Erleichterung.
Der Ballon schwang sich empor. Der trockene, raschelnde, beladene Weidenkorb traf ihn.
Wieder schrie die Hexe in irrem Triumph auf.
Will klammerte sich mit der freien Hand an den Rand des Weidenkorbes, holte weit aus und schleuderte mit aller Kraft die steinerne Pfeilspitze hinauf ins wabbelige Fleisch des Ballons.
Die Hexe schnappte nach Luft. Sie krallte nach seinem Gesicht.
Der Pfeil schien eine Stunde unterwegs zu sein. Dann ritzte seine Spitze ein kleines Loch in den Ballon. Der Schaft sank rasch und tief ein wie in einen weichen grünen Käse. Der Riß verbreiterte sich von selbst über die ganze Ballonhülle wie das gigantische Lächeln, das sich über eine riesige Birne ausbreitet. Die blinde Hexe brabbelte, ächzte, zerbiß sich die Lippen, schrie schrillen Protest, und Will hielt sich fest, die Hände um Weidengeflecht geklammert, mit den Beinen zappelnd, während der Ballon seufzte, zischte, gurgelte, den eigenen, verströmenden Tod beklagte, während gruftkühle Luft entwich, der Atemzug eines Drachen, und der Korb vom Rückstoß hochgewirbelt wurde.
Will ließ los. Raum und Luft umsausten ihn. Er drehte sich um, fiel

auf Dachziegel, glitt das alte, steile Dach hinab zur Regenrinne; mit den Füßen voran tauchte er weiter hinein ins Leere, schrie, klammerte sich an die Dachrinne, hielt sich fest und fühlte, wie das Blech ächzte und nachgab. Er suchte den Himmel ab und sah den Ballon pfeifen, zischen wie ein verwundetes Tier, hochfliegen und seinen entsetzten Atem in die Wolken verströmen, ein erschossenes Mammut, das nicht sterben will und in schrecklichen Krämpfen seinen stinkenden Atem aushustet.
Alles geschah in einem Augenblick. Dann fiel Will ins Nichts und hatte nicht einmal Zeit, für den Baum dankbar zu sein, der ihn aufnahm, einbettete, kratzte, ihm die Haut aufriß, aber seinen Sturz mit der Matratze seiner Äste, Zweige, seines Laubs dämpfte. Wie ein Papierdrache hing er da, das Gesicht nach oben, und hörte, dem Mond zugewandt, die letzten Klagen der Hexe vertönen, während der Ballon sie in Spiralen wegriß, fort von dem Haus, fort von der Straße, der Stadt, in unmenschlichem Stöhnen.
Das breite Lächeln des Ballons, der breite Riß umfaßte nun alles, als er im Delirium hinging, um auf der Wiese zu sterben, von der er aufgestiegen war, niedersinkend zwischen die unwissenden, schlafenden, nichtsahnenden Häuser.
Lange Zeit konnte sich Will nicht regen. Er hing in den Zweigen zwischen Himmel und Erde, hatte Angst, sich zu bewegen und unten auf dem schwarzen Boden zu zerschellen, und wartete ab, bis sich der Schmiedehammer in seinem Schädel beruhigte.
Das Pochen seines Herzens konnte ihn schon losreißen, niederstürzen lassen, aber er war doch froh, es zu hören, weil er so wußte, daß er noch lebte.
Als er sich endlich beruhigt hatte, sammelte er seine Glieder zusammen, suchte sorgfältig nach einem Gebet und kletterte den Baum hinab.

31

Für den Rest der Nacht passierte nicht mehr viel.

32

Im Morgengrauen rollte ein schweres Donnergrollen funkensprühend über die steinigen Himmel. Sanft fiel der Regen auf die Kuppeln der Stadt, sprudelte aus den Traufen und flüsterte mit seltsamen unterseeischen Sprachen unter den Fenstern, hinter denen Jim und Will unruhig träumten. Sie glitten aus einem Traum in den anderen, doch alle waren aus demselben dunklen, stockigen Tuch geschneidert.
Im rauschenden Trommelwirbel ereignete sich noch etwas.

Draußen auf der durchweichten Zirkuswiese erwachten plötzlich die Karussells zum Leben. Aus der Zirkusorgel dampfte Musik. Vielleicht hörte es nur ein Mensch in der Stadt und erriet, daß das Karussell wieder lief.
Die Tür zu Miss Foleys Haus öffnete sich und fiel wieder ins Schloß. Ihre Schritte eilten die Straße entlang.
Dann fiel prasselnd der Regen auf ein Land, das im irren Tanz der Blitze einmal auftauchte, dann wieder für immer untertauchte.
Bei Jim und Will klopfte der Regen gegen die Frühstücksfenster. Es wurde ruhig geredet, dann geschrien, dann wieder ruhig geredet.
Um neun Uhr fünfzehn schlurfte Jim hinaus ins Sonntagswetter. Er trug Regenmantel, Kapuze und Stiefel.
Er stand da und blickte zum Dach hinauf, wo die riesige Schneckenspur weggewaschen war. Dann starrte er so lange Wills Tür an, bis sie sich tatsächlich öffnete. Will tauchte auf. Hinter ihm erklang die Stimme seines Vaters: »Soll ich mitkommen?« Will schüttelte entschlossen den Kopf.
Feierlich marschierten die beiden Jungen zum Polizeirevier. Die Himmel wuschen sie, und sie würden reden. Dann zu Miss Foley, wo sie sich noch einmal entschuldigen wollten. Aber im Augenblick schlenderten sie nur so dahin, die Hände in den Hosentaschen, und dachten an die erschreckenden Rätsel, die der gestrige Tag ihnen aufgegeben hatte. Jim unterbrach schließlich das Schweigen.
»Gestern abend, nachdem wir das Dach gewaschen hatten und ich endlich einschlief, da träumte ich von einer Beerdigung. Die Leute kamen die Hauptstraße entlang wie zu einem Besuch.«
»Oder vielleicht – zu einer Parade?«
»Genau! Tausend Leute, alle in schwarzen Mänteln, schwarzen Hüten, schwarzen Schuhen, und ein Sarg, mindestens *fünfzehn Meter lang*.«
»Schauderhaft!«
»Wirklich! Gibt es etwas, das fünfzehn Meter lang ist und das man begraben muß, dachte ich, und dann lief ich im Traum hin und schaute nach. – Lach nicht!«
»Mir kommt das gar nicht komisch vor, Jim.«
»In dem langen Sarg lag ein großes verrunzeltes Ding wie eine Pflaume oder eine riesige Weintraube, die in der Sonne gelegen hat. Wie eine gewaltige Haut oder der sterbende Kopf eines Riesen.«
»Der *Ballon*!«
»He!« Jim blieb stehen. »Du mußt auch geträumt haben! Aber – Ballons können doch nicht sterben, oder?«
Will schwieg.
»Und man veranstaltet für sie doch keine Beerdigung, oder?«
»Jim, ich ...«
»Der verflixte Ballon hat dagelegen wie ein Pferd, aus dem jemand die Luft abgelassen hat ...«
»Jim, letzte Nacht ...«

»Schwarze Federn wehten, die Musiker trommelten mit großen schwarzen Knochen auf großen gedämpften, schwarzsamtenen Trommeln – Junge, Junge! Und zu allem muß ich dann heute früh aufstehen und Mom alles sagen. Nun, alles nicht, aber immer noch genug, daß sie ein bißchen geschrien hat und dann noch'n bißchen. Frauen können wirklich schreien, wie? Sie hat mich ihren kriminell veranlagten Sohn genannt, aber – wir haben doch nichts Böses getan, oder?«
»Jemand ist *beinahe* auf dem Karussell gefahren.«
Jim ging im Regen weiter. »Ich glaube, davon hab ich jetzt genug.«
»Du *glaubst*? Nach *allem*, was gewesen ist? Mein Gott, nun will ich dir was *sagen*! Die Hexe, Jim, und der Ballon. Letzte Nacht, ich war ganz allein ...«
Aber er hatte keine Zeit, ihm alles zu erzählen.
Keine Zeit, ihm zu berichten, wie er den Ballon durchlöchert hatte, bis er davonwirbelte, um einsam irgendwo auf dem Land zu sterben und im Sinken die alte Frau mit in die Tiefe zu reißen.
Keine Zeit, denn wie sie so durch den Regen gingen, hörten sie ein traurig klingendes Geräusch.
Sie kamen an einem unbebauten Grundstück vorbei, auf dem weit von der Straße entfernt eine gewaltige Eiche stand. Darunter lagen regennasse Schatten, und genau daher kam das Geräusch.
»Jim«, sagte Will. »Da weint jemand.«
»Nein.« Jim ging weiter.
»Dort ist ein kleines Mädchen.«
»Nein.« Jim wollte nicht hinsehen. »Was sollte ein Mädchen bei dem Regen unter dem Baum machen. Komm weiter!«
»Jim! Du *hörst* das doch auch!«
»Nein. Ich höre nichts. Gar nichts!«
Aber dann wurde das Weinen lauter. Es wehte herüber über totes Gras, flatterte wie ein trauriger Vogel durch den Regen, und Jim mußte sich umwenden, denn Will marschierte schon quer über den Schutt des verlassenen Grundstücks.
»Jim – die Stimme – die kenn' ich doch.«
»Will, geh nicht hin!«
Und Jim regte sich nicht. Aber Will stolperte weiter, bis er unter den Schatten des tropfenden Baumes trat, wo der Himmel niederregnete und sich im Herbstlaub verlor, wo er schließlich in schimmernden Striemen an Zweigen und Stamm herunterrieselte. Dort kauerte ein kleines Mädchen, das Gesicht in ihren Händen, und sie weinte, als sei die Stadt vom Erdboden verschwunden, mitsamt allen Menschen, und als hätte sie sich im furchtbaren Wald verirrt.
Endlich schob sich auch Jim heran, blieb am Rand der Schatten stehen und fragte: »Wer ist es denn?«
»Das weiß ich nicht.« Doch Will spürte, wie ihm die Tränen in die Augen schossen. Etwas in ihm ahnte es.
»Das ist doch nicht etwa Jenny Holdridge, wie?«

»Nein.«
»Jane Franklin?«
»Nein.« Seine Zunge war wie betäubt, sie bewegte sich mühsam zwischen gefühllosen Lippen. »Nein ...«
Das kleine Mädchen weinte, fühlte die Nähe der beiden Jungen, blickte aber nicht auf.
»Ich ... ich ... helft mir doch ... keiner ... keiner will mir helfen. Mir ... mir ... ich *mag* das nicht ...«
Als sie dann ihre Kräfte sammelte, sich etwas beruhigt hatte und das Gesicht hob, waren ihre Augen vom Weinen ganz verschwollen. Sie erschrak, als sie die beiden sah, dann war sie verwundert.
»Jim! Will! Gott – ihr seid das!«
Sie packte Jims Hand. Er zuckte schreiend zurück. »Nein! Ich kenn' dich nicht, laß los!
»Will, hilf mir, Jim, geh doch nicht weg, verlaß mich nicht!« keuchte sie jämmerlich. Neue Tränen quollen ihr aus den Augen.
»Nein, nein, laß das!« schrie Jim und riß sich los. Er fiel hin, sprang wieder auf die Beine, eine Faust wie zum Schlag erhoben. Zitternd hielt er inne, und die Hand sank ihm herab. »Ach, Will! Will, verschwinden wir von hier. O Gott, was tut mir das leid.«
Das kleine Mädchen, zurückgestoßen in den Schatten des Baums, starrte die beiden aus weit aufgerissenen Augen an, stöhnte, verschränkte eng die Arme und begann, sich selbst tröstend wie ein Baby zu schaukeln. Bald fing sie vielleicht zu singen an und stand dann allein da unter dem dunklen Baum; sie konnte nicht mehr aufhören, und keiner konnte in ihr Lied einstimmen.
»Jemand muß mir helfen ... jemand muß *ihr* helfen ...«, murmelte sie in einem Ton, als trauerte sie um jemanden. »Jemand muß ihr helfen ... aber keiner tut's ... keiner hat ihr geholfen ... ihr wenigstens, wenn schon nicht mir ... schrecklich ...«
»Sie erkennt uns«, sagte Will verzagt, halb zu ihr niedergebeugt, halb zu Jim umgewandt. »Ich kann sie doch nicht allein lassen.«
»Lügen!« sagte Jim wütend. »Lügen! Sie kennt uns gar nicht! Hab sie noch nie gesehen.«
»Sie ist fort, bringt sie zurück, sie ist fort, bringt sie zurück«, murmelte das Mädchen mit geschlossenen Augen.
»Wen sollen wir suchen?« Will stützte sich auf ein Knie, wagte es, ihre Hand zu berühren. Sie packte ihn, aber im gleichen Augenblick sah sie ihren Fehler ein, denn er versuchte sich loszureißen. Sie ließ ihn und weinte wieder, während Jim wartete, draußen im toten Gras, ihn rief, zum Gehen aufforderte. Er tat es ungern, aber sie mußten gehen.
»Ach, sie ist verloren!« schluchzte das kleine Mädchen. »Sie ist dorthin gelaufen und nicht wiedergekommen. Sucht sie, bitte, bitte ...«
Zitternd berührte Will ihre Wange. »Na, na«, sagte er leise, »wird schon wieder gut werden. Ich hole Hilfe.« Sie schlug die Augen auf.

»Ich bin's, Will Halloway. Ehrenwort, wir kommen wieder. Zehn Minuten. Aber nicht weggehen!« Sie schüttelte den Kopf. »Du ... Sie warten hier unter dem Baum auf uns?« Sie nickte schweigend. Er stand auf. Schon diese kleine Bewegung jagte ihr Angst ein, sie zuckte zurück. Er blieb ruhig stehen, sah sie an und sagte: »Ich weiß, wer Sie sind.« Er sah, wie sich die vertrauten grauen Augen in dem verstörten Gesicht weit öffneten. Er sah das lange, regennasse schwarze Haar, die bleichen Wangen. »Ich weiß, wer Sie sind. Aber ich muß es nachprüfen.«

»Wer wird's mir schon glauben?« wimmerte sie.

»Ich«, sagte Will.

Sie lehnte sich an den Baumstamm, die Hände im Schoß gefaltet, sehr klein, sehr weiß, sehr verloren.

»Kann ich jetzt gehen?« fragte er.

Sie nickte.

Da ging er weg.

Am Rand des leeren Grundstücks stampfte Jim mit dem Fuß auf, ungläubig, beinahe hysterisch vor Wut und Empörung.

»Das kann nicht sein!«

»Es *ist* aber so«, sagte Will. »Die Augen. Daran kann man sie erkennen. Genau wie's bei Mr. Cooger und dem bösen Jungen war. Es gibt nur eine Möglichkeit, sich Gewißheit zu verschaffen. Komm!«

Er führte Jim quer durch die Stadt, bis sie vor Miss Foleys Haus standen und im fahlen Licht des Morgens zu den unbeleuchteten Fenstern emporblickten. Dann gingen sie die Stufen der Veranda hinauf und läuteten – zweimal, dreimal.

Schweigen.

Ganz langsam, leise wimmernd, schwang die Tür in den Angeln auf.

»Miss Foley?« rief Jim leise.

Irgendwo im Haus rannen die Schatten von Regentropfen über ferne Fensterscheiben.

»Miss Foley ...«

Sie standen vor dem Glasperlenvorhang im Flur und lauschten dem Trommeln des Regens auf dem Dach.

»Miss Foley!« Lauter.

Aber nur die Mäuse in den Wänden, geborgen in ihren kuscheligen Nestern, machten leise, kratzende Geräusche wie ein Griffel auf einer Schiefertafel.

»Sie ist einkaufen gegangen«, sagte Jim.

»Nein«, antwortete Will. »Wir wissen doch, wo sie ist.«

»Miss Foley, ich weiß, daß Sie hier sind!« schrie Jim plötzlich zornig und rannte die Treppe hinauf. »Los, kommen Sie raus, zeigen Sie sich!«

Will wartete, während Jim suchte und dann langsam wieder herunterkam. Als er auf der untersten Stufe stand, hörten sie beide

die Töne durch die offene Haustür hereinwehen, vermischt mit dem Geruch nach frischem Regen und altem Gras.
Es war die Zirkusorgel, die drüben zwischen den Hügeln den Trauermarsch rückwärts spielte.
Jim öffnete die Tür weiter und stand mitten in der Musik, wie man im Regen steht.
»Das Karussell. Sie haben es gerichtet.«
Will nickte. »Sie muß die Musik gehört haben und schon früh hingegangen sein. Dann ging etwas schief. Vielleicht war das Karussell nicht richtig repariert. Vielleicht gibt's immer wieder solche Unfälle. Wie der Blitzableiterverkäufer, den sie ganz umgekrempelt und verrückt gemacht haben. Vielleicht *mag* der Zirkus solche Unfälle, hat seinen Spaß dran. Oder vielleicht haben sie ihr auch absichtlich etwas angetan. Vielleicht wollten sie mehr über uns wissen, unsere Namen, wo wir wohnen; vielleicht wollte man sie zwingen, zusammen mit ihnen etwas gegen uns zu unternehmen. Wer weiß das schon? Vielleicht ist sie mißtrauisch geworden, oder sie hat's mit der Angst gekriegt. Dann haben sie ihr einfach *mehr* gegeben, als sie wollte oder verlangte.«
»Ich verstehe nicht ...«
Aber wie er in der Tür stand, im kalten Regen, da konnte er sich Miss Foley vorstellen, wie sie sich vor dem Spiegelkabinett fürchtete, wie sie erst vor kurzem allein auf dem Zirkusplatz war, wie sie vielleicht schrie, als man ihr das antat, immer und immer und immer wieder im Kreise herum, zu viele Jahre, mehr Jahre, als sie jemals loswerden wollte, bis sie verloren und nackt und klein war und sich selbst nicht wiedererkannte; bis dann schließlich all die Jahre dahin waren und das Karussell wie das Rad beim Roulett ausrollte. Bis alles verloren war und sie nichts gewonnen hatte, keinen Ort, an dem sie Zuflucht finden, keinen Menschen, dem sie das Seltsame sagen konnte. Nichts, nichts konnte sie mehr machen – nur weinen, allein unter einem Baum, allein im Herbstregen ...
Das überlegte Will. Jim überlegte es auch: »Ach, die arme, arme ...«
»Wir müssen ihr helfen, Jim. Wer wird ihr denn sonst glauben? Wenn sie zu jemandem sagt: ›Ich bin Miss Foley!‹, dann sagen sie doch alle: ›Hau ab! Miss Foley ist aus der Stadt verschwunden, weg mit dir, kleines Mädchen!‹ Jim, ich wette, sie hat an diesem Morgen schon an ein Dutzend Türen geklopft, um Hilfe gebettelt, die Leute mit ihrem Heulen und ihrem Geschrei erschreckt, bis sie es dann aufgab, weglief und sich unter diesem Baum versteckte. Vielleicht wird sie sogar schon von der Polizei gesucht – aber was nutzt das? Sie ist nur ein übergeschnapptes kleines Mädchen, das heult. Man wird sie irgendwo einsperren, und dann wird sie verrückt. Diese Zirkusleute, die wissen schon, wie man jemandem was antut, daß er nicht zurückschlagen kann! Die schütteln dich durch und verändern dich, bis dich keiner wiedererkennt, dann lassen sie dich laufen. Geh ruhig, rede, die Leute haben ja doch zu viel Angst

und hören dir gar nicht erst zu. Nur *wir* hören zu, Jim, nur du und ich. Im Augenblick ist mir, als hätte ich gerade eine rohe, glitschige Schnecke verschluckt.«

Sie warfen einen letzten Blick in die Schatten des Regens am Fenster des Salons, in dem eine Lehrerin ihnen so oft Kekse und heiße Schokolade serviert hatte. Jetzt winkten nur die Regenschleier zurück, die sich riesengroß durch die Stadt bewegten. Dann traten sie hinaus, schlossen die Tür und rannten zurück zu dem leeren Bauplatz.

»Wir müssen sie verstecken, bis wir ihr helfen können ...«

»Helfen?« keuchte Jim. »Wir können ja nicht einmal *uns selbst* helfen!«

»Es muß irgendeine Waffe geben. Vielleicht genau vor unserer Nase, und wir sind nur zu blind ...«

Sie blieben stehen.

Das Pochen ihrer Herzen wurde von einem lauteren Herzklopfen übertönt. Blechtrompeten jaulten. Posaunen schmetterten. Eine Herde von Tubas brüllte wie Elefanten, die irgend etwas aufgereizt hatte.

»Der Zirkus!« keuchte Jim. »Daran haben wir nicht gedacht! Er kann *mitten in die Stadt* kommen! Ein Umzug, eine Parade! Oder vielleicht die Beerdigung, die ich geträumt habe – für den Ballon ...«

»Das ist keine Beerdigung, und es sieht auch nur nach einem Umzug aus. In Wirklichkeit suchen sie nach uns, Jim, oder nach Miss Foley; vielleicht wollen sie sie wiederhaben. Sie können durch jede beliebige Straße ziehen, trommeln, blasen und trompeten und dabei spionieren! Jim, wir müssen sie holen, bevor ...«

Er brach ab. Sie rannten einen Fußweg hinter den Häusern entlang, hielten plötzlich inne, sprangen hinter ein paar Büsche und versteckten sich.

Am anderen Ende des Weges tauchten Zirkuskapelle, Tierwagen, Clowns, Unholde und alle anderen auf – lärmend zwischen ihnen und der freien Baustelle mit der großen Eiche.

Es dauerte wohl fünf Minuten, bis der Umzug vorüber war. Auch der Regen schien sich zu verziehen, die Wolken zogen mit. Es hörte auf zu regnen. Das Trommeln verklang. Die Jungen rannten den Weg entlang, überquerten die Straße und blieben an dem leeren Bauplatz stehen.

Unter dem Baum war kein kleines Mädchen.

Sie gingen um den Baum herum, blickten hinauf ins Geäst und wagten es nicht, einen Namen zu rufen.

Dann packte sie die Angst. Sie rannten los, sich irgendwo in der Stadt zu verstecken.

33

Das Telefon klingelte.
Mr. Halloway hob den Hörer ab.
»Dad, hier Will. Wir können nicht zum Polizeirevier gehen, und vielleicht kommen wir auch nicht nach Hause. Sag Mom Bescheid, und sag auch Jims Mutter Bescheid.«
»Will, wo steckst du?«
»Wir müssen uns verbergen. *Sie* suchen uns.«
»*Wer*, um Himmelswillen?«
»Ich will dich da nicht reinziehen, Dad. Du mußt es mir glauben, Dad, wir verstecken uns nur für einen Tag, vielleicht zwei, bis sie wieder weg sind. Wenn wir nach Hause gehen, dann folgen sie uns, und dann passiert Mom oder Jims Mom etwas. Ich muß wieder weg.«
»Will – nein!«
»Ach, Dad«, sagte Will. »Wünsch mir viel Glück!«
Klick.
Mr. Halloway sah hinaus auf die Bäume, die Häuser, die Straßen, und er hörte fern die Musik.
Dann griff er nach Hut und Mantel und trat hinaus in den seltsamen, hellen, regnerischen Sonnenschein, der die kalte Luft erfüllte.

34

Vor dem Zigarrenladen stand an diesem Sonntagvormittag der hölzerne Indianer. Über den Dächern läuteten die Glocken aller Kirchen, die Töne stießen dort oben zusammen und ließen Geräusch herabregnen, da die Wolken sich verströmt hatten. Und vor dem Zigarrenladen stand der hölzerne Cherokese mit Wassertropfen im geschnitzten Haarschopf – er merkte nichts von katholischen oder Baptistenglocken, wußte nichts vom stetigen Näherkommen sonnenheller Zymbeln, dem laut pochenden Heidenherz der Zirkuskapelle. Die hallenden Trommeln, der Altweiberschrei der Zirkusorgel, das Schattenspiel von Kreaturen, die noch viel eigentümlicher waren als er selbst, das alles berührte nicht den wilden Adlerblick seines starren Gesichts. Doch die Trommeln ließen die Kirchen erbeben und lockten ganze Jungenbanden hervor, die für jegliche Abwechslung dankbar waren, ob mild oder wild. Und als die Kirchenglocken mit ihrem metallenen Regen aufhörten, wurden aus den von Kirchenbänken steifen Gemeinden heitere Zuschauermengen, als die Zirkusparade blechschmetternd, buntsamten, löwenstolz, mammutschwer, fahnenflatternd vorüberzog.
Der Schatten des hölzernen Indianertomahawks lag genau auf dem eisernen Rost, der vor dem Zigarrenladen im Bürgersteig eingelassen war. Über dieses Gitter schritten Jahr für Jahr mit metallenem Trampeln die Leute und ließen Tonnen von Kaugummipapier, gol-

dene Zigarrenbauchbinden, Streichhölzer, Zigarettenkippen und Kupferpennies fallen, die für immer in der Tiefe verschwanden.

Nun drängten sich hundert Füße auf dem klirrenden Rost, als die Zirkusparade, wie Tiger und Vulkane brüllend, farbenprächtig vorüberstelzte.

Unter dem eisernen Rost zitterten zwei Gestalten.

Oben öffneten sich wie bei einem großen, eigentümlichen Pfau die Augen der Mißgeburt, starrten nach links und rechts, suchten Hausdächer und Kirchturmspitzen ab, lasen die Firmenschilder des Zahnarztes und des Optikers, überprüften die Schaufenster im Warenhaus. Der Trommelwirbel ließ Fensterscheiben klirren und die Schaufensterpuppen dahinter furchtsam erbeben. Der Umzug war eine Menge heißer, unglaublich leuchtender, wilder Augen, begierig, aber die Begierde sorgsam verhüllend.

Was sie am meisten begehrten, war im Dunkel verborgen.

Jim und Will unter dem Gitter des Zigarrenladens im Bürgersteig. Knie an Knie kauerten sie da, eng aneinandergedrückt, die Köpfe erhoben, die Augen wachsam. So saugten sie an den eigenen Atemzügen wie an eisernen Lutschstangen. Oben flatterten die Kleider der Frauen in einer kühlen Brise. Oben kippten Männer in den Himmel hinein. Die Kapelle schleuderte mit dem Gellen der Zymbeln kleine Kinder gegen die Knie ihrer Mütter.

»Da!« rief Jim. »Der Umzug! Jetzt ist er genau vor dem Zigarrenladen! Was machen wir eigentlich hier? Gehen wir!«

»Nein!« rief Will heiser und umklammerte Jims Knie. »Natürlich halten sie hier an, wo alle Leute herumstehen. Die kommen nie im Leben auf die Idee, uns hier zu suchen. Halt den Mund!«

Bummbumm-tamtarrara ...

Das Eisengitter oben klirrte vom Schritt eines Mannes. In der Schuhsohle hatte er abgetretene Nägel.

Dad! Will hätte fast laut aufgeschrien.

Er richtete sich auf, sank wieder zurück, biß sich auf die Lippen.

Jim sah, wie der Mann oben sich nach links und nach rechts wandte und etwas suchte, was nur einen Meter entfernt war.

Ich brauche nur die Hand auszustrecken, dachte Will.

Aber Dad eilte weiter, blaß und nervös.

Und Will spürte, wie ihm der Mut sank. Inwendig wurde er eiskalt, weißes Gelee zitterte.

Peng!

Die Jungen fuhren zusammen.

Ein ausgelaugtes Stück Kaugummi war auf einen Haufen alten Papiers neben Jims Fuß gefallen.

Oben kauerte ein fünfjähriger Junge auf dem Eisenrost und blickte traurig seinem verlorenen Kaugummi nach.

Hau ab, dachte Will.

Der Junge kniete da, die Hände auf den Rost gedrückt.

Geh weiter, dachte Will.

Ihn überkam der verrückte Wunsch, den Kaugummi zu nehmen und ihn durch das eiserne Gitter hindurch dem Kleinen wieder in den Mund zu stecken.
Eine mächtige Trommel erdröhnte – dann Schweigen.
Jim und Will sahen einander an.
Jetzt hat der Zug *angehalten*, dachten beide gleichzeitig.
Der kleine Junge versuchte, eine Hand durch das Gitter zu schieben.
Oben auf der Straße blickte Mr. Dark, der Illustrierte Mann, zurück über seinen Strom von Unholden, Käfigen, über sonnengelbe Tubas und blecherne Hörner. Er nickte.
Der Zug löste sich auf.
Die Mißgeburten huschten auf den Bürgersteig zu beiden Seiten, mischten sich in die Menge, verteilten Handzettel und sahen sich mit raschen, kristallklaren Augen um. Der Schatten des Kleinen fiel kühlend auf Wills Wange. Die Parade ist vorbei, dachte er. Jetzt fängt die Suche an.
»Sieh mal, Ma!« rief der kleine Junge. *»Da unten ...«*

35

In Neds Kaffeebar, nur ein paar Häuser vom Zigarrenladen entfernt, saß Charles Halloway. Er war erschöpft von der durchwachten, durchdachten Nacht, vom vielen Herumlaufen. Als er seine zweite Tasse Kaffee ausgetrunken hatte und gerade zahlen wollte, beunruhigte ihn die plötzliche Stille draußen auf der Straße. Daß sich der Umzug auflöste und sich die Zirkusleute unter die Zuschauer am Straßenrand mischten, das spürte er mehr, als er es sehen konnte. Er wußte auch nicht, warum, aber er steckte sein Geld wieder ein.
»Stell mir die dritte Tasse warm, Ned.«
Ned wollte gerade den Kaffee einschenken, da ging die Tür weit auf. Jemand trat ein und stützte sich mit der rechten Hand leicht auf die Theke.
Charles Halloway starrte sie an.
Die Hand starrte zurück.
Auf den Rücken eines jeden Fingers war ein Auge tätowiert.
»Mama! Da unten! Schau doch!«
Der kleine Junge schrie und deutete durch das Gitter nach unten. Immer neue Schatten zogen vorbei und blieben hängen.
Darunter auch – das Skelett.
Groß wie ein kahler Baum im Winter, dürr wie ein Gerippe, überall Knochen wie bei einer Vogelscheuche, so fiel der Schatten des Gerippes auf die verborgenen Dinge, auf kalten Papierabfall, auf warme, geduckte Jungen.
Geh weg, dachte Will. Geh!
Die dicken Kinderfinger zeigten durch das Gitter.

Geh!
Das Gerippe ging weiter.
Gott sei Dank, dachte Will, dann verschlug es ihm den Atem. »Oh – *nein*!«
Denn plötzlich tauchte der Zwerg auf. An seinem schmutzigen Hemd klingelten leise viele Glöckchen, sein gedrungener Schatten versteckte sich unter ihm, seine Augen waren wie braune Marmorsplitter, jetzt leuchtend in offenem Wahnsinn, im nächsten Augenblick tieftraurig in einem Wahnsinn des für ewig Verlorenen, ewig Vergrabenen, so suchte er nach etwas, das er nicht finden konnte, nach etwas Verlorenem, vielleicht nach zwei Jungen, dann wieder nach seinem verlorenen Ich; der kleine, zusammengedrückte Mann zwang seinen Blick hierhin, dorthin, hinauf, hinunter; ein Teil seines Ichs suchte die verlorene Vergangenheit, das andere die unmittelbare Gegenwart.
»Mama!« schrie das Kind.
Der Zwerg blieb stehen und betrachtete das Kind, das nicht größer war als er selbst. Ihre Blicke trafen sich.
Will warf sich zurück und versuchte mit dem Körper förmlich am Beton zu kleben. Er spürte, wie Jim dasselbe tat. Sie regten sich nicht, aber ihre Gedanken rasten. Sie versteckten sich im Dunkeln vor dem kleinen Drama, das sich da oben abspielte.
»Komm, Kleiner!« sagte eine Frauenstimme.
Der Junge wurde weggezerrt.
Zu spät.
Der Zwerg sah schon nach unten.
Und in seinem Blick waren die verlorenen und zerstreuten Stücke eines Mannes, der einmal Fury geheißen und Blitzableiter verkauft hatte – wie viele Tage, wie viele Jahre war das wohl her? – in der wunderbar sicheren Zeit, ehe die Angst geboren wurde.
Ach, Mr. Fury, was hat man Ihnen nur angetan, dachte Will. Unter eine Ramme geworfen, in einer Stahlpresse zerquetscht, Tränen und Schreie aus dem Brustkorb gepreßt, wie ein Schachtelmännchen zusammengedrückt, bis nichts mehr übrig war von Mr. Fury – nur noch dieser ...
Dieser Zwerg. Das Zwergengesicht war kaum noch menschlich. Es wurde immer maschinenähnlicher – eine Kamera.
Die Linsenaugen bewegten sich blicklos, öffneten sich in der Dunkelheit. Klick. Zwei Linsen dehnten sich und zogen sich rasch und geschmeidig wieder zusammen. Schnappschuß von dem Kellergitter.
Auch ein Schnappschuß von dem, was darunter war?
Starrt er das Metall an, dachte Will, oder blickt er durch die Zwischenräume?
Eine geraume Weile verharrte der Zwerg, diese verlorene, zerquetschte Puppe aus Lehm, regungslos. Er stand aufrecht, aber er schien zu hocken. Seine Blitzlichtaugen waren weit aufgerissen. Vielleicht schossen sie immer noch Bilder?

Doch die Kameraaugen des Zwergs sahen eigentlich nicht Jim und Will, sondern nur ihre Umrisse, ihre Farbe, ihre Größe. Dieses Bild war im Fotokasten des Schädels gespeichert. Später – wieviel später? – konnte das Bild vom irren, winzigen, vergeßlichen, wandernden, verlorenen Verstand des Blitzableitermannes entwickelt werden. Erst dann würde er sehen, was wirklich unter dem Gitter lag. Und dann? Enthüllung! Rache! Vernichtung!

Klick. Schnapp. Tick.

Kinder liefen lachend vorbei.

Der Kind-Zwerg wurde von ihnen mitgerissen. Irr wankte er davon, erinnerte sich, suchte nach etwas, wußte aber nicht, was es war.

Die umwölkte Sonne tauchte den ganzen Himmel in Licht.

Die beiden Jungen waren in der lichtgestreiften Höhle gefangen. Sie preßten leise den Atem durch knirschende Zähne.

Jim drückte Wills Hand. Fest, ganz fest.

Die beiden warteten auf die nächsten Augen, die vorbeikommen und das Kellergitter absuchen würden.

Die tätowierten blau-rot-grünen Augen – alle fünf – fielen von der Theke herunter.

Charles Halloway schlürfte seine dritte Tasse Kaffee und drehte sich auf seinem Hocker ein wenig herum.

Der Illustrierte Mann beobachtete ihn.

Charles Halloway nickte.

Der Illustrierte Mann nickte nicht, seine Augen blinkten nicht, er starrte Charles Halloway nur unverwandt an, bis der sich am liebsten abgewandt hätte, es aber nicht tat, sondern nur so gelassen wie möglich den Blick des unverschämten Eindringlings erwiderte.

»Was soll's denn sein?« fragte Ned.

»Nichts.« Mr. Dark betrachtete Wills Vater. »Ich suche zwei Jungen.«

Wer sucht die *nicht*? Charles Halloway erhob sich, bezahlte und ging. »Danke, Ned.« Als er an dem tätowierten Mann vorbeikam, hielt der gerade Ned die Hände hin, mit den Handflächen nach oben.

»Jungen?« fragte Ned. »Wie alt?«

Die Tür schlug zu.

Mr. Dark sah Charles Halloway nach, wie er draußen am Fenster vorbeiging.

Ned redete.

Doch der Illustrierte Mann hörte ihm nicht zu.

Wills Vater ging auf die Bibliothek zu, blieb stehen, ging weiter zum Gericht, blieb stehen, wartete auf die nächste Eingebung, tastete seine Taschen ab, vermißte die Zigaretten und ging zurück zum Zigarrenladen.

Jim blickte nach oben und sah vertraute Schuhe, ein blasses Ge-

sicht, salz-und-pfefferfarbenes Haar. »Will! Dein Dad! Ruf ihn. Er wird uns helfen.«
Will brachte keinen Laut hervor.
»Dann werde *ich* ihn rufen!«
Will packte Jims Arm, schüttelte heftig den Kopf. Nein!
»Warum nicht?« fragten lautlos Jims Lippen.
»Darum nicht«, antworteten Wills Lippen.
Weil ... Er blickte hoch ... Da oben sah Dad noch kleiner aus als am vergangenen Abend neben dem Haus. Es wäre, als hätten sie noch einen vorbeikommenden Jungen gerufen. Noch einen Jungen brauchten sie nicht – was sie brauchten, war ein General! Oder noch besser ein Generalmajor! Er versuchte, Dads Gesicht im Schaufenster zu erkennen und zu sehen, ob es wirklich älter, fester, stärker aussah als letzte Nacht im milchigen Licht des Mondes. Aber er sah nur Dads Finger, die sich nervös verkrampften, seinen zuckenden Mund, als getraute er sich nicht, Mr. Tetley zu sagen, was er wollte ...
»Eine ... das heißt ... eine Fünfundzwanzig-Cent-Zigarre.«
»Mein Gott!« sagte Mr. Tetley oben. »Ist der Mann reich!«
Charles Halloway ließ sich Zeit. Langsam entfernte er die Klarsichthülle und wartete auf einen Hinweis, irgendeine Bewegung im Universum, die ihm sagte, was er nun tun sollte, warum er hierher zurückgekommen war, um eine Zigarre zu kaufen, die er eigentlich gar nicht haben wollte. Er hatte das Gefühl, als hätte ihn jemand beim Namen gerufen, zweimal. Rasch drehte er sich um, betrachtete die Menge, sah, wie die Clowns Handzettel verteilten. Dann entzündete er die Zigarre, die er gar nicht mochte, an der ewigen, bläulichen Gasflamme, die in einem kleinen silbernen Röhrchen auf der Theke brannte. Beim Paffen ließ er mit der freien Hand die Bauchbinde fallen. Er sah sie an den Metallrost stoßen und verschwinden. Sein Blick folgte ihr in die Tiefe, wo ...
Die Bauchbinde blieb genau neben dem Fuß seines Sohnes Will Halloway liegen.
Charles Halloway erstickte fast am Zigarrenrauch.
Ja, da unten waren zwei Schatten! Und diese Augen! Entsetzen starrte ihn aus der Dunkelheit unter der Straße entgegen. Fast hätte er sich schreiend zu dem Kellergitter niedergebeugt.
Statt dessen rief er aber nur leise in die Menge ringsumher, während das Wetter aufklarte:
»Jim? Will? Was zum Teufel ist denn mit euch los?«
In diesem Augenblick trat dreißig Meter entfernt der Illustrierte Mann aus der Kaffeebar.
»Mr. Halloway ...«, begann Jim.
»Kommt sofort da heraus!« befahl Charles Halloway.
Der Illustrierte Mann stand eine Weile inmitten der Menge, dann drehte er sich langsam herum und kam auf den Zigarrenladen zu.
»Dad, wir können nicht! Bitte, schau nicht auf uns herunter!«

Der Illustrierte Mann war nur noch ungefähr zwanzig Meter entfernt.
»Jungen«, sagte Halloway, »die Polizei ...«
Jim unterbrach ihn heiser: »Mr. Halloway, wenn Sie jetzt nicht wegsehen, dann sind wir tot! Wenn uns der Illustrierte Mann ...«
»*Wer?*« fragte Mr. Halloway.
»Der Mann mit den Tätowierungen.«
Im Geist sah Halloway die fünf tintenblauen Augen auf der Theke der Kaffeebar.
»Dad, schau hinüber auf die Uhr am Gericht. Wir erzählen dir inzwischen, was geschehen ist ...«
Mr. Halloway richtete sich auf.
Da stand der Illustrierte Mann neben ihm.
»Na?« sagte der Illustrierte Mann.
»Elf Uhr fünfzehn.« Charles Halloway betrachtete mit der Zigarre im Mund die Uhr am Gerichtsgebäude und richtete seine Armbanduhr danach. »Geht eine Minute nach.«
Will hielt Jim fest, Jim hielt Will fest. Sie duckten sich in das Loch voller Kaugummipapier und Bauchbinden, während oben auf dem Rost vier Füße scharrten.
Dark betrachtete genau Charles Halloways Gesicht, verglich die Knochen unter der Haut, suchte nach einer Ähnlichkeit. Dann sagte er: »Sir, die Vereinigte Schau von Cooger und Dark hat zwei hiesige Jungen ausgewählt – zwei! –, die bei der Festaufführung unsere Ehrengäste sein sollen.«
»Hm, ich ...« Wills Vater bemühte sich, nicht den Blick auf den Bürgersteig zu senken.
»Die beiden Jungen ...«
Will betrachtete die eisernen Nägel in den Schuhsohlen des Illustrierten Mannes. Sie entlockten den Eisenstäben Funken.
»... diese Jungen sollen überall frei fahren dürfen, jede Schau kostenlos sehen, jedem Künstler die Hand schütteln, Zauberkästen und Baseballschläger mit nach Hause nehmen ...«
»Wer sind denn die Glücklichen?« unterbrach ihn Halloway.
»Wir haben die beiden nach Fotos ausgesucht, die gestern auf dem Hauptweg der Festwiese geschossen wurden. Wenn Sie die beiden identifizieren können, werden Sie ihr Glück teilen! *Das hier* sind sie.«
Jetzt sieht er uns hier unten, dachte Will. Mein Gott!
Der Illustrierte Mann streckte die Hände aus.
Wills Vater zuckte zusammen.
In leuchtendblauer Farbe eintätowiert, starrte ihm von der rechten Handfläche Wills Gesicht entgegen.
Auf die linke Handfläche war Jims Gesicht mit Tinte graviert, unauslöschlich und natürlich wie das Leben.
»Kennen Sie die beiden?« Der Illustrierte Mann bemerkte, wie Mr. Halloway krampfhaft schluckte, wie seine Lider zuckten, sein gan-

zer Körper sich wie unter dem Schlag eines Schmiedehammers duckte.
»Wie heißen die beiden?«
Dad, Vorsicht, dachte Will.
»Ich weiß nicht ...«, sagte Wills Vater.
»Sie kennen sie!«
Der Illustrierte Mann streckte seine bebenden Hände aus, hielt sie hin und erwartete das Geschenk von Namen. Wills Gesicht auf der Haut und Jims Gesicht auf der Haut und Wills Gesicht unter der Straße wie Jims Gesicht unter der Straße zitterten, verzerrten sich, zuckten.
»Sir, Sie wollen doch nicht, daß die beiden um alles kommen?«
»Nein, aber ...«
»Aber, aber, aber?« Mr. Dark ragte ganz in der Nähe auf, herrlich mit der Bildergalerie auf seiner Haut. Seine Augen durchdrangen alles, und die Augen der Kreaturen unter seinem Hemd durchdrangen den Stoff, die Jacke, die Hose, sie hielten den alten Mann fest, verbrannten ihn mit ihrem Feuer, fixierten ihn tausendfach. Mr. Dark hielt ihm die beiden Handflächen noch dichter unter die Nase. *»Aber?«*
Mr. Halloway mußte sich Luft machen. Er biß in die Zigarre. »Fast hab ich gedacht ...«
»Was denn?« fragte Mr. Dark erwartungsvoll.
»Einer von den beiden sieht aus wie ...«
»Wie *wer*?«
Er macht es zu wichtig, dachte Will. Das mußt du doch merken, Dad, oder?
»Hören Sie«, sagte Wills Vater, »was an den beiden Jungen macht Sie eigentlich so nervös?«
»Nervös ...?«
Mr. Darks Lächeln schmolz dahin wie ein Karamelbonbon.
Jim duckte sich wie ein Zwerg, Will zog sich zu einem Wicht zusammen, beide starrten wie gebannt nach oben.
»Sir«, sagte Mr. Dark, »kommt Ihnen meine echte Begeisterung *so* vor? *Nervös*?«
Wills Vater bemerkte, wie sich die Sehnen an dem Arm spannten. Sie bewegten sich wie Nattern und Schlangen, die zweifellos dort eintätowiert waren, böse und giftig.
»Eins der beiden Bilder sieht Milton Blumquist ähnlich«, sagte Mr. Halloway bedächtig.
Mr. Dark ballte die Faust.
Wahnsinnige Kopfschmerzen überfielen Jim.
»Und der andere«, fuhr Wills Vater fast ausdruckslos fort, »der sieht aus wie Avery Johnson.«
Ach, Dad, dachte Will. Du bist großartig!
Der Illustrierte Mann ballte die andere Faust.
Will zuckte ein Schmerz durch den Kopf, daß er beinahe laut aufschrie.

Mr. Halloway schloß: »Beide Jungen sind vor ein paar Wochen nach Milwaukee übergesiedelt.«
»Sie lügen!« sagte Mr. Dark eiskalt.
Wills Vater war ehrlich erschrocken.
»Ich?« fragte er. »Glauben Sie, ich will den Gewinnern der Preise den Spaß verderben?«
»Übrigens haben wir die Namen der beiden Jungen vor zehn Minuten herausbekommen«, fuhr Mr. Dark fort. »Ich wollte mich nur noch einmal überzeugen.«
»So?« fragte Wills Vater ungläubig.
»Jim und Will«, sagte Mr. Dark.
Jim wand sich im Dunkeln. Wills Kopf sank tief zwischen die Schultern. Er preßte die Augen zu.
Das Gesicht von Wills Vater war ein Teich, in den die beiden Namen gefallen waren, ohne Kreise zu ziehen.
»Das sind die Vornamen? Will? Jim? Gibt 'ne Menge Jims und Wills in einer Stadt wie der unsern.«
Will kroch in sich hinein und überlegte: Wer hat's ihnen gesagt? Miss Foley? Aber die war fort, und ihr Haus war voller Regenschatten. Nur eine einzige weitere Person . . .
Das kleine Mädchen, das weinend unter dem Baum saß und wie Miss Foley aussah? Das Mädchen, das uns einen solchen Schrecken eingejagt hat, überlegte er. In der letzten halben Stunde ist der Umzug vorbeigekommen, man hat sie gefunden, und sie war nach stundenlangem Weinen bereit, alles zu sagen, alles zu tun, wenn sie im Klang der Musik, im Rundherum der Pferde wieder alt werden durfte. Wenn sie nur wieder wuchs, wenn sie nicht mehr weinen mußte, wenn all das Schreckliche ein Ende hatte und sie wieder sein konnte, was sie immer war. Haben die Zirkusleute sie angelogen? Haben sie ihr das versprochen, als sie unter dem Baum gefunden und weggeschleppt wurde? Das kleine Mädchen, das weinte, aber nicht alles sagte, weil . . .
»Also Jim und Will. Die Vornamen«, sagte Wills Vater. »Und die Familiennamen?«
Die wußte Mr. Dark nicht.
Ein ganzes Universum von Ungeheuern schwitzte auf seiner Haut. Sie strömten Phosphor aus, stanken, verkrochen sich zwischen seinen Beinen mit den stählernen Muskeln.
»Jetzt glaube ich, daß Sie mich anlügen«, sagte Wills Vater mit einer seltsamen und fast heiteren, weil ihm völlig neuen Gelassenheit. »Sie kennen die Familiennamen nicht. Warum lügen Sie mich an, Sie, ein Fremder vom Zirkus, hier in einer kleinen Stadt hinter dem Mond?«
Der Illustrierte Mann ballte die tätowierten Fäuste noch fester.
Wills Vater betrachtete mit blassem Gesicht diese bösen, verkrampften Finger und Knöchel, die Nägel, die sich ins Fleisch gruben. Darunter waren die beiden Jungen gefangen, eingesperrt im Fleisch, hart bedrängt.

Die Schatten unten wanden sich vor Schmerzen.
Der Illustrierte Mann setzte wieder eine heitere Miene auf.
Aber von seiner rechten Faust fiel ein heller Tropfen herab.
Ein anderer leuchtender Tropfen fiel von seiner linken Faust.
Die Tropfen verschwanden durch das Kellergitter.
Will hielt die Luft an. Etwas Feuchtes hatte sein Gesicht berührt. Er preßte die Hand dagegen, betrachtete dann seinen Handteller.
Der Tropfen, der ihm auf die Wange gefallen war, leuchtete blutrot.
Er hob den Blick zu Jim. Der lag nun ganz ruhig da, denn der Opfergang – wirklich oder eingebildet – schien nun vorbei. Beide hoben den Blick zu dem Kellergitter. Die genagelten Schuhe schlugen Funken aus dem Eisen.
Wills Vater sah die Blutstropfen aus den geballten Fäusten sickern, aber er zwang sich dazu, dem Illustrierten Mann nur ins Gesicht zu sehen, als er sagte:
»Tut mir leid, wenn ich Ihnen nicht weiterhelfen kann.«
Hinter dem Illustrierten Mann kam mit ausgestreckten Händen, schwankend, in bunten Zigeunerkleidern, mit wächsernem Gesicht, die Augen hinter dunklen Gläsern verborgen, die Wahrsagerin, die Staubhexe. Sie murmelte vor sich hin.
Eine Sekunde später sah Will auf und erblickte sie. Nicht tot, dachte er. Weggetragen, angeschlagen, abgestürzt, ja – aber sie war wieder da. Und sie war böse! Mein Gott, wütend war sie! Und sie sucht *ganz besonders* nach *mir*!
Wills Vater sah sie auch. Instinktiv klopfte sein Herz langsamer.
Die Menge gab ihr den Weg frei und machte lärmend Bemerkungen über ihren grellbunten Aufzug, ihr zerschlissenes Kleid. Man versuchte sich an ihre Reimereien zu erinnern, um es später erzählen zu können. Sie ging weiter, und ihre Finger tasteten die Stadt ab wie eine ungeheuer komplizierte Relieftapete. Dabei sang sie:
»Sagt's euren Männern. Sagt's euren Frau'n. Sag' euch die Zukunft. Laß sie euch schaun. Ich seh' die Welt. Kommt zu mir ins Zelt. Ich sag' dir die Farbe seiner Züge. Ich sag' dir die Farbe ihrer Lüge. Ich sag' dir von seinen Küssen. Ich sag' dir von ihrem Gewissen. Kommt, kommt, wenn's euch gefällt, kommt zu mir in mein Zelt!«
Kinder erschraken, Kinder waren beeindruckt, die Eltern freuten sich, sie hatten ihren Spaß daran, und die Zigeunerin, die aus dem Staub alles Lebenden kam, fuhr mit ihrem Singsang fort. In ihrem Murmeln lag Zeitlosigkeit. Zwischen ihren Fingern spann und zerriß sie mikroskopisch feine Spinnweben, in denen sich aufwirbelnde Staubkörnchen und leise Atemzüge fingen. Sie berührte die Flügel von Mücken, die Seelen unsichtbarer Bakterien, alle Flecken und tanzenden feinen Strahlen vom Sonnenlicht, in dem Bewegung schwebte und noch mehr verborgene Erregung.

Will und Jim knackten vor innerer Spannung mit den Fingerknöcheln, duckten sich tiefer und hörten:
»Blind, ja blind. Aber ich sehe, was ich sehe, und ich sehe, wo ich gehe«, murmelte die Hexe leise. »Da, ein Mann mit einem Strohhut im Herbst – hello! Und – ach, da ist ja auch Mr. Dark, und ... und ein alter, alter Mann.«
So alt ist er doch gar nicht, schrie es in Will auf. Er blinzelte hinauf zu den dreien, als die Staubhexe stehenblieb und ihr Schatten froschkalt auf die beiden Jungen fiel.
»... alter Mann.«
Mr. Halloway schüttelte es, als hätte ihm jemand ein Dutzend kalter Messerklingen in den Bauch gestoßen.
»... alter Mann ... alter Mann«, sang die Hexe.
Dann hörte sie auf. »Ah ...« Die Härchen in ihrer Nase richteten sich auf. Sie öffnete die Lippen, um die Luft zu kosten. »Ah ...«
Der Illustrierte Mann wurde aufmerksam.
»Wartet ...«, seufzte die Zigeunerin.
Ihre Fingernägel kratzten über eine unsichtbare Wandtafel.
Will spürte, daß er schniefte und wimmerte wie ein gehetzter Jagdhund.
Langsam senkten sich ihre Finger, tasteten die Spektren ab, wägten das Licht. Im nächsten Augenblick schon konnte sie einen dürren Zeigefinger durch das Kellergitter stecken – da! Da unten!
Dad, dachte Will. *Tu* doch etwas!
Jetzt, wo seine blinde, aber unendlich sehende Freundin da war, zeigte sich der Illustrierte Mann liebenswürdig und geduldig. Er betrachtete sie liebevoll.
»Nun ...« Die Hexenfinger zuckten.
»Nun!« sagte Wills Vater laut.
Die Hexe zuckte zusammen.
»Nun, das ist wirklich eine herrliche Zigarre!« rief Wills Vater und drehte sich gewichtig zur Ladentür um.
»Still!« befahl der Illustrierte Mann.
Die beiden Jungen blickten nach oben.
»Nun ...« Die Hexe sog die Luft ein.
»Muß sie wieder anzünden!« Mr. Halloway trat in den Laden und hielt seine Zigarre an die ewig blaue Flamme.
»Still!« flehte Mr. Dark.
»Rauchen Sie nicht?« fragte Wills Vater.
Die Hexe wurde geschüttelt von seinen lauten, jovialen Worten. Sie ließ wie verwundet die eine Hand sinken, wischte sie ab, wie man eine Antenne abwischt, um besser empfangen zu können, und hob sie wieder. Ihre Nüstern blähten sich im Wind.
»Ah!« Wills Vater blies dicken Zigarrenqualm aus und hüllte die Hexe wie in eine Wolke ein.
Sie hustete halberstickt.

»Idiot!« bellte der Illustrierte Mann, doch die Jungen konnten nicht sagen, ob Wills Vater oder die Frau damit gemeint war.
»Hier, Sie sollen auch eine haben«, sagte Mr. Halloway, stieß noch eine dichte Rauchwolke aus und überreichte Mr. Dark eine Zigarre.
Die Hexe nieste krampfhaft, taumelte zurück, stolperte davon.
Der Illustrierte Mann packte Dads Arm, merkte, daß er damit zu weit ging, ließ wieder los. Ihm blieb nichts anderes übrig, als seiner Zigeunerhexe zu folgen und seine unerwartete, vollkommene Niederlage einzugestehen. Im Weggehen hörte er noch, wie Wills Vater ihm nachrief: »Einen *schönen* Tag wünsche ich Ihnen!«
Nein, Dad, dachte Will.
Der Illustrierte Mann kam zurück.
»Ihr Name, Sir?« fragte er ohne Umschweife.
Sag's ihm nicht, dachte Will.
Wills Vater überlegte eine Weile, nahm dann die Zigarre aus dem Mund, klopfte die Asche ab und sagte ruhig:
»Halloway. Ich arbeite in der Bibliothek. Kommen Sie doch mal vorbei.«
»Darauf können Sie sich verlassen, Mr. Halloway. Ich werde kommen!«
Die Hexe wartete an der nächsten Ecke.
Mr. Halloway befeuchtete seinen Zeigefinger, prüfte die Windrichtung und pustete ihr eine dicke Rauchwolke nach.
Sie prallte zurück und war verschwunden.
Der Illustrierte Mann richtete sich steif auf, drehte sich um und marschierte davon. Die tätowierten Porträts von Jim und Will preßte er in den Fäusten eisenhart zusammen.
Schweigen.
Unter dem Rost war es so still, daß Mr. Halloway schon glaubte, die beiden Jungen seien vor Angst gestorben.
Will blickte von unten empor. Seine Augen wurden feucht, er öffnete den Mund und dachte: Mein Gott, warum hab ich das früher nie bemerkt?
Dad ist groß. Wirklich groß ist er!
Charles Halloway sah immer noch nicht auf den Eisenrost, sondern verfolgte mit den Blicken die kleinen roten Punkte auf dem Bürgersteig, die um die nächste Ecke bogen. Die Blutstropfen, die Mr. Darks Weg markierten. Auch über sich selbst war er überrascht. Er fand sich mit der Überraschung ab, mit seiner neugefundenen Selbstsicherheit, die zum Teil Verzweiflung war und zum Teil einer gelassenen Heiterkeit entsprang. Aber das Unglaubliche war geschehen. Keiner soll fragen, warum er seinen richtigen Namen genannt hatte; selbst er konnte diese Frage nicht beantworten, nicht recht sagen, was sie bedeutete. Nun heftete er den Blick auf die Ziffern der Uhr am Gerichtsgebäude und sagte dabei zu den Jungen:

»Ach, Jim, Will – da geht tatsächlich etwas vor. Könnt ihr euch für den Rest des Tages irgendwo verstecken? Wir müssen Zeit gewinnen. Wo fängt man bei solchen Dingen an? Nichts Ungesetzliches ist geschehen, es wurde jedenfalls gegen kein Gesetz verstoßen, das in den Büchern steht. Aber ich komme mir vor, als wäre ich tot und seit einem Monat begraben. Eine Gänsehaut läuft mir über den Rücken. Versteckt euch, Jim, Will! Ich werde euren beiden Müttern sagen, ihr habt beim Zirkus Arbeit bekommen, damit ist dann euer Ausbleiben entschuldigt. Versteckt euch, bis es dunkel wird, und um sieben kommt ihr dann in die Bibliothek. Unterdessen sehe ich mir einmal die Unterlagen der Polizei über Zirkusse an, suche in den Zeitungsbänden in der Bibliothek, in alten Büchern und Archiven nach – alles, was wichtig sein könnte. So Gott will, hab ich einen Plan, wenn ihr nach Einbruch der Dunkelheit wieder auftaucht. Paßt bis dahin gut auf. Gott segne dich, Jim, und dich, Will.«
Der kleine Vater, der auf einmal sehr groß war, ging langsam davon.
Er merkte nicht, daß ihm die Zigarre aus der Hand fiel und in einem Funkenregen durch das Gitter rollte.
Da lag sie nun in dem viereckigen Loch und starrte Jim und Will mit einem funkelndroten Auge an. Die beiden starrten zurück, machten das Auge schließlich blind und drückten die Zigarre aus.

36

Der Zwerg wanderte mit irren, hellblitzenden Augen auf der Hauptstraße nach Süden.
Plötzlich blieb er stehen und entwickelte in seinem Gehirn ein Stück Film. Er überprüfte ihn, stieß einen ärgerlichen Laut aus und stolperte zurück durch einen ganzen Wald von Beinen. Als er den Illustrierten Mann fand, zog er ihn zu sich herab, bis ein Flüstern ausreichte. Mr. Dark hörte ihm zu und rannte dann so rasch davon, daß der Zwerg nicht Schritt halten konnte.
Vor dem Zigarrenladen mit dem Holzindianer sank der Illustrierte Mann auf die Knie. Er packte den eisernen Rost mit beiden Händen und starrte in die Dunkelheit hinunter.
Da unten lagen vergilbte Zeitungsreste, zusammengeknülltes Einwickelpapier von Bonbons, Zigarrenstummel und Kaugummireste.
Mr. Dark stieß einen unterdrückten Zornesschrei aus.
»Haben Sie etwas verloren?«
Mr. Tetley sah über seine Theke hinweg.
Der Illustrierte Mann hielt sich am Gitter fest und nickte einmal.
»Einmal im Monat suche ich das Loch nach Geldstücken ab«, sagte Mr. Tetley. »Wieviel haben Sie verloren? Einen Zehner? Einen Vierteldollar? Oder gar einen halben?«

Ting!
Der Illustrierte Mann funkelte Mr. Tetley an.
Im Fensterchen der Registrierkasse war ein feuerrotes Schild hochgesprungen.
KEIN VERKAUF.

37

Die Turmuhr schlug sieben.
Das Echo wanderte durch die dunklen Flure der Bibliothek.
Irgendwo im Dunkeln fiel raschelnd, trocken, ein herbstliches Blatt.
Doch es war nur die Seite eines Buches, die umgeblättert wurde.
In einer der halbdunklen Grüfte beugte sich Charles Halloway im Schein einer Lampe mit grasgrünem Schirm über die Bücher. Die Lippen vorgeschoben, Augen verengt, schlug er mit zitternden Fingern die Seiten um, schob ein Buch beiseite, holte ein anderes. Ab und zu lief er ans Fenster und warf einen aufmerksamen Blick hinaus in den Herbstabend. Dann beugte er sich wieder über die Seiten, blätterte, schob hier ein Lesezeichen ein, kritzelte sich da ein Zitat auf ein Blatt Papier, flüsterte vor sich hin. Seine Stimme klang als Echo aus den Tiefen der Bibliothek zurück.
»Sieh da!«
» ... da ... da ... !« sagten die nächtlichen Hallen.
»Das Bild ...«
»Bild ...«, antworteten die Flure.
»Und *das* da!«
»Das da ...« Staub senkte sich.
Es war der längste aller Tage seines Lebens, soweit er sich zurückerinnern konnte. Er hatte sich unter seltsame und weniger seltsame Leute gemischt, hatte nach der weitläufigen Parade nach den Suchern gesucht. Er hatte der Versuchung widerstanden, Jims Mutter und Wills Mutter mehr zu sagen, als sie an einem vergnügten Sonntag zu wissen brauchten. Inzwischen war ihm der Zwerg über den Weg gelaufen, er hatte dem Spitzkopf und dem Feuerfresser zugenickt, sich von schattendunklen Seitenwegen ferngehalten und sein Entsetzen unterdrückt, als er wieder am Zigarrenladen vorbeikam und das dunkle Loch unter dem eisernen Gitter leer fand. Er wußte, daß sich die Jungen irgendwo verborgen hielten. Vielleicht ganz in der Nähe oder – gebe Gott – weit weg.
Dann ließ er sich von der Menge auf die Festwiese schieben, betrat aber die Zelte nicht, ging nicht an die Karussells heran, beobachtete, sah die Sonne untergehen und gelangte gerade im ungewissen Schein des Dämmerlichts an das kalte Glasmeer des Spiegelkabinetts. Vom Ufer aus sah er genug, um einen Schritt zurück zu tun und nicht zu ertrinken. Naß und kalt bis auf die Knochen, ließ er sich von der

wärmenden Menschenmenge beschützen, ehe die Nacht in der Stadt ihn erfaßte. Von der Woge der anderen ließ er sich in die Stadt zurücktragen, in die Bibliothek, zu den so wichtig gewordenen Büchern. Er legte sie auf dem Tisch wie eine große Uhr aus, wie jemand, der einen neuen Zeitbegriff erlernen will. Immer wieder schritt er um die große Uhr herum und blinzelte auf die vergilbten Seiten, als seien sie tote, ans Holz geheftete Mottenflügel.
Da lag ein Bild des Fürsten der Dunkelheit. Daneben einige phantastische Skizzen der Versuchungen des heiligen Antonius. Ein paar Radierungen aus *Bizarres* von Giovanbatista Bracelli; seltsame Spielzeuge waren da abgebildet, menschenähnliche Roboter, die alchimistische Riten vollführten. Fünf Minuten vor zwölf lag da ein Exemplar von *Dr. Faustus*, um zwei Uhr die *Okkulte Ikonographie*; um sechs, genau unter Mr. Halloways suchenden Fingern, eine Geschichte der Zirkusse, Schaugruppen, Marionettentheater, belebt mit Quacksalbern, Fahrensleuten, stelzengehenden Zauberern und ihren absurden Geschöpfen. Dann: *Handbuch der Reiche der Lüfte* (Dinge, die durch die Geschichte schweben); um neun Uhr: *Von Dämonen besessen*, darunter *Ägyptische Zaubertränke*, wieder darunter *Qualen der Verdammten*. Zuunterst wurde *Zauber der Spiegel* plattgedrückt. Die Bücheruhr vervollständigten *Lokomotiven und Züge, Mysterium des Schlafs, Zwischen Mitternacht und Morgen, Hexensabbath, Pakte mit Dämonen.* Alle Bücher waren so ausgelegt, daß er die Titel lesen konnte.
Doch die Uhr hatte keine Zeiger.
Er wußte nicht, welche Stunde der Nacht es für ihn geschlagen hatte, für die Jungen, für die nichtsahnende Stadt.
Wonach konnte er sich schon richten?
Ankunft um drei Uhr morgens, ein seltsamer Irrgarten von Spiegeln, ein Umzug am Sonntag, ein hochgewachsener Mann mit einer Menge stahlblauer Bilder, die in seine schwitzende Haut tätowiert waren, ein paar Blutstropfen, die in ein Kellerloch gefallen waren, zwei verängstigte Jungen, die aus den Tiefen der Erde emporstarrten – und er, allein in einem Mausoleum der Stille. Er versuchte das Puzzle zusammenzusetzen.
Was hatten die Jungen nur an sich, daß er ihnen jedes Wort glaubte, das sie durch den Rost geflüstert hatten? Allein die Angst war schon Beweis genug, und er hatte in seinem Leben genug Angst zu sehen bekommen, um sie zu kennen, so wie man einen Metzgerladen im Sommerzwielicht am Geruch erkennt.
Was hatte das Schweigen des Illustrierten Mannes an sich, daß er Tausende wilder, gemeiner, verletzender Worte zu hören glaubte?
Was war an dem alten Mann, den er am Nachmittag durch den Zelteingang gesehen hatte? Er saß auf einem Stuhl mit einem Schild Mr. ELEKTRIKO, und Starkstrom waberte und kroch wie eine Masse grüner Reptilien über sein Fleisch.
Alles. Alles zusammengenommen. Und nun diese Bücher hier. Das

da. Er legte die Hand auf *Physiognomien – die Geheimnisse des individuellen Charakters, wie man sie aus Gesichtern ablesen kann.*
Hatten nun Jim und Will, wie sie mit reinen, engelgleichen Gesichtern, halb unschuldig noch, durch das Gitter starrten, den nackten Terror vorbeimarschieren sehen? Bedeuteten die beiden Jungen das Ideal für Mann, Weib und Kind, ausgezeichnet durch Haltung, Farbe, inneres Gleichgewicht, sommerliches Gemüt?
Und das Gegenteil – Halloway blätterte um –, die schlurfenden Mißgeburten, das Illustrierte Wunder – trugen sie das unaustilgbare Kainszeichen des Reizbaren, Grausamen, Verschlagenen auf der Stirn, sprachen ihre Lippen Lug und Trug? Waren es die Zähne des Brutalen, Instabilen, Vorwitzigen, Eingebildeten? Des mörderischen wilden Tieres?
Nein. Er klappte das Buch zu. Nach den Gesichtern zu urteilen, waren die Mißgeburten nicht schlimmer als viele Leute, die er in seiner langen Laufbahn spät am Abend hatte aus der Bibliothek gehen sehen.
Nur eines war klar.
Zwei Zeilen bei Shakespeare drückten es aus. Er hätte sie mitten in seine Uhr von Büchern schreiben können als Ausdruck seiner Besorgnis:

Ein Jucken spür' ich, ganz verstohlen,
Das Böse kommt auf leisen Sohlen.

Unbestimmt, und doch so ungeheuerlich.
Er wollte nichts damit zu tun haben.
Aber er wußte, daß er sich für den Rest seines Lebens damit würde abfinden müssen, wenn er nicht in dieser Nacht damit fertig wurde.
Er schaute aus dem Fenster und dachte: Jim, Will, werdet ihr kommen? Werdet ihr es schaffen?
Vor lauter Warten wurde seine Haut so bleich wie seine Knochen.

38

So lag die Bibliothek am Sonntagabend da, um viertel nach sieben, halb acht, viertel vor acht, durchweht von den gewaltigen Strömen des Schweigens, bewacht von der regungslosen Garde der Bücher, die wie Runensteine der Ewigkeit auf ihren Regalen verharrten. Diese ragten so hoch auf, daß auf sie unsichtbar das ganze Jahr der Schnee fiel.
Draußen ging der Atem der Stadt zum Zirkus und zurück. Hunderte von Menschen kamen an der Stelle vorbei, wo Jim und Will unter den Büschen neben der Bibliothek lagen, sich aufrichteten und dann wieder ihre Nasen an die feuchte Erde preßten.
»Ha-tschi!«

Sie erstickten das Niesen im Gras. Auf der anderen Straßenseite kam einer vorbei, vielleicht ein Junge, vielleicht ein Zwerg, vielleicht ein Junge mit Zwergenverstand. Alles konnte es sein, vorbeigetrieben wie die rascheldürren Blätter auf den Bürgersteigen. Doch dann ging er weiter, was es auch war; Jim setzte sich auf, Will lag immer noch mit dem Gesicht im guten, sicheren Schmutz.

»Los, was ist denn?«

»Die Bibliothek«, murmelte Will. »Jetzt fürcht' ich mich auch schon *davor*!« All die Bücher, dachte er, zusammengedrängt in engen Reihen, Hunderte von Jahren alt, die Lederhaut abblätternd, aneinandergelehnt wie zehn Millionen Aasgeier. Wenn man an den dunklen Stapeln vorbeigeht, dann beobachten einen die goldenen Augen der ungezählten Titel. Ein alter Zirkus, eine alte Bibliothek, sein alter Vater – alles alt ...

»Ich weiß, Dad ist da drin, aber ist es auch *wirklich* Dad? Ich meine, wenn *sie* nun gekommen sind, ihn verwandelt haben, ihn böse gemacht haben, ihm etwas versprochen haben, was sie ihm nicht geben können, woran er aber glaubt. Wir beide gehn da hinein, und irgendwann in fünfzig Jahren macht jemand ein Buch auf, und wir beide fallen heraus, purzeln wie zwei ausgetrocknete Motten auf den Fußboden, Jim. Jemand preßt uns wie eine Pflanze zwischen den Seiten, und keiner weiß, wo wir geblieben sind ...«

Jim wurde es zuviel. Er mußte etwas unternehmen, sich aufmuntern. Bevor Will etwas tun konnte, klopfte Jim an die Tür. Dann hämmerten sie beide dagegen und hatten nichts anderes im Sinn, als aus der Nacht in die wärmere, nach Büchern riechende Nacht da drin zu fliehen. Wenn sie sich die Art der Dunkelheit aussuchen konnten, dann war das die bessere: der heimliche Büchergeruch, und Dad stand mit seinem geisterfarbenen Haar auf der Schwelle. Auf Zehenspitzen schlichen sie durch die verlassenen Gänge. Will verspürte den Drang, laut zu pfeifen, wie er es oft tat, wenn er bei Sonnenuntergang am Friedhof vorbeikam. Dad fragte, warum sie sich verspätet hätten. Und sie versuchten sich an all die Orte zu erinnern, an denen sie sich tagsüber versteckt hatten.

Sie waren in alten Garagen untergeschlüpft, in alten Scheunen, sie hatten sich in den höchsten Bäumen versteckt, die sie erklimmen konnten, und als die Langeweile schlimmer wurde als ihre Angst, waren sie wieder heruntergeklettert, zum Polizeichef gegangen und bei einem freundlichen Gespräch zwanzig Minuten lang im Revier sicher gewesen. Dann kam Will auf die Idee, die Kirchen zu besuchen. Sie stiegen in alle Kirchtürme der Stadt, verscheuchten die Tauben von den Simsen und *fühlten* sich zumindest sicher, auch wenn keiner wirklich sagen konnte, ob sie in den Kirchen und insbesondere hoch oben bei den Glocken tatsächlich sicher waren. Aber auch da packte sie die Langeweile, das Ewiggleiche ermüdete sie. Sie waren schon nahe daran, sich den Zirkusleuten zu stellen, damit sie wenigstens etwas zu tun hatten, da ging glücklicherweise die Sonne

unter. Von Sonnenuntergang bis jetzt war es herrlich gewesen. Sie hatten sich an die Bibliothek angeschlichen, als sei sie ihre alte Festung, die inzwischen von Arabern erobert worden war.
»Und nun sind wir hier«, schloß Jim flüsternd. Dann hielt er inne. »Warum flüstere ich eigentlich? Die Bibliothek ist doch längst geschlossen! Teufel!«
Er lachte, dann brach er ab.
Er glaubte nämlich, irgendwo in den unterirdischen Kammern leise Schritte vernommen zu haben.
Doch es war nur sein Lachen, das auf leisen Pantherpfoten durch die hohen Regale zu ihm zurückkam.
Als sie dann weiterredeten, flüsterten sie wieder. Tiefer Wald, dunkle Höhlen, dämmrige Kirchen, halbdunkle Bibliotheken – alles dasselbe, sie dämpfen einen, wirken bedrückend, lassen nur Flüstern und halblaute Rufe zu, aus Angst, geisterhafte Zwillinge der eigenen Stimme könnten auferstehen und durch die Gänge huschen, die man längst wieder verlassen hat.
Sie kamen in den kleinen Leseraum und gingen um den Tisch herum, auf dem Charles Halloway all die Bücher ausgelegt hatte. Viele Stunden hatte er hier lesend verbracht. Nun blickten sie sich zum ersten Mal ins Gesicht. Jeder entdeckte beim anderen dieselbe fahle Blässe, und sie sagten nichts dazu.
»Noch einmal von vorn«, sagte Dad und zog Stühle herbei. »Bitte.«
Die beiden Jungen nahmen sich Zeit. Abwechselnd erzählten sie von dem Blitzableiterverkäufer, der vorbeikam und ein Gewitter voraussagte, dem Zug, der lange nach Mitternacht ankam, die ganz plötzlich belebte Wiese, die Zelte im Mondlicht, die unberührte und doch klagende Zirkusorgel. Dann, wie das helle Licht des Mittags auf den ganz normalen breiten Weg zwischen den Zelten und Buden strahlte, auf dem sich Hunderte von braven Christenmenschen bewegten und keine Löwen, denen sie zum Fraß vorgeworfen werden sollten. Nur der Irrgarten mit den vielen Spiegeln war da, in dem sich die Zeit rückwärts und vorwärts verlor, nur das Karussell mit dem Schild AUSSER BETRIEB, die tote Mittagsstunde, Mr. Cooger und der Junge mit den Augen, die alle Eingeweide der Welt gesehen hatten, die wie Sünden von ihren Fleischerhaken hingen, rot und giftig, der Junge mit den Augen eines erwachsenen Mannes, der seit Ewigkeiten lebte und schon zu viel gesehen hatte, der vielleicht sterben wollte, es aber nicht konnte ...
Die Jungen mußten Atem holen.
Miss Foley, dann wieder der Zirkus, das wildgewordene Karussell, die uralte Cooger-Mumie, die Mondlicht einatmete, silbernen Staub ausatmete, tot, dann auferstanden auf einem Stuhl, der sein Skelett mit grünen Blitzen entzündete, ein trockenes Gewitter ohne Regen und Donner; der Umzug, der Zigarrenladen und sein Keller, das Versteck – und nun waren sie hier, hatten alles berichtet, waren fertig.

Eine ganze Weile saß Wills Vater schweigend da und starrte die Mitte des Tisches an, ohne etwas zu sehen. Dann bewegten sich seine Lippen.

»Jim. Will. Ich glaube euch«, sagte er.

Die Jungen sanken auf ihre Stühle zurück.

Alles?«

»Alles.«

Will wischte sich über die Augen. »Junge«, sagte er. »Ich fang' gleich zu plärren an!«

»Dafür haben wir keine Zeit!« erklärte Jim.

»Keine Zeit.« Wills Vater stand auf, stopfte Tabak in seine Pfeife, suchte in den Taschen nach Streichhölzern und förderte eine verbeulte Mundharmonika, ein Taschenmesser, ein nichtfunktionierendes Feuerzeug und einen Notizblock zutage, auf dem er immer große Gedanken notieren wollte, aber nie dazu kam. Diese Waffen für einen Pygmäenkrieg, der schon verloren sein konnte, noch ehe er recht begann, reihte er auf dem Tisch auf. Langsam schüttelte er den Kopf, entdeckte endlich eine zerknautschte Streichholzschachtel, zündete seine Pfeife an und begann auf und ab zu gehen. Dabei dachte er laut.

»Sieht so aus, als ob wir uns ausführlich über einen gewissen Zirkus unterhalten müßten. Wo kommt er her, wo will er hin, was hat er vor? Wir haben geglaubt, er sei noch niemals in der Stadt gewesen. Aber – bei Gott – seht euch das mal an!«

Er deutete auf eine vergilbte Zeitungsanzeige, die das Datum 12. Oktober 1888 trug. Mit dem Fingernagel unterstrich er eine Zeile:

J. C. Cooger und G. M. Dark präsentieren das Pandämonium-Theater! Kombinierte Schau, Museum des Unnatürlichen – International!

»J. C. und G. M.«, sagte Jim. »Dieselben Initialen wie auf den Handzetteln, die an diesem Wochenende überall herumliegen. Aber – es können doch nicht dieselben Leute sein ...«

»Nein?« Wills Vater rieb sich den Ellbogen. »Meine Gänsehaut erzählt mir etwas ganz anderes.«

Er legte die alte Zeitung beiseite.

»1860. 1846. Dieselbe Anzeige. Dieselben Anfangsbuchstaben. Dark und Cooger. Cooger und Dark. Sie kamen und gingen, aber nur alle zwanzig, dreißig oder vierzig Jahre einmal. Die Leute haben es deshalb stets vergessen. Wo waren sie all die anderen Jahre? Unterwegs. Und mehr noch! Immer im Oktober: Oktober 1846, Oktober 1860, Oktober 1888, Oktober 1910 und in diesem Oktober.« Seine Stimme war kaum noch zu verstehen. »Nehmet euch vor den Männern des Herbstes in acht ...«

»Was?«

»Eine Zeile aus einem alten religiösen Buch. Ich glaube, von Pastor Newgate Phillips. Hab's als Junge gelesen. Wie ging das nur?«

Er strengte sein Gedächtnis an. Er leckte sich über die Lippen.

Dann fiel es ihm wieder ein.
»Für manche kommt der Herbst frühzeitig und bleibt lange im Leben, wenn der Oktober dem September folgt und der November den Oktober berührt, und statt Dezember und Christi Geburt gibt es keinen Stern von Bethlehem, kein Jubilieren, sondern es kommt wiederum der September und der kalte Oktober und so fort, all die Jahre hindurch, ohne Winter, Frühling oder belebenden Sommer. Für diese Wesen ist der Herbst die ewig gleiche, normale Jahreszeit und das einzige Wetter, sie kennen nichts anderes. Woher kommen sie? Aus dem Staub. Wohin gehen sie? Ins Grab. Regt sich Blut in ihren Adern? Nein, nur der Nachtwind. Was tickt in ihren Köpfen? Der Wurm. Was spricht aus ihrem Munde? Verlockung. Was blickt aus ihrem Auge? Die Schlange. Was lauscht mit ihren Ohren? Der Abgrund zwischen den Sternen. Sie suchen in den Stürmen nach menschlichen Seelen, essen das Fleisch der Erkenntnis, füllen die Gräber mit Sündern. So treiben sie es immer weiter. In Schwärmen kriechen sie wie Käfer, schleichen, sickern, bewegen sich, lassen die Monde düster scheinen und hüllen alle klar fließenden Bäche in Nebel. Die Spinnwebe hört sie, zittert – zerreißt. Das sind die Männer des Herbstes. Nehmet euch vor ihnen in acht ...«
Nach einer langen Pause stießen die beiden Jungen gleichzeitig die Luft aus.
»Die Männer des Herbstes«, sagte Jim. »Ja, klar, das sind sie!«
»Dann ...« Will schluckte. »Dann sind wir – Menschen des Sommers?«
»Nicht ganz.« Charles Halloway schüttelte den Kopf. »Ach, ihr seid dem Sommer näher als ich. Wenn ich wirklich je ein echter Sommermensch war, so ist das lange her. Die meisten von uns sind halb-und-halb. Der Augustmittag in uns wehrt die Novemberfröste ab. Wir leben nur von dem bißchen Unabhängigkeit, das wir uns bewahrt haben. Doch es gibt Zeiten, da sind wir alle Männer des Herbstes.«
»Du nicht, Dad!«
»Sie doch nicht, Mr. Halloway!«
Er drehte sich rasch um und sah die beiden bleichen Gesichter, die ihn bewundernd ansahen. Die Jungen hatten die Hände auf die Knie gestützt, als wollten sie aufspringen.
»Man sagt nur so. Nur die Ruhe, Jungs! Ich bin nur hinter den Tatsachen her. Will, kennst du deinen Dad denn *wirklich*? Du solltest mich kennen, wie ich dich kenne, wenn es heißt, wir gegen sie!«
»Na ja«, hauchte Jim. »Aber wer sind Sie dann?«
»Teufel, wir *wissen* doch, wer er ist!« protestierte Will.
»So? Wirklich?« fragte sein Vater. »Laßt mal sehen. Charles William Halloway. Nichts Ungewöhnliches dran, außer daß ich vierundfünfzig bin, und das ist immer ungewöhnlich für den, der drinsteckt. Geboren in Sweet Water, aufgewachsen in Chicago, in New York am Leben geblieben, Detroit überstanden, überall herumgekom-

men, schließlich hier gelandet, nachdem ich all die Jahre in den Bibliotheken des ganzen Landes zubrachte, weil ich allein sein wollte, weil ich in den Büchern nachschlagen wollte, was ich unterwegs gesehen hatte. Dann mitten im Davonlaufen – ich nannte es Reisen – im neununddreißigsten Lebensjahr, kam deine Mutter und machte mich mit einem Blick seßhaft. Also bin ich seitdem hier geblieben. Fühle mich nachts in der Bibliothek immer noch am wohlsten, wenn ich nicht draußen im Regen der anderen Menschen stehe. Ist das meine letzte Station? Gut möglich. Warum bin ich überhaupt hier? Im Augenblick, wie es scheint, um euch zu helfen.«
Er hielt inne und sah die beiden Jungen mit ihren prächtigen, offenen Gesichtern an.
»Ja«, sagte er. »Das Spiel ist schon fast aus. Um euch zu helfen.«

39

Alle nachtverhangenen Fenster der Bibliothek erzitterten vor Frost und Kälte.
Der Mann und die beiden Jungen warteten, bis der Sturm vorbei war.
Als es ruhiger wurde, sagte Will: »Dad, du hast uns immer geholfen.«
»Danke, aber das stimmt nicht.« Charles Halloway betrachtete seine leere Hand. »Ich bin ein Narr. Schau' dir immer über die Schulter, um zu sehen, was kommen wird, nie ins Gesicht, um zu sehen, was *da ist*. Aber insofern kann ich mich beruhigen: Jeder ist ein Narr. Das heißt, du strengst dich dein Lebtag an, packst zu, holst andere heraus, machst die Leine fest, verputzt, streichelst Wangen, küßt Stirnen, lachst und weinst und tust alles mögliche für den einen Tag, wo du selbst der allerdümmste Narr bist und laut ›Hilfe!‹ schreist. Alles was du dann brauchst, ist ein Mensch, der dir Antwort gibt. Ich sehe es so klar und deutlich. Im ganzen Land liegen heute abend Städte, Dörfer und winzige Flecke voller Narren. Der Zirkus fließt vorbei, rüttelt an jedem Baum. Es regnet Idioten. Jeder einzelne ein Trottel, möchte ich sagen, von denen sich jeder einzelne einbildet – manchmal stimmt's auch –, daß keiner da ist, der ihren Hilferuf hört. Narren, die nichts miteinander zu tun haben – diese Ernte holt der Zirkus lächelnd ein, wenn er mit seiner stampfenden Maschine daherkommt.«
»Mein Gott – wie hoffnungslos!« sagte Will.
»Nein. Allein die Tatsache, daß wir hier beisammen sind und uns über den Unterschied zwischen Sommer und Herbst den Kopf zerbrechen, beweist mir, daß es einen Ausweg geben muß. Man muß nicht dumm *bleiben*, und man *muß nicht* Böses, Falsches, Sündiges tun, wie du es auch immer nennen magst. Es gibt immer mehr als nur drei oder vier Möglichkeiten, unter denen man wählen kann. *Sie*, dieser Dark und seine Freunde, sie haben nicht alle Karten in

der Hand, das habe ich heute vor dem Zigarrenladen bemerkt. Ich fürchte ihn, aber ich konnte deutlich merken, daß auch er mich fürchtet. Es ist also eine Angst auf Gegenseitigkeit. *Wie* können wir die zu unserem Vorteil ausnutzen?«

»Wie?«

»Immer schön der Reihe nach. Sehen wir uns in der Geschichte um. Wenn der Mensch hätte für alle Zeiten böse bleiben wollen, so konnte er das – einverstanden? Gut. Sind wir tatsächlich draußen bei den Tieren des Waldes geblieben? Nein. Sind wir im Wasser bei den Haien geblieben? Nein. Irgendwann einmal haben wir die heiße Gorillapfote losgelassen. Irgendwann haben wir auf unsere Reißzähne verzichtet und angefangen, Gras zu essen. Pflanzenbrei spielt in unserer Geschichte eine ebenso große Rolle wie Blut, viele Generationen lang. Seitdem betrachten wir uns auf der Stufenleiter den Affen überlegen, aber wir stehen nicht so hoch wie die Engel. Das war eine hübsche Idee, deshalb haben wir sie zu Papier gebracht und Häuser wie dieses hier drumherum gebaut. Wir gehen in diesen Häusern ein und aus und kauen immer noch drauf herum, auf diesem Grashalm, süß und neu, wir denken darüber nach und wollen herausfinden, wann wir den Schritt getan haben, wann wir uns entschlossen, anders zu sein. Ich denke, das war in irgendeiner Nacht, vor Hunderttausenden von Jahren, wo einer jener fellbekleideten Männer nachts am Feuer aufwachte und über die Glut hinweg seine Frau und seine Kinder betrachtete und daran dachte, daß sie kalt waren, kalt und tot für immer. Und da muß er wohl geweint haben. Er wird die Hand nach seiner Frau und nach den Kindern ausgestreckt haben in dem Bewußtsein, daß sie eines Tages sterben müssen. Am nächsten Morgen behandelte er sie eine Zeitlang etwas besser, weil er erkannte, daß auch sie – genau wie er – die Saat der Nacht in sich trugen. Diese Saat fühlte er in seinen Adern, sie klopfte in seinem Puls, immer schmerzhafter, je weiter der Tag voranschritt, weil er wußte, daß sein Leib eines Tages in die Dunkelheit eingehen würde. Dieser Mensch, der allererste, wußte also, was wir heute wissen: Unsere Zeit ist kurz, und die Ewigkeit ist lang. Mit diesem Wissen kamen Mitleid und Gnade. Wir sparten die anderen für die späteren, verwickelteren, geheimnisvolleren Gnaden der Liebe auf.

Was sind wir also, alles in allem? Wir sind die wissenden Geschöpfe, und wir wissen zu viel. Wir tragen eine so schwere Last, daß wir wiederum vor der Wahl stehen, ob wir lachen oder weinen sollen. Kein anderes Tier kann lachen oder weinen. Wir tun beides, je nach Zeit und Laune. Irgendwie hab ich den Eindruck, die Zirkusleute beobachten uns, um zu sehen, ob wir weinen oder lachen, wann wir es tun und wie. Sie schlagen zu, wenn sie glauben, daß wir reif sind.«

Charles Halloway hielt inne. Die beiden Jungen sahen ihn so gespannt an, daß er plötzlich errötete und sich abwenden mußte.

»Junge, Mr. Halloway!« rief Jim halblaut. »Das ist großartig! Weiter!«
»Dad«, sagte Will verwundert. »Ich hab nie gewußt, daß du *reden* kannst!«
»Du solltest mich manchmal spät abends hören, da tu ich nichts anderes als nur reden!« Charles Halloway schüttelte den Kopf. »Ja, das solltest du wirklich hören. Ich hätte an jedem Tag der Vergangenheit mehr mit dir reden sollen. Teufel. Wo war ich nur? Auf dem Weg zur Liebe wahrscheinlich. Ja – Liebe.«
Will machte ein gelangweiltes Gesicht, und Jim schien dieses Wort unangenehm zu sein.
Die Blicke der beiden machten Charles Halloway nachdenklich.
Wie sollte er sich ausdrücken, damit sie ihn verstanden? Konnte er sagen, Liebe sei vor allen Dingen gesunder Menschenverstand, gemeinsame Erfahrung? Das war doch der lebenswichtige Kitt, nicht wahr? Konnte er ihnen sagen, wie ihm uns Herz war, weil sie an diesem Abend hier beisammen waren, auf einer wilden Welt, die um eine große Sonne kreiste, die durch einen größeren Raum, durch noch unendlichere Weiten des Universums stürzte, vielleicht auf etwas zu, vielleicht von etwas weg? Sollte er ihnen sagen: Wir legen diese Milliarden Meilen in der Stunde gemeinsam zurück? Wir stehen gemeinsam gegen die Nacht? Warum liebt man den Jungen, der im März auf einer Wiese einen Drachen steigen läßt? Weil unsere Finger brennen, wenn uns heiß die Schnur durch die Hand gleitet. Mit solchen kleinen Dingen fängt es an. Warum liebt man irgendein Mädchen, das man vom Zug aus sieht, wie es sich zu einem Brunnen niederbeugt? Die Zunge erinnert sich an kühles, eisenhaltiges Wasser an einem längst vergangenen heißen Mittag. Warum weint man über einen Fremden, der tot am Straßenrand liegt? Er sieht einem Freund ähnlich, den man seit vierzig Jahren nicht mehr gesehen hat. Warum lachen wir, wenn ein Clown eine Torte ins Gesicht geworfen bekommt? Wir schmecken die Creme, wir schmecken das Leben. Warum liebt man die eigene Frau? Mit ihrer Nase atmet sie die Luft einer Welt ein, die wir kennen; darum liebe ich diese Nase. Ihr Ohr hört die Melodie, die ich vielleicht die halbe Nacht lang summe; darum liebe ich diese Ohren. Ihre Augen erfreuen sich am Wandel der Jahreszeiten in der Landschaft; deshalb liebe ich ihre Augen. Ihre Zunge kennt Quitten, Pfirsiche, Apfelbeeren, Minze und Zitrone; ich höre sie gern sprechen. Ihre Haut kennt Hitze und Kälte und Schmerz, ich kenne Feuer, Schnee, Schmerzen. Immer wieder sind es gemeinsame Erfahrungen. Milliarden prickelnder Empfindungen. Schneide einen der Sinne ab, so schneidest du einen Teil des Lebens weg. Schneide zwei Sinne fort, und es fehlt die Hälfte des Lebens. Wir lieben, was wir wissen, wir lieben, was wir sind. Gemeinsame Sache. Gemeinsame Sache von Mund, Auge, Ohr, Zunge, Hand, Nase, Haut, Herz und Seele.
Aber ... Wie sagt man das?

»Seht ihr«, versuchte er es, »steckt zwei Männer in einen Eisenbahnwaggon. Einer ist Soldat, der andere Farmer. Der eine redet vom Krieg, der andere vom Weizen. Jeder langweilt den anderen, bis der einschläft. Aber laß nur einen von ihnen Langlauf erwähnen, und der andere ist ein einziges Mal in seinem Leben die Meile gelaufen, so werden diese beiden Männer die ganze Nacht lang gemeinsam rennen. Ihre Freundschaft entzündet sich an der Erinnerung. So haben alle Männer ein gemeinsames Interesse: Frauen. Darüber können sie bis Sonnenaufgang und noch länger reden. Teufel.«

Charles Halloway hielt wieder inne, wurde wieder rot. Er wußte, da vorn war irgendwo das Ziel, aber er wußte nicht, wie er dahingelangen sollte. Er biß sich auf die Lippen.

Dad, hör nicht auf, dachte Will. Solange du redest, ist es herrlich hier drin. Du wirst uns retten. Rede nur weiter.

Der Mann las es in den Augen seines Sohnes. Er sah denselben Blick bei Jim. Er ging langsam um den Tisch herum, berührte hier ein Tier der Nacht, dort ein paar Hexen, einen Stern, den strahlenden Mond, eine uralte Sonne, ein Stundenglas, das die Zeit nicht mit feinem Sand, sondern mit dem Staub alter Gebeine maß.

»Hab ich schon gesagt, daß ich eigentlich über Güte reden wollte? Gott, ich weiß es nicht. Ein Fremder wird auf offener Straße niedergeschossen, und du rührst kaum einen Finger, ihm zu helfen. Aber hättest du nur eine halbe Stunde zuvor zehn Minuten mit dem Burschen verbracht und etwas über ihn und seine Familie erfahren, so würdest du dich dem Mörder in den Weg werfen und versuchen, das Verbrechen zu verhindern. Wirklich wissen ist gut. Nichtwissen, nicht wissen wollen, das ist schlecht, böse, zumindest unmoralisch. Man kann nicht handeln, wenn man nicht weiß. Wer etwas tut, ohne zu wissen, der fällt von der Klippe. Mein Gott, ihr müßt mich für verrückt halten, daß ich so rede! Ihr denkt vielleicht, wir sollten lieber auf die Entenjagd gehen oder Ballone abschießen, wie du es gemacht hast, Will, aber zuvor müssen wir alles über diese Mißgeburten und den Mann wissen, der sie beherrscht. Wir können nicht gut sein, wenn wir nicht wissen, was böse ist, und es ist nur schade, daß die Zeit gegen uns arbeitet. Am Sonntagabend macht der Zirkus schon früh zu, und die Leute gehen nach Hause. Ich habe das Gefühl, die Männer des Herbstes werden uns dann besuchen. Bis dahin haben wir vielleicht noch zwei Stunden Zeit.«

Jim stand am Fenster und blickte hinaus über die Dächer der Stadt zu den fernen schwarzen Zelten und der Zirkusorgel, die nun vom Kreisen der Erdkugel in der Nacht angetrieben wurde.

»*Ist* das denn böse?« fragte er.

»Böse?« rief Will zornig. »Böse! Wie kannst du das nur fragen?«

»Ruhe!« sagte Wills Vater. »Das war eine gute Frage. Ein Teil der Schau wirkt ganz großartig. Aber hier gilt wirklich das alte Sprichwort: Für nichts kriegt man nichts. Bei denen da ist es so, daß man nichts für etwas kriegt. Sie machen leere Versprechungen, du hältst den Kopf hin – bums!«

»Wo kommen sie her?« fragte Jim. »Wer sind sie eigentlich?«

Will trat mit seinem Vater ans Fenster. Gemeinsam blickten sie hinaus zu den schwarzen Zelten. Dann sagte Charles Halloway zu diesen Zelten:

»Früher einmal war es vielleicht nur ein einziger Mann, der durch Europa wanderte, mit klingenden Schellen an den Fußgelenken, eine Laute auf dem Buckel. Das war lange vor Kolumbus. Vielleicht lief vor einer Million Jahren ein Mann in einer Affenhaut herum, stopfte sich mit dem Unglück anderer voll, kaute den ganzen Tag ihre Leiden wie Kaugummi, saugte den süßen Geschmack heraus und lief dann schneller, belebt von menschlichem Leid. Sein Sohn hat dann vielleicht die Baumfallen, die Menschenfallen, die Knochenmühlen, die Kopfschrauben, die Zangen und Seelenmartern seines Vaters verfeinert. Sie legten den Schaum auf einsame Teiche, von dem die Mücken aufstiegen, in Nasen kletterten, Stechmücken in der Sommernacht die Beulen stachen, aus denen die Zirkusleute so gern wahrsagen. Einer hier, einer da, rasch und aalglatt wie ihre Blicke, so wurden es Herden von Werwölfen, die um Gaben des Bösen bettelten, Unheil verbreiteten, unter den Teppichen nach den Spuren von Tausendfüßlern suchten, den Schweiß der Nacht beobachteten, an den Türen aller Schlafzimmer lauschten und hörten, wie die Menschen sich in Reue und heißen Träumen hin und her warfen.

Der Stoff, aus dem Alpträume gemacht werden, ist ihr täglich Brot. Die Butter darauf der Schmerz. Sie stellen ihre Uhren nach dem Totenwurm und gedeihen im Laufe der Jahrhunderte. Das waren die Männer mit den neunschwänzigen Peitschen, die aus Schweiß die Pyramiden errichteten und sie mit dem Salz und den gebrochenen Herzen anderer würzten. Sie hockten auf den Schimmeln der Pest als Fluch Europas. Sie flüsterten Cäsar zu, daß er sterblich sei, dann verkauften sie Dolche zum halben Preis. Einige von ihnen müssen träge Clowns, Hofnarren für Kaiser, Fürsten und epileptische Päpste gewesen sein. Dann lagen sie wieder auf der Straße, als Zigeuner, und ihre Zahl vermehrte sich mit der Bevölkerung der Welt, breitete sich aus. Es gab nun köstlichere Arten des Schmerzes, sich daran zu mästen. Die Erfindung der Eisenbahn hat ihnen Räder gegeben, und auf Rädern rollten sie die lange Straße aus Gotik und Barock in die Neuzeit. Seht euch ihre Wagen an, die Schnitzereien wie auf mittelalterlichen Schreinen, alles Dinge, die früher einmal von Pferden, Mulis oder auch Menschen gezogen wurden.«

»All die Jahre.« Jim verschluckte sich. »Immer *dieselben* Leute? Glauben Sie, daß Mr. Cooger oder Mr. Dark ein paar hundert Jahre alt sind?«

»Wenn sie auf diesem Karussell fahren, so können sie doch ein oder zwei Jahre abschütteln, sooft sie nur wollen, oder nicht?«
»Aber dann . . .« Ein Abgrund tat sich vor Wills Füßen auf. »Dann könnten sie doch *ewig* leben!«
»Und den Menschen Böses antun.« Jim dachte angestrengt nach. »Aber warum? Warum tun sie Böses?«
Mr. Halloway antwortete: »Weil sie doch Benzin, Treibstoff brauchen, irgend etwas, um den Zirkus am Laufen zu halten. Frauen leben vom Tratsch, und was ist Tratsch schon anderes als ein Schleim aus Kopfschmerzen, üblem Speichel, arthritischen Knochen, zerrissenem und geflicktem Fleisch, Indiskretionen, Gewittern des Wahnsinns, Ruhe nach dem Sturm? Wenn manche Leute nicht immer etwas Saftiges zum Durchkauen hätten, würden ihnen die Zähne auswachsen und ihre Seelen dazu. Vervielfacht *ihr* Vergnügen auf Beerdigungen, ihr Kichern, wenn sie beim Frühstück die Todesanzeigen lesen, rechnet all die Ehen hinzu, in denen es zugeht wie Katz und Hund, wo Menschen ein Leben lang nichts anderes tun, als sich gegenseitig die Haut in Fetzen vom Leib zu reißen und sie verkehrtrum wieder anzukleben, rechnet die Quacksalber hinzu, die Menschen aufschneiden und in ihren Gedärmen wie in Teeblättern lesen, sie dann wieder mit gezeichnetem Faden zunähen, multipliziert diese ganze Dynamitfabrik mit zehn Quatrillionen – dann habt ihr die magische schwarze Macht dieses einen Zirkus.
Alles Gemeine in uns entleihen sie sich vervielfacht. Sie sind für Schmerz, Trauer und Krankheit milliardenmal empfänglicher als der durchschnittliche Mensch. Wir würzen unser Leben mit den Sünden anderer. Uns schmeckt unser Fleisch süß. Doch dem Zirkus ist es gleichgültig, wenn es im Mondschein stinkt, statt in der Sonne, solange es nur von Angst und Pein überquillt. Das ist der Treibstoff, der Dampf, der das Karussell im Kreise treibt, der Rohstoff des Schreckens, die unsagbare Qual der Schuld, der Schrei wegen echter oder eingebildeter Wunden. Der Zirkus saugt dieses Gas ein, zündet es, und weiter geht's!«
Charles Halloway holte tief Luft, schloß die Augen und sagte:
»Woher ich das weiß? Ich weiß es nicht! Ich *fühle* es! Ich *schmecke* es. Vor zwei Tagen war es wie altes Laub, dessen Geruch der Wind herantreibt. Es war der Duft von Totenblumen. Ich höre diese Musik. Ich höre, was ihr mir erzählt und die Hälfte von dem, was ihr mir *nicht* erzählt. Vielleicht hab ich immer schon von einem solchen Zirkus geträumt und nur darauf gewartet, bis mal einer kommt und ich nur nicken muß. Die Schau da draußen, diese Zelte, sie spielen auf meinen Knochen wie auf einer Marimba. Mein Skelett *weiß* es. *Es* sagt mir alles.
Und *ich* sag's euch.«

40

»Können sie ...«, begann Jim zögernd, »ich meine ... kaufen sie ... kaufen sie Seelen?«

»Warum kaufen, wenn man sie umsonst kriegen kann?« antwortete Mr. Halloway. »Die meisten Menschen sind doch begierig nach einer Gelegenheit, alles für nichts aufzugeben. Mit nichts anderem gehen wir so nachlässig um wie mit unseren unsterblichen Seelen. Außerdem deutest du damit an, daß da draußen der Teufel sei. Ich sage aber nur, es ist eine Art Kreatur, die es gelernt hat, von Seelen zu leben – es sind nicht die Seelen selbst. Das hat mich an den alten Mythen immer gestört. Ich habe mich gefragt: Wozu braucht Mephistopheles eine Seele? Was macht er damit, wenn er sie kriegt, was nützt sie ihm? Macht Platz, ich lege jetzt meine eigene Theorie auf den Tisch! Diese Kreaturen brauchen das Leuchtgas aus den Seelen, die nachts keinen Schlaf finden und am Tage wegen alter Sünden fiebern. Eine tote Seele läßt sich nicht entzünden. Aber eine lebende, zerquälte Seele, heiß von Selbstanklage – ja, das ist das Richtige für solche, wie die sind!

Woher ich das weiß? Ich halte die Augen offen. Der Zirkus ist wie Menschen – nur menschlicher. Ein Mann und eine Frau gehen nicht voneinander, sie bringen einander nicht um, sondern sie martern einander ein Leben lang, reißen sich die Haare, die Fingernägel einzeln aus, und die Qual des einen ist dem anderen das Narkotikum, das ein Leben erst lebenswert macht. Der Zirkus spürt von Magengeschwüren geplagte Egos aus meilenweiter Entfernung auf und fliegt herbei, um Hand an die Schmerzen zu legen. Er riecht Jungen, die sich damit abquälen, Männer zu werden, und die dabei schmerzen wie große dumme Weisheitszähne aus zwanzigtausend Meilen Entfernung, einen in Winternacht gebetteten Sommer. Er fühlt die Schwermut alternder Männer, wie ich einer bin, die sich nutzlos nach längst verlorenen Augustnachmittagen sehnen. Not, Armut, Sehnsucht – wir verbrennen sie in unserem Lebenssaft, oxydieren sie in unseren Seelen, stoßen einen Strom davon aus Lippen, Nasen, Augen und Ohren, senden mit Antennenfingern über Kurz- oder Langwelle, weiß Gott was, aber die Herren der Mißgeburten spüren das Jucken und kommen angerannt, um zu kratzen. Die Reise ist weit und leicht. An jedem Kreuzweg stehen genug Menschen bereit, die ihnen gern eimerweise Schmerzen als Treibstoff geben. Vielleicht bleibt der Zirkus so am Leben. Er existiert von den Sünden, die wir einander antun, vom Gift unserer schrecklichsten Reue.«

Charles Halloway schnaubte.

»Du liebe Zeit, wieviel hab ich in den letzten zehn Minuten laut gesagt, wieviel nur gedacht?«

»Sie haben eine Menge geredet«, sagte Jim.

»Verdammt, aber in welcher Sprache?« rief Charles Halloway, denn plötzlich hatte er den Eindruck, daß er auch nicht mehr getan hatte als in anderen Nächten, da er allein in der Bibliothek herumgelaufen war und seine Gedanken den langen Gängen mitgeteilt hatte, die sie ihm als Echo einmal zurückwarfen und sie dann im Nichts verschwinden ließen. Sein Leben lang hatte er Bücher geschrieben, geschrieben in die gewaltigen Räume gewaltiger Gebäude, und sie waren zu den Fenstern hinausgeflogen. Nun kam ihm alles wie ein Feuerwerk vor, das nur wegen der Farbe, wegen des Klanges, des prächtigen Wortbaus abgebrannt wurde, um auf die Jungen Eindruck zu machen und ihm selbst zu schmeicheln, das aber keinen Eindruck hinterließ, nachdem Farbe und Ton vergangen waren. Nur eine Übung im Monolog. Verlegen kam er näher.

»Wieviel davon ist wohl angekommen? Jeder fünfte Satz? Oder zwei Sätze von acht?«

»Drei von tausend«, sagte Will.

Charles Halloway konnte nicht anders, er lachte und seufzte zugleich.

Dann warf Jim ein: »Ist es ... ist es der ... Tod?«

»Der Zirkus?« Der alte Mann entzündete seine Pfeife, blies den Rauch aus und sah ihm nach. »Nein. Aber ich glaube, er gebraucht den Tod als Drohung. Der Tod existiert nicht. Es hat ihn nie gegeben, es wird ihn nie geben. Aber wir haben von ihm so viele Bilder gemalt, all die Jahre hindurch, haben versucht, ihn festzuhalten, zu verstehen, daß wir ihn als Wesenheit ansehen, seltsam lebendig und gierig. Aber er ist nichts weiter als eine stehengebliebene Uhr, ein Verlust, ein Ende, Dunkelheit. Nichts. Und der Zirkus ist klug genug zu wissen, daß wir uns vor dem Nichts mehr fürchten als vor dem Etwas. Gegen ein Etwas kann man kämpfen. Aber ... das Nichts? Wo trifft man das? Hat es ein Herz, eine Seele, einen Hintern, einen Verstand? Nein, nein! So schüttet uns der Zirkus nur einen großen Becher voller Nichts hin und schnappt uns, wenn wir vor Angst auf den Rücken fallen. Oh, er zeigt uns schon etwas, das zu nichts führen könnte! Die glitzernden Spiegel da draußen auf der Festwiese, das ist schon etwas! Etwas Seltenes. Genug, um eine Seele aus dem Sattel zu werfen. Es ist ein Tiefschlag, wenn man sich selbst nach neunzig Jahren sieht und von einem der Dunst der Ewigkeit aufsteigt wie der Dampf von Trockeneis. Dann, wenn du steifgefroren bist, spielen sie dir diese liebliche, zu Herzen gehende Musik vor, die nach frisch gewaschenen Kleidern riecht, flatternd auf einer Leine im Mai, die klingt, wie wenn Heuhaufen in Weinbergen liegen, eine Melodie von blauem Himmel und Sommernacht – bis in deinem Kopf Trommeln dröhnen, die wie Vollmonde aussehen und um die Zirkusorgel kreisen. Wie einfach. Herr im Himmel, wie ich ihre einfache, direkte Art bewundere! Man braucht nur einen alten Mann mit Spiegeln zu schlagen und zusehen, wie seine Stücke in einem Puzzle von vielen Eisbrocken zu Boden fallen – und nur der Zirkus kann sie wieder zusammensetzen? Wie? Sie lassen dich zu den Klängen eines Walzers

auf dem Karussell rückwärts fahren. Aber sie sind vorsichtig und sagen den Leuten, die zu ihrer Musik Karussell fahren, kein Wort davon.«
»Wovon?« fragte Jim.
»Nun, daß du in der einen Gestalt ein übler Sünder bist, wenn du es in der anderen Gestalt warst. Sie ändern die Größe, aber damit verändern sie nicht das Gehirn. Wenn ich dich morgen in einen Fünfundzwanzigjährigen verwandelte, Jim, dann wären deine Gedanken immer noch die eines Jungen, und man würde es merken. Oder wenn sie mich in diesem Augenblick in einen zehnjährigen Jungen verwandelten, so wäre mein Verstand immer noch fünfzig, und dieser Junge würde sich seltsamer, unheimlicher verhalten, als jemals zuvor sich ein Junge benommen hat. Aber noch auf andere Weise ist die Zeit aus den Fugen geraten.«
»Wie denn?« fragte Will.
»Wenn ich Junge würde, so wären alle meine Freunde doch immer noch fünfzig oder sechzig, nicht wahr? Ich wäre für ewig von ihnen abgeschnitten, weil ich ihnen doch nicht sagen könnte, was ich angestellt habe. Sie wären dagegen. Sie würden mich hassen. Ihre Interessen wären nicht mehr meine Interessen, das ist doch klar? Besonders ihre Sorgen. Krankheit und Tod für sie, für mich ein neues Leben. Wo auf dieser Welt ist also ein Platz für einen Mann, der wie zwanzig aussieht, in Wirklichkeit aber älter ist als Methusalem? Welcher Mensch könnte den Schock einer solchen Verwandlung überstehen? Die Zirkusleute sagen dir nichts davon, daß das schlimmer ist als der Schock nach einer Operation – aber, bei Gott, es ist schlimmer!
Also, was geschieht? Du bekommst dein Fett: Irrsinn. Auf der einen Seite die veränderte persönliche Umgebung, die veränderte Gestalt. Auf der anderen das Schuldgefühl, weil man die Frau, den Mann, die Freunde wie alle Menschen sterben läßt – Herr im Himmel, allein darüber müßte ein Mensch wahnsinnig werden. Daraus entstehen neue Ängste, neue Qualen, an denen sich der Zirkus mästen kann. Wenn dir der grüne Dunst aus dem zermarterten Gewissen aufsteigt, so sagst du, daß du dahin zurückkehren willst, woher du gekommen bist. Die Zirkusleute hören dir zu und nicken. Ja, versprechen sie dir, wenn du brav bist, dann geben sie dir die fünfzig Jahre – oder wieviel es auch sei – wieder zurück. Allein von dem Versprechen, das richtige Alter wiederherzustellen, reist der Zirkus durch die Welt. Die Schauzelte stecken voller Verrückter, die nur darauf warten, aus der Sklaverei entrinnen zu können. Unterdessen reisen sie mit dem Zirkus und liefern ihm den Brennstoff, den er braucht.«
Will murmelte etwas vor sich hin.
»Was?«
»Miss Foley«, sagte Will traurig. »Die arme Miss Foley, die haben sie jetzt, wie du gerade sagst. Als sie hatte, was sie wollte, da fürch-

tete sie sich davor und wollte es nicht mehr. Was hat sie doch geweint, Dad, so furchtbar geweint. Sicher versprechen sie ihr gerade, daß sie wieder fünfzig werden kann, wenn sie will – irgendwann einmal. Ich frage mich, was sie gerade mit ihr machen. Ach, Dad, Jim ...«

»Gott sei ihr gnädig.« Wills Vater streckte schwerfällig die Hand aus und zeichnete mit dem Finger die Zirkusbilder nach. »Vermutlich hat man sie zu den anderen Mißgeburten gesteckt. Und wer sind die? Sünder, die in der Hoffnung auf Erlösung so weit und so lange um die Welt gefahren sind, daß sie schon die Gestalt ihrer Sünden angenommen haben? Der Dicke, was war er einst? Wenn ich den Sinn für schwarzen Humor richtig deute, den die Zirkusleute da beweisen, die Art, wie sie zu wägen belieben, so würde ich sagen, daß er früher nach jeder Art von Lust gierte. Jedenfalls lebt er nun im Zirkus und platzt fast aus seiner Haut. Der Dünne, das Skelett, oder wie immer sie ihn nennen – hat er vielleicht Frau und Kinder verhungern lassen, körperlich wie auch geistig? Der Zwerg? War es dein Freund, der Blitzableiterverkäufer, oder war er es nicht? Immer unterwegs, nie zur Ruhe kommend, ließ er es niemals darauf ankommen und rannte stets vor den Gewittern her; ja, er hat wohl Blitzableiter verkauft, aber andere hat er dem Unwetter preisgegeben. Deshalb ist er, als er auf die Freifahrt hereinfiel, vielleicht absichtlich, vielleicht versehentlich, nicht in einen Jungen verwandelt worden, sondern in einen grotesken Zwerg. Die wahrsagende Zigeunerin, die Staubhexe? Vielleicht eine Frau, die stets für morgen lebte und das Heute dahingehen ließ wie ich. Nun wird sie dafür bestraft, indem sie anderen Leuten ihren wilden Aufstieg und Untergang voraussagen muß. Sag mir, Junge, du hast sie doch aus der Nähe gesehen, du mußt es wissen ... Der Spitzkopf? Der Schafhirt? Der Feuerfresser? Die siamesischen Zwillinge, mein Gott, wer waren sie? Wir werden es nie erfahren. Sie werden es uns niemals sagen. In der letzten halben Stunde haben wir nur Vermutungen geäußert über viele Dinge und wahrscheinlich zumeist falsche Vermutungen. Jetzt brauchen wir einen Plan. Wohin gehen wir von hier aus?«

Charles Halloway breitete einen Stadtplan aus und zeichnete die Zirkuswiese mit Blaustift ein.

»Bleiben wir verborgen? Nein. Wenn's um Miss Foley und so viele andere geht, können wir das nicht. Also, wie greifen wir sie an, ohne daß es uns vorher selbst erwischt? Welche Waffen ...«

»Silberne Kugeln!« rief Will plötzlich.

»Aber nein!« Jim schnaubte verächtlich. »Das sind doch keine Vampire!«

»Wenn ich katholisch wäre, würde ich mir Weihwasser aus der Kirche holen ...«

»Unsinn!« sagte Jim. »Zeug fürs Kino. Im Leben gibt's so etwas nicht. Hab ich recht, Mr. Halloway?«

»Hoffentlich, mein Junge.«
Wills Augen blitzten wütend. »Okay. Dann gibt's nur eins: Wir gehen mit einem Kanister Kerosin und ein paar Streichhölzern zur Festwiese und . . .«
»Das ist verboten!« rief Jim.
»Das sagst ausgerechnet du!«
»Halt die Luft an!«
Genau in diesem Augenblick erstarrten sie alle.
Flüstern.
Ein ganz schwacher Windhauch schwebte durch die Bibliothek, die Flure entlang, in den kleinen Raum.
»Der Haupteingang«, flüsterte Jim. »Den hat gerade jemand aufgemacht.«
Weit entfernt ein leises Klicken. Die Zugluft, die für einen Augenblick die Hosenaufschläge und das schüttere Haar des Mannes bewegt hatte, hörte auf.
»Jemand hat sie gerade zugemacht.«
Schweigen.
In der weitläufigen, dunklen Bibliothek mit ihren Labyrinthen und den vielen schlafenden Büchern war nichts mehr.
»Es ist aber jemand *hier drinnen*!«
Die beiden Jungen richteten sich halb auf und stießen lautlose Schreie aus.
»Verstecken.«
»Wir können dich doch nicht allein . . .«
»Versteckt euch.«
Die Jungen rannten davon und verschwanden im dunklen Wirrwarr.
Charles Halloway zwang sich dazu, langsam einzuatmen, auszuatmen, dann setzte er sich steif hin, den Blick auf die vergilbte Zeitung gerichtet. Er wartete, wartete – wartete wieder . . .

41

Ein Schatten regte sich zwischen anderen Schatten.
Charles Halloway spürte, wie sein Mut sank.
Der Schatten und der Mann, den er begleitete, brauchten lange, ehe sie auf der Schwelle des kleinen Raumes standen. Der Schatten schien sich bewußt zögernd zu bewegen, um Charles Halloway eine Gänsehaut über den Rücken laufen zu lassen und seinen Willen zu brechen. Und als der Schatten endlich ankam, da brachte er nicht einen Mann mit sich, nicht hundert Leute, sondern tausend, denen er gegenübertreten mußte.
»Ich heiße Dark«, sagte die Stimme.
Charles Halloway stieß zwei Fäuste voll Luft aus.
»Bekannter unter der Bezeichnung ›Illustrierter Mann‹«, sagte die Stimme. »Wo sind die Jungen?«

»Jungen?« Wills Vater drehte sich um und betrachtete den hochgewachsenen Mann im Türrahmen.
Der Illustrierte Mann sog die gelben Pollen ein, die von den uralten Büchern aufstiegen. Plötzlich wurde sich Wills Vater bewußt, daß sie deutlich sichtbar ausgebreitet dalagen. Er sprang auf, hielt inne und klappte sie dann so beiläufig wie nur möglich zu.
Der Illustrierte Mann tat, als merkte er es nicht.
»Die Jungen sind nicht zu Hause. Die beiden Häuser sind leer. Schade, sie versäumen ihre Freifahrten.«
»Wenn ich nur wüßte, wo sie sind.« Charles Halloway machte sich daran, die Bücher zu den Regalen zurückzubringen. »Teufel, wenn sie wüßten, daß Sie mit den Freikarten hier sind, dann würden sie vor Freude jubeln.«
»So? Wirklich?« Mr. Dark ließ sein Lächeln dahinschmelzen wie ein weißrosa Lutschbonbon, auf das ihm der Appetit vergangen war. Leise sagte er: »Ich könnte Sie umbringen.«
Charles Halloway nickte und bewegte sich langsamer.
»Haben Sie gehört, was ich gesagt habe?« bellte der Illustrierte Mann.
»Ja.« Charles Halloway wog die Bücher in seiner Hand, als könnte er so seinen Entschluß abwägen. »Aber Sie werden es jetzt nicht tun. Dafür sind Sie zu schlau. Weil Sie schlau sind, ist es Ihnen gelungen, den Zirkus über eine lange Zeit zu bringen.«
»Sie haben also ein paar Zeitungen gelesen und bilden sich ein, nun alles über uns zu wissen?«
»Nein, nicht alles. Nur genug, daß mir angst wird.«
»Dann soll Ihnen noch mehr angst werden«, wisperte die Menge lichtscheuer Illustrationen unter dem dunklen Anzug mit dünnen Lippen. »Draußen hab ich einen meiner Freunde, der kann Sie so herrichten, daß es aussieht, als seien Sie an einem gewöhnlichen Herzschlag gestorben.«
Das Blut pochte in Charles Halloways Herz, in seinen Schläfen, und der Pulsschlag verdoppelte sich.
Die Hexe, dachte er.
Seine Lippen hatten das Wort wohl geformt.
»Die Hexe.« Mr. Dark nickte.
Charles Halloway stellte die Bücher bis auf eins in die Regale zurück.
»Was haben Sie denn da?« Mr. Dark blinzelte. »Eine Bibel? Wie liebenswert, wie kindisch und wie erfrischend altmodisch!«
»Haben Sie jemals drin gelesen, Mr. Dark?«
»Gelesen! Jede Seite, jeder Absatz, jedes einzelne Wort ist mir an den Kopf geworfen worden, Sir!« Mr. Dark zündete sich gemächlich eine Zigarette an und blies den Rauch erst gegen das Schild RAUCHEN VERBOTEN und dann Wills Vater ins Gesicht. »Bilden Sie sich wirklich ein, dieses Buch könnte mir etwas anhaben? Halten Sie Naivität wirklich für Ihre beste Waffe? Da!«

Bevor Charles Halloway etwas tun konnte, trat Mr. Dark blitzschnell vor und nahm ihm die Bibel aus der Hand. Er hielt sie in beiden Händen fest.
»Gar nicht überrascht? Sehen Sie, ich berühre sie, halte sie, *lese* sogar darin!«
Mr. Dark blies den Rauch zwischen die Seiten und blätterte.
»Haben Sie erwartet, daß ich mich nun vor Ihren Augen in tausend zuckende Stückchen auflöse? Das sind leider nur Ammenmärchen. Das Leben – und damit könnte ich vielerlei faszinierende Dinge meinen – geht weiter, macht sich selbständig, zuckt wie wild, und ich bin unter vielen vielleicht einer der Wildesten. Ihr Herr Luther und seine literarische Darstellung von ziemlich langweiligen poetischen Überlieferungen ist mir kaum *soviel* Zeit und Mühe wert.«
Damit schleuderte Mr. Dark die Bibel in einen Papierkorb und verschwendete keinen Blick mehr darauf.
»Ich höre Ihr Herz wie wild klopfen«, sagte Mr. Dark. »Meine Ohren sind nicht so hellhörig wie die der Hexe, aber manches vernehmen sie doch. Sie sehen mir über die Schulter. Die Jungen verstecken sich also irgendwo da in den Büchergefilden? Gut. Ich möchte sie nicht entkommen lassen. Ihr Gefasel würde ihnen zwar keiner glauben, es wäre sogar eine gute Reklame für meinen Zirkus, wenn die Leute bibbern und nachts nicht schlafen können. Dann kommen sie, uns in Augenschein zu nehmen, fahren sich nervös mit der Zunge über die Lippen und überlegen, ob sie etwas in unsere besonderen Versicherungen investieren sollen. Sie haben auch herumgeschnüffelt, und nicht nur aus reiner Neugier. Wie alt sind Sie?«
Charles Halloway preßte die Lippen aufeinander.
»Fünfzig?« schnurrte Mr. Dark. »Einundfünfzig? Zweiundfünfzig? Möchten Sie gern jünger sein?«
»Nein!«
»Deshalb brauchen Sie doch nicht zu schreien. Immer höflich, wenn ich bitten darf.« Summend ging Mr. Dark durch den Raum und fuhr mit der Hand über die Bücherrücken, als wären es Jahre, die er zählte. »Wirklich, es ist schon angenehm, jung zu sein. Wieder vierzig, wär' das nicht nett? Vierzig ist um zehn Jahre netter als fünfzig, und dreißig um zwanzig Jahre, das macht unglaublich viel aus.«
»Ich höre Ihnen nicht zu!« Charles Halloway schloß die Augen.
Mr. Dark legte den Kopf schief, zog an seiner Zigarette und betrachtete ihn. »Seltsam, daß Sie die Augen zumachen, wenn Sie nicht zuhören wollen. Wäre besser, wenn Sie die Hände an die Ohren drücken ...«
Wills Vater preßte die Hände gegen die Ohren, aber die Stimme drang trotzdem durch.
»Ich will Ihnen mal was sagen.« Mr. Darks Stimme klang beiläufig, und er beschrieb mit der Zigarette einen Kreis in der Luft. »Wenn Sie mir innerhalb von fünfzehn Sekunden helfen, schenke ich

Ihnen Ihren vierzigsten Geburtstag. Zehn Sekunden, und Sie können den fünfunddreißigsten feiern. Ein herrliches Alter! Im Vergleich ist es geradezu eine Wohltat. Ich zähle nach meiner Uhr, und bei Gott, wenn Sie sich beeilen und gescheit sind, schneide ich vielleicht sogar dreißig Jahre von Ihrer Lebenszeit ab! *Die* Gelegenheit, wie auf den Plakaten steht. Denken Sie mal darüber nach! Noch einmal von vorn beginnen, alles herrlich und neu und wunderbar, alles können Sie noch einmal tun und denken und genießen. Ihre letzte Chance! Los geht's. Eins. Zwei. Drei. Vier ...«

Charles Halloway wandte sich ab, halb geduckt lehnte er sich an die Regale und knirschte mit den Zähnen, um das Zählen nicht hören zu müssen.

»Sie verlieren immer mehr, alter Freund«, sagte Mr. Dark. »Fünf. Verlust. Sechs. Großer Verlust. Sieben. Jetzt wird's wirklich brenzlig. Acht. Da geht's hin. Neun. Zehn. Herr im Himmel, Sie Narr! Elf. Halloway! Zwölf. Fast vorbei. Dreizehn. Aus! Vierzehn! Verloren! Fünfzehn! Aus, für immer dahin!«

Mr. Dark ließ den Arm mit der Uhr sinken.

Charles Halloway hatte sich keuchend abgewandt und das Gesicht im Duft alter Bücher vergraben. Er spürte vertraut und beruhigend das alte Leder. Es schmeckte nach dem Staub von Friedhöfen und nach gepreßten Blumen.

Mr. Dark stand schon in der Tür. Er war im Begriff zu gehen.

»Bleiben Sie, wo Sie sind!« befahl er. »Lauschen Sie Ihrem Herzen. Ich schicke Ihnen jemanden, der's in Ordnung bringt. Aber erst muß ich die Jungen finden.«

Die Meute nie schlafender Kreaturen, reitend auf starkem Fleisch, schwangen sich leise hinaus in die Dunkelheit. Mr. Dark trug sie überall an sich. In seinem heiseren Ruf klangen ihre Schreie, ihr Wimmern, ihre vagen, doch unüberhörbaren Rufe gespannter Erwartung mit.

»Na, ihr Jungen? Seid ihr da? Wo ihr auch steckt – meldet euch!«

Charles Halloway sprang einen Schritt vor, dann spürte er, wie sich der Raum rings um ihn drehte, während die weiche, leise, fast angenehme Stimme von Mr. Dark durch die Dunkelheit klang. Charles Halloway taumelte gegen einen Stuhl und dachte: Mein Herz! Er sank auf die Knie und sagte: »Höre, mein Herz! Es explodiert! Gott, es reißt sich aus meiner Brust los!« Und er konnte nicht folgen.

Der Illustrierte Mann schlich auf Katzenpfoten durch das dunkle Labyrinth wartender Bücher.

»Jungens? Hört ihr mich ...«

Schweigen.

»Hallo ... Jungens ...«

42

Irgendwo in der schlummernden Einsamkeit, zwischen den reglosen, aber lebensstrotzenden Millionen von Büchern, verirrt hinter zwei Dutzend Ecken nach links, drei Dutzend Ecken nach rechts, Flure entlang, über Korridore ohne Ausgang, verschlossene Türen und halbleere Regale, irgendwo im literarischen Dickens-Nebel Londons, im Dostojewski-Schneegestöber Moskaus und der dahinterliegenden Steppen, irgendwo zwischen Atlanten und geographischen Handbüchern hockten, standen, lagen die beiden Jungen, unterdrückten ihr Niesen, preßten die Lippen aufeinander, schwitzten und froren gleichzeitig.
Irgendwo versteckt kauerte Jim und dachte: *Er kommt!*
Irgendwo verborgen kauerte Will und dachte: *Er ist schon in der Nähe!*
»Jungens ...«
Mr. Dark kam mit seiner Schar von Freunden, mit seiner erlesenen Auswahl gezeichneter Reptilien, die sich um Mitternacht auf seiner Haut sonnten. Mit ihm kam der tintene *Tyrannosaurus rex* anmarschiert, ölig-schleichend, voller urtümlicher Kraft. Eine Donnerechse stolzierte drohend heran, und mit ihr kam Mr. Dark, gewappnet mit bösartigem Blitz gemalter Raubtiere und dem Schaf, das vor dem Donner floh, vor dem Sturm bedrohlicher Muskeln. Es war der Urweltdrache, der seine Schwingen erhob und gleichsam durch die marmornen Verliese schwebte. Und mit den geprägten, eintätowierten Gestalten des nackten Verderbens kam seine übliche Zuschauerschar; sie hockte auf jedem seiner Glieder, auf seinen Schultern, spähte vom Haardschungel seiner Brust, hing in mikroskopischen Millionen unter seinen Achseln und stieß Fledermausschreie aus, lechzend nach Kampf, bereit zur Jagd und, wenn nötig, zum Töten. Mr. Dark schob schlurfend seine Beine, seinen Leib, sein scharfgeschnittenes Gesicht vorwärts, wie eine schwarze Flutwelle auf eine verlassene Küste schlägt, ein dunkles Chaos voller phosphoreszierender Schönheiten und böser Alpträume.
»Jungens?«
Die sanfte Stimme war voll unendlicher Geduld, warm und freundlich gegenüber den verborgenen Geschöpfen, die sich zitternd versteckten zwischen trockenen Büchern. So raschelte, kroch, schlich, ging, lauerte er, verharrte drohend zwischen den Primaten, den ägyptischen Denkmälern für Tiergottheiten, streifte im Vorbeigehen schwarze Geschichten des toten Afrika, verhielt eine Weile in Asien, eilte dann weiter zu neuen Ufern.
»Jungens! Ich weiß doch, daß ihr mich hört! Auf dem Schild steht: RUHE! Also werde ich flüstern. Einer von euch will immer noch das, was wir anzubieten haben. Oder? Na?«
Jim, dachte Will.
Ich, dachte Jim. Nein! O nein! Nicht mehr! Ich nicht ...
»Kommt doch raus!« Mr. Dark schnurrte sanft lockend die Worte

durch seine Zähne. »Ich verspreche euch eine Belohnung. Wer sich zuerst stellt, gewinnt *alles*!«
Bum-bum-bum.
Mein Herz, dachte Jim.
Bin ich das, überlegte Will. *Oder ist es Jim?*
»Ich hör' euch!« Mr. Darks Lippen zitterten. »Schon näher. Will? Jim? Jim ist doch der schlauere, wie? Komm doch, mein Junge!«
Nein, dachte Will.
Ich weiß doch nichts, dachte Jim verstört.
»Jim – ja!« Mr. Dark fuhr herum, schlug eine andere Richtung ein. »Jim, zeig mir, wo dein Freund ist.« Ganz leise. »Wir schließen ihn ein, und du bekommst die Freifahrt, die er eigentlich haben sollte, wenn er schlau gewesen wäre. In Ordnung, Jim?« Wie eine gurrende Taube. »Wieder näher. Ich hör' dein Herz klopfen!«
Aufhören, befahl Will in Gedanken seinem Herzen.
Halt! Aufhören! Jim hielt den Atem an.
»Ich weiß nicht recht ... Seid ihr da in der Nische?«
Mr. Dark ließ sich von einer bestimmten Gruppe seiner Ungeheuer vorwärts zerren.
»Bist du dort, Jim? Oder ... vielleicht ... da drüben?«
Gedankenlos stieß er gegen einen Bücherkarren auf Gummirädern, der ins Dunkel davonrollte und an ein Regal stieß. Irgendwo zerbrach er und verstreute die Bücher wie schwarze Raben auf den Boden.
»Ihr seid alle beide geschickt im Versteckspielen«, sagte Mr. Dark. »Aber jemand ist noch schlauer. Habt ihr heute abend die Dampforgel des Karussels gehört? Wißt ihr, daß jemand auf dem Karussell saß, der euch lieb und teuer ist? Will? Willy? William? William Halloway! Wo ist deine Mutter heute abend?«
Schweigen.
»Sie ist heute abend durch den Nachtwind gesaust, Willy, William! Immer im Kreise. Wir haben sie draufgesetzt. Immer rundherum. Wir haben sie drauf sitzen lassen. Immer im Kreise. Hörst du mich, Will? Einmal – ein Jahr, noch ein Jahr, immer noch ein Jahr, immer im Kreis herum!«
Dad, dachte Will. *Dad, wo bist du?*
Fern in dem kleinen Raum saß Charles Halloway mit laut klopfendem Herzen. Er hörte alles und dachte: Er wird sie nicht finden, ich rühr' mich nur, wenn er sich rührt, er kann sie nicht finden, sie werden nicht auf ihn hören! Sie werden es ihm nicht glauben! Dann geht er wieder weg.
Mr. Dark rief leise: »Deine Mutter, Will! Immer im Kreise herum. Und du kannst dir doch sicher denken, in *welche* Richtung, Will?«
Mr. Dark beschrieb mit seiner geisterhaften Hand im Dunklen einen Kreis.
»Immer im Kreis. Und als wir deine Mutter dann herunterließen, Junge, als sie sich im Spiegelkabinett sah, da hättest du den einen

einzigen Ton hören sollen, den sie von sich gab. Das klang wie bei einer Katze, die einen so großen Haarklumpen verschluckt hat, daß sie ihn nicht wieder herauswürgen kann. Und schreien konnte sie auch kaum, weil das Haar ihr aus Mund, Nase und Ohren drang. Junge, war sie alt, alt, alt! Als wir sie zuletzt sahen, Willy, da rannte sie zwischen all den Spiegeln vor sich selbst davon. Sie wird bei Jim an die Haustür klopfen, aber wenn seine Mutter so ein zweihundert Jahre altes Gerippe vor der Tür stehen sieht, das um die Gnade eines raschen Todes durch eine Kugel bettelt, Junge, dann wird Jims Mutter genauso würgen, und der Haarklumpen wird ihr wie der Katze im Hals stecken. Aber ihr wird nicht übel, sie wird sie davonjagen, hinaus zum Betteln auf die Straße, und keiner wird ihr glauben, Will. Sie ist nur noch ein Knochengerippe, keine Spur mehr von vergangener Schönheit, keine Ähnlichkeit mit euch! An uns liegt es jetzt, Will. Wir müssen laufen und sie suchen, sie retten. Wir wissen, wo sie ist – stimmt's Will? Sag mir: Stimmt das? Stimmt es?«

Mr. Darks Stimme war nur ein Zischeln in der Dunkelheit.

Irgendwo in der Bibliothek, kaum hörbar, begann nun jemand zu schluchzen.

Der Illustrierte Mann atmete erleichtert und erfreut auf.

Jaaaaa . . .

»Hier«, murmelte er. »Was? Wo? Steht ihr vielleicht unter J wie Jungen? A wie Abenteuer? V wie versteckt? G wie geheim? E wie entsetzt? Oder unter J für Jim und N für Nightshade? W für William und H für Halloway? Wo stecken sie denn, meine zwei kostbaren menschlichen Bücher, damit ich die Seiten umblättern und darin lesen kann?«

Er schob auf dem untersten Regal einige Bücher beiseite, um Platz für seinen rechten Fuß zu finden.

Dann schob er den rechten Fuß in die Lücke, verlagerte sein Gewicht und hing mit dem linken Fuß frei in der Luft.

»Dort!«

Sein linker Fuß stieß im zweiten Regal Bücher beiseite und fand festen Halt. So kletterte er immer höher, zum vierten, fünften, sechsten Regal, hinauf in den dunklen Himmel der Bibliothek. Seine Hände klammerten sich an die Regale, er klomm höher hinauf ins Laub der raschelnden, papiernen Blätter, um die Jungen zu finden, falls sie da waren, klein und gepreßt wie Lesezeichen in den Büchern.

Seine rechte Hand mit der Königstarantel, von Rosen umwunden, stieß an ein Buch über Bayeux-Gobelins. Es krachte hinunter in den bodenlosen Abgrund. Es dauerte endlos lange, bis das Buch auf den Boden schlug und auseinanderklaffte, Ruinen der Schönheit, Gold, Silber und Himmelsblau.

Keuchend griff er mit der linken Hand nach dem neunten Regal, ächzte, griff ins Leere. Keine Bücher mehr.

»Na, ihr Jungen, seid ihr da oben auf dem Mount Everest?«
Schweigen.
Nur das ganz leise Schluchzen, näher jetzt.
»Ist es hier kalt? Kalt, kälter, am kältesten?«
Die Augen des Illustrierten Mannes waren jetzt in Höhe des elften Regals.
Steif und starr wie ein Toter, mit dem Gesicht nach unten, lag Jim da, keine drei Zoll von ihm entfernt.
Ein Regal höher in der Katakombe, die Augen in Tränen schwimmend, lag Will Halloway.
»Na ja«, sagte Mr. Dark.
Er streckte die Hand aus und streichelte Will über den Kopf.
»Hallo!« sagte er.

43

Für Will war die Hand, die sich nach ihm ausstreckte, wie der aufgehende Mond.
In der Handfläche sah er, tintenblau eintätowiert, sein eigenes Porträt.
Auch Jim sah eine Hand vor seinem Gesicht.
Aus der Handfläche starrte ihn sein Bild an.
Die Hand mit Wills Bild griff nach Will.
Die Hand mit Jims Abbild packte Jim.
Schreie. Rufe.
Der Illustrierte Mann hob die Jungen hoch.
Sie wehrten sich. Halb fielen sie, halb kletterten sie zu Boden.
Die Jungen schrien und strampelten und stürzten über ihn. Sie landeten auf den Füßen, bäumten sich auf, sanken in sich zusammen, wurden gehalten und aufgerichtet. Mr. Dark hielt sie am Hemd fest.
»Jim!« sagte er. »Will! Was habt ihr da oben zu suchen? Ihr wolltet doch wohl nicht lesen?«
»Dad!«
»Mr. Halloway!«
Wills Vater trat aus der Dunkelheit auf sie zu.
Der Illustrierte Mann schob sich behutsam die beiden Jungen wie Bündel unter einen Arm, betrachtete neugierig lächelnd Wills Vater und streckte die andere Hand nach ihm aus. Wills Vater schlug einmal zu, dann wurde seine linke Hand gepackt, festgehalten, zusammengepreßt. Schreiend schauten die beiden Jungen zu, wie Charles Halloway ächzte und auf ein Knie sank.
Mr. Dark preßte die linke Hand des Mannes immer fester und drückte gleichzeitig ganz langsam und stetig mit dem anderen Arm die beiden Jungen gegeneinander, bis ihre Rippen knackten und ihnen die Luft aus den Lungen entwich.

Vor Wills Augen tanzten feurige Räder, in der Nacht tauchte etwas wie ein mächtiger Daumenabdruck auf.
Stöhnend sank Wills Vater zu Boden und ruderte mit dem rechten Arm durch die Luft.
»Verdammt!«
»Aber das bin ich doch längst«, sagte der Zirkusmann sanft.
»Hölle und Verdammnis über Sie!«
»Mit Worten, alter Mann, mit Worten aus Büchern oder mit Ihren Worten gewinnt man nichts – nur mit wirklichen Gedanken, wirklichen Taten, mit Schnelligkeit. So!«
Er drückte mit seiner Faust noch einmal hart zu.
Die Jungen hörten Charles Halloways Hand knacken. Er stieß einen letzten Schrei aus und fiel in Ohnmacht.
Mit einer gleitenden Bewegung wie ein Pferd bei einer stolzen Pavane ging der Illustrierte Mann um den Bücherstapel herum, die Jungen fest unter dem Arm. Sie strampelten Bücher aus dem Regal.
Will spürte, wie Wände, Regale, Bücher vorbeiflogen. Er wurde zusammengepreßt und mußte seltsamerweise denken: Nein, wie komisch, Mr. Dark riecht nach – nach dem Dampf der Zirkusorgel!
Dann wurden die beiden Jungen plötzlich fallen gelassen. Bevor sie sich regen oder wieder atmen konnten, wurden sie wie Marionetten am Haar hochgezerrt und erblickten ein Fenster, eine Straße.
»Ihr Jungen, lest ihr Charles Dickens?« flüsterte Mr. Dark. »Den Kritikern gefallen seine Zufälle nicht. Aber wir wissen Bescheid, nicht wahr? Das ganze Leben besteht *nur* aus Zufällen. Wenn du stirbst, dann hüpfen die Zufälligkeiten von dir weg wie Flöhe von einem geschlachteten Ochsen. Da!«
Die beiden Jungen wanden sich in der eisernen Umklammerung hungriger Saurier und bissiger Affen.
Will wußte nicht, ob er vor Freude oder vor neuer Verzweiflung weinen sollte.
Unten auf der Straße kamen auf dem Rückweg von der Kirche seine und Jims Mutter vorbei.
Also nicht auf dem Karussell, nicht alt, verrückt, tot, im Gefängnis, sondern frisch und munter in der sauberen Oktoberluft! Während der letzten fünf Minuten war sie keine hundert Schritte entfernt in der Kirche gewesen!
Mom, wollte Will schreien, aber in weiser Voraussicht preßte sich ihm eine Hand auf die Lippen.
»Mom!« krähte Mr. Dark höhnisch. »Komm doch! Rette mich!«
Nein, dachte Will. Rette *du dich!* Lauf!
Aber seine Mutter und Jims Mutter spazierten zufrieden aus der freundlichen, warmen Kirche nach Hause.
Mom, schrie Will noch einmal, und diesmal entschlüpfte unter der schweißfeuchten Hand ein kleiner quietschender Laut.

Wills Mutter, drüben auf dem anderen Bürgersteig tausend Meilen entfernt, blieb stehen.
Sie kann es doch nicht gehört haben, dachte Will. Und doch ... Sie schaute herüber zur Bibliothek.
»Gut«, seufzte Mr. Dark. »Ausgezeichnet, großartig!«
Hier, dachte Will. Siehst du uns denn nicht, Mom? Lauf, hol die Polizei!
»Warum schaut sie nicht zu diesem Fenster her?« fragte Mr. Dark leise. »Dann sähe sie uns drei wie ein Bild dastehen. Nur ein Blick. Dann kommt sie gerannt. Wir lassen sie herein.«
Will unterdrückte ein Schluchzen. Nein. Nein!
Der Blick seiner Mutter schweifte vom Eingang zu den Fenstern im Erdgeschoß.
»Hier!« sagte Mr. Dark. »Im ersten Stock. Wenn schon ein Zufall, dann richtig!«
Nun sagte Jims Mutter etwas. Die beiden Frauen standen nebeneinander an der Bordsteinkante.
Nein, dachte Will. O nein!
Die beiden Frauen drehten sich um und gingen weg, hin zur Stadt in ihrer sonntäglichen Abendstille.
Will spürte, wie der Illustrierte Mann sich ein winziges bißchen entspannte.
»Nicht viel los mit dem Zufall, keine Krise, keiner verloren, keiner gerettet. Schade. – Also!«
Er zerrte die Jungen hinter sich her und ging die Stufen hinunter, um die Tür aufzumachen.
Im Schatten wartete jemand.
Eine Eidechsenhand legte sich kalt an Wills Kinn.
»Halloway«, wisperte die heisere Hexenstimme.
Ein Chamäleon hockte sich auf Jims Nase.
»Nightshade«, raschelte die Stimme wie ein trockener Besen.
Hinter ihr standen schweigend, unruhig, aufgeregt der Zwerg und das Skelett.
Bei dieser Gelegenheit hätten die beiden Jungen wieder aus Leibeskräften geschrien, aber der Illustrierte Mann ahnte es wie vorhin voraus und unterdrückte den Laut, ehe er ihnen über die Lippen kam. Dann nickte er der alten Staubhexe zu.
Die Hexe beugte sich vor. Ihre zugenähten, schwarzen, wächsernen Lider zuckten, die wie ein alter Pfeifenkopf schwarz verklebten Löcher ihrer großen Hakennase bebten, die spinnendünnen Finger malten lautlos geheimnisvolle Symbole ins Leere.
Die Jungen rissen die Augen auf.
Die Fingernägel bewegten sich, zitterten, wedelten kalte, winterliche Luft herbei. Ihr säuerlicher Froschatem jagte ihnen eine Gänsehaut über den Rücken. Sie sang, summte, trällerte leise für ihre Babys, ihre Jungen, ihre Freunde vom glatten Dach, vom gut geschossenen Pfeil, der den Ballon vom Himmel holte.

»Spitznadelige Drachenfliege, nähe diese Münder zu, daß sie nicht mehr reden können!«
Ihr Daumennagel stach, berührte, nähte, zog, stach und nähte wieder, streifte über die Unterlippen, bis sie mit unsichtbarem Faden fest zusammengenäht waren.
»Spitznadelige Drachenfliege, nähe diese Ohren zu, daß sie nicht mehr hören können!«
Kalter Sand rieselte durch Wills Ohren und verschüttete die Stimme der Hexe. Gedämpft, in unendlicher Ferne, summte und sang sie weiter, ein Rascheln nur, ein Ticken wie von Uhrzeigern.
Moos wuchs in Jims Ohren und verstopfte sie sofort.
»Spitznadelige Drachenfliege, nähe diese Augen zu, daß sie nichts mehr sehen können!«
Ihre weißglühenden Finger drückten die Augäpfel der Jungen zurück und ließen die Lider darüberfallen wie schwere eiserne Tore, die ins Schloß krachen.
Will sah Millionen Blitzlichter aufflammen und ins Dunkel sinken, während das unsichtbare Insekt draußen irgendwo sirrte und summte wie eine Biene, die vom sonnenwarmen Honigtopf angelockt wird. Die kaum hörbare Stimme versiegelte die Sinne der Jungen für ewig und einen Tag.
»Spitznadelige Drachenfliege, du hast vollendet Auge, Ohr, Lippe und Zahn, vollende die Naht, nähe Finsternis, häufe Staub, bring tiefen Schlummer, knüpf alle Knoten fest und dicht, pumpe Schweigen ins Blut wie Sand im tiefen Flußgrund. So. So!«
Irgendwo vor den Jungen ließ die Hexe ihre Hände sinken.
Die Jungen standen schweigend da. Der Illustrierte Mann ließ sie los und trat zurück.
Die Staubhexe stieß ob ihres doppelten Sieges einen zufriedenen Schnaufer aus und strich ein letztes Mal liebevoll mit den hageren Händen über ihre Statuen.
Der Zwerg taumelte irre um die Schatten der Jungen herum, knabberte sanft an ihren Fingernägeln, rief leise ihre Namen.
Der Illustrierte Mann deutete mit dem Kopf zur Bibliothek hin.
»Die Uhr des Portiers. Halt sie an.«
Die Hexe sperrte den Mund auf, atmete Verderben, verschwand in der Marmorgruft.
Mr. Dark kommandierte: »Links, rechts – eins, zwei!«
Die Jungen gingen die Stufen hinunter, der Zwerg neben Jim, das Skelett an Wills Seite.
Heiter-erhaben wie der Tod selbst folgte ihnen der Illustrierte Mann.

44

Irgendwo in der Nähe lag Charles Halloways Hand in einem weißglühenden Schmelzofen. Sie bestand nur noch aus schieren Nerven und Schmerzen. Er schlug die Augen auf. Im gleichen Augenblick vernahm er einen tiefen Atemzug. Die Tür fiel zu, und eine Frauenstimme sang unten auf dem Flur:
»Alter Mann, alter Mann, alter Mann ...«
Wo eigentlich seine linke Hand sein mußte, befand sich nur ein geschwollener, blutiger Pudding, in dem es so schmerzhaft pochte und zog, daß sein ganzes Leben, seine ganze Aufmerksamkeit, sein ganzer Wille sich auf die Hand konzentrierten. Er versuchte sich aufzusetzen, aber der Schmerz warf ihn wieder zu Boden.
»Alter Mann ...«
Ich bin nicht alt! Vierundfünfzig ist doch kein Alter, dachte er wütend.
Und da kam sie schon über den ausgetretenen Steinboden herangeschlichen. Ihre Spinnenfinger glitten über Buchrücken mit Brailleschrift, ihre Nase sog die Schatten ein.
Charles Halloway duckte sich und kroch davon, riß sich zusammen und kroch weiter, auf den nächsten Bücherstapel zu. Mit den Zähnen zerbiß er die Schmerzen. Er mußte fort aus ihrer Reichweite, mußte eine Stelle erreichen, von wo aus er Bücher als Wurfgeschosse gegen die nächtlichen Eindringlinge gebrauchen konnte ...
»Alter Mann, ich hör' dein Atmen ...«
Sie trieb auf seiner Welle näher. Von jedem zischenden Atemzug seiner Schmerzen wurde ihr Körper angezogen.
»Alter Mann, ich spür' deine Schmerzen ...«
Wenn er nur die Hand mitsamt den Schmerzen zum Fenster hinauswerfen könnte! Dort draußen auf der Straße würde sie dann liegen und schlagen wie ein Herz, würde die Hexe weglocken mit ihrem schrecklichen inneren Feuer. Er stellte sich vor, wie er draußen auf der Straße kauerte und wie ihre Krallen nach seiner Gurgel griffen, ein verlassenes Stück Delirium.
Aber nein, seine Hand blieb, wo sie war. Sie glühte, vergiftete die Luft und beschleunigte den Schritt der seltsamen Zigeunerhexe. Ihr bösartiges Zischen kam immer näher.
»Sei verdammt!« schrie er. »Nun mach schon! Hier bin ich!«
Die Hexe fuhr rasch herum wie eine schwarze Kleiderpuppe auf Gummirollen und war schon über ihm.
Er schaute sie nicht einmal an. Schwere Gewichte von Leid, Erschöpfung und Verzweiflung nahmen ihn voll in Anspruch. Er brachte sich nur dazu, das Innere seiner Lider zu betrachten, wo sich ständig wandelnde, vielfältige Formen des Entsetzens zuckten und hüpften.
»Sehr einfach.« Das Flüstern beugte sich zu ihm nieder. »Halt das Herz an.«
Warum nicht, dachte er undeutlich.

»Langsam«, murmelte sie.
Ja, dachte er.
»Langsam, ganz langsam.«
Sein Herz, das eben noch so laut gepocht hatte, fiel einer seltsamen Krankheit anheim, es wurde unruhig, dann ruhig, immer ruhiger.
»Viel langsamer noch, viel langsamer ...«, raunte sie ihm zu.
Ich bin müde, ja, hörst du das, Herz, dachte er.
Sein Herz hörte es. Wie eine geballte Faust begann es sich zu entspannen, ein Finger nach dem anderen.
»Hör ganz auf, vergiß alles, für immer«, wisperte sie.
Nun, warum eigentlich nicht?
»Langsamer, am langsamsten.«
Sein Herz stolperte.
Und dann öffnete Charles Halloway ohne besonderen Grund noch einmal die Augen, vielleicht nur, um seine Schmerzen endgültig loszuwerden oder um noch einen allerletzten Blick in die Runde zu werfen. Er sah die Hexe.
Er sah ihre Finger, wie sie die Luft bearbeiteten, sein Gesicht, seinen Leib, das Herz in seiner Brust, die Seele in dem Herzen. Ihr fauliger Atem erfüllte ihn, und unendlich gespannt beobachtete er, wie ihr das Gift von den Lippen träufelte. Er betrachtete die Fältchen ihrer zugenähten Augen, den Monsterhals, die mumifizierten Ohren, das ausgetrocknete Flußbett der gefurchten Stirn. Noch nie in seinem ganzen Leben hatte er einen anderen so genau betrachtet. Sie war ein Rätsel, ein Puzzle, und wenn er es zusammenfügte, dann konnte er das größte Geheimnis des Lebens erkennen. In ihr lag die Lösung, und schon im nächsten Augenblick mußte alles glasklar werden – nein, im übernächsten Augenblick, gleich ... Schau dir diese Skorpionfinger an! Hör nur, wie sie singt, wie sie die Luft leise erzittern läßt, das Ticken, das Ticken ...
»Langsam!« flüsterte sie. »Langsam!« Und gehorsam wurde sein Herz an den Zügel genommen. Tick-tick machten ihre Finger.
Charles Halloway schnaubte und kicherte leise.
Er hörte es. Warum? Wie kann ich – kichern – in einem solchen Augenblick?
Die Hexe zuckte einen Viertelzoll zurück, als habe sie eine seltsame, verborgene elektrische Fassung mit nassem Knöchel berührt und einen Schlag bekommen.
Charles Halloway bemerkte ihr Zucken und bemerkte es doch nicht, spürte ihr Zurückweichen, konnte aber keinen Nutzen daraus ziehen, denn sofort ergriff sie wieder die Initiative, beugte sich noch weiter vor, berührte ihn nicht, aber gestikulierte lautlos über seiner Brust, als wollte sie das Pendel einer antiken Uhr mit ihrer Zauberkraft zum Stillstand bringen.
»Langsam!« rief sie.
Er dachte nichts, aber aus seinem Innern drang ein idiotisches Lächeln an die Oberfläche und setzte sich unter seiner Nase fest.

»Ganz langsam!«
Ihr Fieber, ihre Erregung, die sich in Wut verwandelte, war ihm wie ein Spielzeug. Ein Teil seiner Aufmerksamkeit, die bisher geschlummert hatte, tastete jede Pore ihres maskenhaften Gesichts ab. Unwiderstehlich wurde ihm das Wichtigste klar: Nichts war mehr wichtig. Am Ende erschien ihm dieses Leben als eine einzige gigantische Farce. Man konnte nur auf der einen Seite des Korridors zurücktreten und seine sinnlose Länge, seine unnötige Größe bestaunen, ein Berg von so lächerlichen Ausmaßen, daß man wie ein Zwerg im Schatten steht und sich über den Pomp des Lebens lustig macht. Mit dem Tod vor Augen dachte er nun dumpf, aber hellsichtig über eine Milliarde Nichtigkeiten nach, über Ankunft und Abfahrt, über idiotische Exkursionen, die er als Junge, als junger Mann, als Mann und als alter Esel unternommen hatte. Er hatte alle Arten von Schwächen, Tricks und Spielsachen seines Egoismus' angesammelt, und das alles schwand nun zwischen den Korridoren alberner Bücher dahin. Und nichts von allem war grotesker als dieses Ding da, die Hexe, die Zigeunerin, die im Staub lesen konnte – spaßig, nichts weiter! Sie kitzelt die Luft! Albern! Weiß sie denn nicht, was sie tut?
Er öffnete den Mund.
Ganz von selbst, ein Kind, geboren von ahnungslosen Eltern, brach schallendes Gelächter aus ihm hervor.
Die Hexe taumelte zurück.
Charles Halloway sah nichts. Er war viel zu sehr damit beschäftigt, den Spaß wie Sand durch seine Finger rieseln zu lassen, der Fröhlichkeit, die sich aus seiner Kehle Bahn brach, nachzulauschen, mit geschlossenen Augen zu spüren, wie das Lachen gleich einem Schrapnell in alle Richtungen zerplatzte.
»Du!« schrie er und meinte niemanden, sich, sie, alle, die anderen – alles. »Wie komisch! Du!«
»Nein!« protestierte die Hexe.
»Hör auf zu kitzeln!« keuchte er.
»Nein!« keuchte sie verzweifelt. »Nicht! Schlafen! Schlaf! Langsam! Ganz langsam!«
»Nein, ist das komisch!« Er lachte lauthals. »Ha-ha! Nein, hör auf damit!«
»Ja, hör auf, *Herz*!« kreischte sie. »Bleib *stehen*, Blut!« Ihr eigenes Herz mußte beben wie eine Trommel, ihre Hände zitterten. Mitten in der Bewegung hielt sie inne und spürte, wie dumm ihr Gestikulieren war.
»O mein Gott!« Er lachte Tränen. »Laß endlich meine Rippen in Ruhe. Oh – ha-ha! Schlag weiter, mein Herz!«
»Das Herz – jaaaaa!«
»Gott im Himmel!« Er riß die Augen auf, schnappte nach Luft, und dann wurde ihm alles klar, wie reingewaschen mit Wasser und Seife. »Spielzeug! In eurem Rücken stecken noch die Schlüssel. Wer hat euch denn aufgezogen?«

Noch ein brüllendes Gelächter schlug der Frau entgegen, verbrannte ihr die Finger, versengte ihr das Gesicht – so schien es jedenfalls; denn sie schreckte zurück wie vor einem feurigen Ofen, wickelte die gerösteten Hände in ägyptische Lumpen, raffte sich auf, stolperte zurück, hielt inne und machte sich dann langsam, Zoll für Zoll, Schritt für Schritt, auf den Rückzug. Sie stieß an Bücherregale, tastete haltsuchend über Buchrücken und riß sie zu Boden. Ihre Stirn krachte gegen uralte Geschichten, eitle Theorien, aufgespeicherte Zeit, versprochene, aber vertane Jahre. Gejagt und gepeitscht von seinem Gelächter, das vielfaches Echo zurückwarf und die marmornen Gewölbe ausfüllte, wirbelte sie schließlich herum, zerkratzte mit ihren Klauen die wildgewordene Luft und floh die Treppe hinab.
Sekunden später schob sie sich gerade noch durch das Tor nach draußen. Es krachte hinter ihr ins Schloß.
Ihr Sturz, das krachende Tor, das alles brachte ihn so zum Lachen, daß er sich kaum noch halten konnte.
»O Gott! Bitte, laß das aufhören, bitte!« betete er.
Allmählich ließ ihn der Heiterkeitsausbruch los.
Aus dem brüllenden Gelächter wurde endlich ehrliches Lachen, leises, fröhliches Lachen, leises Kichern, dann wich es sanft von ihm, und er bekam wieder Luft. Er schüttelte heiter und bekümmert den Kopf und spürte den angenehmen Schmerz in seinen Rippen, in seiner Kehle, aber aus seiner Hand war er verschwunden. Er lehnte sich gegen den Bücherstapel, legte den Kopf an ein gutes, vertrautes Buch, und salzig rannen ihm die Tränen gelöster Heiterkeit über die Bakken. Plötzlich spürte er, daß sie fort war.
Warum, fragte er sich. Was habe ich denn getan?
Mit einem letzten lauten Lachen erhob er sich langsam.
Was war geschehen? O Gott, ich muß wieder klar denken! Zuerst zum Drugstore, ein halbes Dutzend Aspirintabletten gegen die verletzte Hand, um eine Stunde Ruhe zu bekommen – dann nachdenken. *Nachdenken!* In den letzten fünf Minuten hast du einen Sieg errungen – oder etwa nicht? Wie schmeckt denn der Sieg? Denk nach! Versuch dich zu erinnern!
Er lächelte seine linke Hand an, die wie ein komisches totes Tier in der angewinkelten rechten Armbeuge ruhte, dann eilte er durch nächtliche Korridore und hinaus in die Stadt ...

Abreise

45 Der kleine Zug bewegte sich lautlos an der ewig rotierenden, endlichen und gleichzeitig unendlichen Zuckerserpentine von Mr. Crosettis Friseurladen vorbei, vorbei an den dunklen oder gerade dunkel werdenden Läden, durch die leeren Straßen. Die Leute waren jetzt nach den Abendessen im Kirchenverein wieder zu Hause, oder sie waren zur letzten Vorstellung, zum letzten Sprung des Artisten von der hohen Leiter ins winzige Wasserbecken hinaus zum Zirkus gezogen.

Will spürte, wie tief unten seine Füße über den Bürgersteig schlurften. Eins, zwei, dachte er. Jemand sagt es mir. Die Drachenfliege flüsterte es mir zu: Eins, zwei.

Ist Jim auch mit dabei? Will warf einen raschen Blick zur Seite. Ja! Aber wer ist der Kleine? Der verrückt gewordene Zwerg, dem alles interessant war, der alles berührte, für den alles glühende Eisen waren, vor denen er zurückzuckte. Und das Skelett. Und hinter ihm? Wer waren all die Hunderte, nein, Tausende Menschen, die ihm folgten, deren Atem er in seinem Nacken spürte?

Der Illustrierte Mann.

Will nickte und winselte so leise und so hoch, daß nur Hunde ihn hören konnten. Hunde, die nicht reden, die ihm nicht helfen konnten.

Natürlich! Bei einem raschen Seitenblick bemerkte er nicht nur einen, sondern zwei, drei Hunde, die eine Gelegenheit witterten. Sie liefen vor dem kleinen Zug her, fielen dann wieder zurück, und ihre aufgestellten Schwänze waren die Standarten des Trupps.

Bellt, dachte Will. Bellt wie in den Filmen, ruft die Polizei herbei!

Aber die Hunde lächelten nur und trabten nebenher.

Ein Zufall, dachte Will. Bitte, nur ein *kleiner* Zufall!

Mr. Tetley! Ja! Will sah Mr. Tetley und sah ihn doch wieder nicht. Er schob den hölzernen Indianer in den Laden und schloß für die Nacht alles ab.

»Schaut zur Seite!« murmelte der Illustrierte Mann.

Jim blickte zur Seite. Will wandte seinen Kopf.

Mr. Tetley lächelte.

»Lächeln!« befahl Mr. Dark.

Die beiden Jungen lächelten.

»Hello!« sagte Mr. Tetley.

»Sagt ihm hello«, flüsterte jemand.

»Hello«, sagte Jim.

»Hello«, sagte Will.

Die Hunde bellten.

»Freifahrt auf dem Karussell«, murmelte Mr. Dark.
»Wir haben Freifahrtscheine«, sagte Will.
»Beim Zirkus«, fügte Jim automatisch hinzu.
Wie gutgeölte Maschinen schalteten sie ihr Lächeln wieder ab.
»Viel Spaß!« rief Mr. Tetley.
Die Hunde bellten freudig.
Dann bewegte sich der Zug weiter.
»Spaß«, sagte Mr. Dark. »Freifahrten. Wenn alle nach Hause gehen. In einer halben Stunde. Jim darf fahren. Du *willst* doch noch auf dem Karussell fahren, Jim?«
Will hörte es und hörte es nicht. Er fühlte sich in der eigenen Brust eingesperrt und dachte: Jim, hör ihm nicht zu!
Jims Augen schwammen, ob wäßrig oder ölig, war schwer zu sagen.
»Du fährst mit uns, Jim, und wenn Mr. Cooger es nicht überlebt – sicher ist es nicht, wir haben ihn noch nicht gerettet, aber wir werden es jetzt noch einmal versuchen –, dann Jim, willst du vielleicht mein Partner werden? Wie wäre das? Ich schenke dir ein hübsches, kraftvolles Alter. Einundzwanzig? Fünfundzwanzig? Dark und Nightshade, Nightshade und Dark. Genau passend für uns beide, wenn wir mit unserer Schau durch die weite Welt ziehen. Was hältst du davon, Jim?«
Jim sagte nichts. Er war eingesponnen in den Traum der Hexe.
Hör nicht hin, wimmerte sein bester Freund, der alles hörte und doch nicht hörte.
»Und Will?« fragte Mr. Dark. »Den lassen wir zurückfahren, wie? Aus ihm machen wir ein kleines Baby, das der Zwerg auf den Armen wiegt und wie einen winzigen Clown beim Umzug mitschleppt, jeden Tag in den nächsten fünfzig Jahren. Möchtest du das, Will? Für immer ein Baby sein? Nicht mehr reden können, nichts von den feinen Dingen sagen können, die du weißt? Ja, ich denke, das wird das beste für Will sein. Ein Spielzeug. Ein kleiner feuchter Freund für den Zwerg.«
Will muß wohl aufgeschrien haben.
Aber nicht laut.
Denn nur die Hunde bellten erschrocken. Kläffend sausten sie davon, als hätte jemand mit Steinen nach ihnen geworfen.
Ein Mann bog um die Ecke.
Ein Polizist.
»Wer ist das?« fragte Mr. Dark leise.
»Mr. Kolb«, antwortete Jim.
»Mr. Kolb!« sagte Will.
»Spitznadelig«, flüsterte Mr. Dark. »Drachenfliege.«
Will spürte, wie ein heißer Schmerz in seine Ohren stach. Moos verstopfte ihm die Augen. Seine Zähne waren aneinandergeklebt. Er fühlte, wie etwas über sein Gesicht huschte, tappte, streichelte. Alles fühlte sich wieder taub an.

»Sagt hello zu Mr. Kolb!«
»Hello«, sagte Jim.
». . . Kolb . . .«, murmelte Will verträumt.
»Hello, ihr beiden. Hello, Sir.«
»Rechtsum!« befahl Mr. Dark.
Sie gehorchten.
Ohne Trommeln und Trompeten bewegte sich der stumme Zug auf die Wiesen zu, weg von den warmen Lichtern, weg von der guten Stadt, weg von den sicheren Straßen.

46

Länger wurde der Zug, eine ganze Meile lang. Die Reihenfolge:
Am Rand der Festwiese traten Jim und Will das Gras mit ihren leblosen Füßen und gingen zwischen Freunden, die ihnen immer wieder von den wundertätigen spitznadeligen Drachenfliegen erzählten.
Eine gute halbe Meile hinter ihnen folgte die Hexe, auf geheimnisvolle Weise verwundet. Die Zigeunerin, die Symbole in den Staub malen konnte, bemühte sich, den anderen nachzukommen.
Noch ein Stück weiter hinten kam Wills Vater, der alte Hausmeister. Bald machte sich sein Alter bemerkbar, und er ging langsamer, bald schritt er jugendlich-rasch aus, wenn er an das erste kurze Zusammentreffen und seinen Sieg dachte. Seine Linke hielt er an die Brust gedrückt. Im Gehen kaute er Tabletten gegen den Schmerz.
Mitten auf dem Hauptweg blieb Mr. Dark stehen und blickte sich um, als hätte eine innere Stimme ihm die Namen der Teilnehmer an der weit auseinandergezogenen Parade zugeflüstert. Doch die Stimme verklang, er war unsicher. Ein kurzes Nicken, dann schoben sich Zwerg, Skelett, Jim und Will durch die Menschenmenge.
Jim fühlte den Menschenstrom an sich vorbeifließen, ohne daß ihn jemand wirklich berührte. Will hörte hier und da den Wasserfall eines Lachens, und er ging genau unter dem Schwall hindurch. Oben am Himmel explodierten ungezählte Glühwürmchen, und über ihren Köpfen drehte sich das Riesenrad, fröhlich wie ein gewaltiges Feuerwerk:
Dann erreichten sie den Irrgarten der tausend Spiegel und schoben sich seitlich, immer wieder anstoßend, abprallend, langsam zwischen den harten Eisflächen hindurch, auf denen bleiche, von giftigen Spinnen gestochene Jungen, ihnen sehr ähnlich, tausendfach auftauchten und wieder verschwanden.
Das bin *ich*, dachte Jim.
Aber ich kann mir nicht helfen, dachte Will, so viele von mir hier auch sein mögen.
Eine Menge Jungen, dazu eine Menge von Mr. Darks Illustrationen.

Er hatte jetzt Jacke und Hemd abgelegt und zwängte sich durch die Wachsfiguren am Ende des Irrgartens.
»Hinsetzen!« befahl Mr. Dark. »Sitzen bleiben!«
Die beiden Jungen setzten sich, stumm, regungslos wie ägyptische Katzen, zwischen die wächsernen Gestalten ermordeter, erschossener, geköpfter, gevierteilter Männer und Frauen. Sie zuckten mit keiner Wimper, sie schluckten nicht.
Ein paar späte Besucher kamen lachend vorbei. Sie machten ihre Bemerkungen über die Wachsfiguren.
Keiner bemerkte den dünnen Faden von Speichel, der einem der »wächsernen« Jungen aus dem Mundwinkel lief.
Sie sahen nicht, wie hell und klar der Blick des zweiten »wächsernen« Jungen war, wie ihm plötzlich die Tränen in die Augen schossen und über die Wangen liefen.
Draußen humpelte die Hexe durch die schmalen Gänge zwischen gespannten Seilen hinter den Buden und Zelten.
»Damen und Herren!«
Die letzten Besucher des Abends, etwa drei- bis vierhundert, drehten sich gleichzeitig herum.
Vor ihnen reckte sich der Illustrierte Mann, nackt bis an den Gürtel, voll unheimlicher Vipern, Säbeltiger, schrecklicher Affen, schauriges Gezücht vor lachsfarben-schwefelgelbem Himmel.
»Zum letzten Mal an diesem Abend gratis! Kommen Sie näher! Treten Sie alle näher!«
Die Menge drängte sich um das große Podium vor dem Zelt der Mißgeburten. Dort standen der Zwerg, das Skelett und Mr. Dark.
»Damen und Herren! Der großartigste, einmaligste, gefährlichste, oft verhängnisvolle weltberühmte Kugeltrick!«
Die Menge sperrte vor Vergnügen die Mäuler auf.
»Bitte, die Gewehre!«
Der Dünne schob einen Ständer mit Schießeisen heran.
Die Hexe eilte herbei und blieb stocksteif stehen, als Mr. Dark ausrief:
»Und hier unsere todesmutige Mademoiselle Tarot. Sie fängt die Kugeln auf, sie setzt ihr Leben aufs Spiel!«
Die Hexe schüttelte den Kopf und erschrak, aber Mr. Dark packte sie und hob sie leicht wie ein Kind auf das Podium. Sie protestierte immer noch. Mr. Dark zögerte zwar, aber angesichts der Menge konnte er nicht mehr zurück und rief:
»Bitte, ein Freiwilliger, der das Gewehr abfeuert!«
Leises Raunen stieg aus der Menge auf. Man machte sich gegenseitig Mut.
Mr. Dark bewegte kaum die Lippen und fragte leise: »Ist die Uhr stehengeblieben?«
»Nein«, wimmerte sie. »Nicht stehengeblieben.«
»Nein?« Fast hätte er geschrien.
Er versengte sie mit seinem Blick, dann wandte er sich wieder den

Zuschauern zu. Seine Lippen bewegten sich im gewohnten Rhythmus, seine Finger glitten über die Gewehre.
»Freiwillige vor!«
»Bitte, aufhören!« flehte die Hexe händeringend.
»Es geht weiter! Zur Hölle mit dir! Zweimal zur Hölle!« flüsterte er ihr mit wütendem Zischen zu.
Insgeheim zwickte sich Dark ins Handgelenk, an der Stelle, wo die Zeichnung einer stockblinden Frau eintätowiert war. Das Bild kniff er mit den Fingernägeln.
Die Hexe schnappte nach Luft, griff sich an die Brust und stöhnte. Sie knirschte mit den Zähnen. »Erbarmen!« jammerte sie halblaut.
Die Menge verharrte schweigend.
Ein rasches Nicken von Mr. Dark.
»Da sich keine Freiwilligen melden ...« Er kratzte sich am tätowierten Handgelenk. Die Hexe erschauderte. »Also streichen wir den letzten Akt der Vorstellung und ...«
»Hier! Ich melde mich freiwillig.«
Köpfe wandten sich.
Mr. Dark zuckte zurück, dann fragte er: »Wo?«
»Hier!«
Weit draußen am Rand der Menge hob sich eine Hand. Die Menschen bildeten eine Gasse.
Mr. Dark konnte den Mann klar erkennen, der jetzt dort stand, allein, getrennt von den anderen.
Charles Halloway, Bürger, Vater, nach innen gekehrter Ehemann, Nachtwandler, Hausmeister der städtischen Bibliothek.

47

Das beifällige Gemurmel der Menge legte sich.
Charles Halloway rührte sich nicht. Er wartete, bis die Gasse sich hin zur Bühne geöffnet hatte.
Er konnte den Gesichtsausdruck der Mißgeburten dort oben nicht sehen. Sein Blick schweifte über die Menge hin und blieb am Spiegelkabinett hängen, diesem leeren Vergessen, das mit zehnmal tausend Millionen Lichtjahren von Spiegelungen und Rückspiegelungen lockte, alles umdrehte und wieder umdrehte, in die Tiefe des Nichts führte, ins Leere stürzen ließ, sinken, bis der Magen revoltierte.
Aber war da nicht ein Echo zweier Jungen im Silberbelag einer jeden Spiegelscheibe? Spürte er es oder spürte er es nicht – vielleicht mit den Wimpern, wenn schon nicht mit den Augen –, ihr Hindurchschreiten, das Warten dahinter, warmes Wachs in der Kälte, das Warten, bis sie vom Entsetzen wie ein Spielzeug aufgezogen wurden, bis die Panik sich Bahn brach?
Nein, sagte sich Charles Halloway, nicht denken. Bring es hinter dich.
»Ich komme!« rief er.

»Gib's ihnen, Opa«, sagte ein Mann.
»Ja«, antwortete Charles Halloway, »das hab ich auch vor.«
Dann schritt er durch die Menge.
Als der Freiwillige, der Nachtwanderer, näher kam, drehte sich die Hexe langsam um.
Ihre Lider zerrten an den schwarzen, wächsernen Fäden hinter der dunklen Brille.
Mr. Dark, dieses von Zeichnungen übersäte, übersättigte Sammelsurium von Seelen, beugte sich von der Bühne und leckte sich erwartungsvoll über die Lippen. Gedanken ließen in seinen Augen feurige Funkenräder wirbeln, rasch, rascher – was, was *was*?
Und der alte Hausmeister setzte ein Lächeln auf, das so starr war wie ein Zelluloidgebiß aus einer Wundertüte. Er ging weiter, und die Menge bahnte ihm eine Gasse, wie sich die See vor Moses öffnete und hinter ihm wieder schloß. Was werde ich tun? Warum war er überhaupt hier? Aber er ging unverzagt weiter, Schritt für Schritt.
Charles Halloways Fuß berührte die unterste Stufe des erhöhten Podiums.
Die Hexe zitterte insgeheim.
Mr. Dark witterte ein Geheimnis und warf dem Mann einen scharfen Blick zu. Dann streckte er diesem vierundfünfzigjährigen Mann rasch die Hand entgegen.
Doch der vierundfünfzigjährige Mann schüttelte den Kopf, gab ihm die Hand nicht, ließ sich nicht hinaufhelfen.
»Danke – nein.«
Als Charles Halloway auf der Bühne stand, winkte er der Menge zu. Hin und wieder applaudierte jemand, als ob man ein paar Knallfrösche losläßt.
»Aber . . .« Mr. Dark tat erstaunt. »Aber Ihre linke Hand, Sir. Wenn Sie nur eine Hand gebrauchen können, dann können Sie doch keine Flinte halten und abfeuern.«
Charles Halloway erbleichte.
»Ich schaff' es schon«, sagte er. »Auch mit einer Hand.«
»Hurra!« schrie unter ihm ein Junge.
»Gut so, Charlie!« rief dahinter ein Mann.
Mr. Dark wurde vor Zorn rot, als die Leute jetzt noch lauter lachten und klatschten. Er wehrte mit beiden Händen die Wogen erfrischenden Beifalls ab, der wie Regen von den Zuschauern her auf ihn niederprasselte.
»Schon gut, schon gut, sehen wir erst mal, *ob* er's schafft!«
Heftig packte der Illustrierte Mann eine Flinte, riß sie aus dem Ständer und schleuderte sie durch die Luft.
Die Menge hielt den Atem an.
Charles Halloway duckte sich. Er hob die rechte Hand. Die Waffe klatschte gegen seine Handfläche. Er packte zu. Sie fiel nicht herunter. Er hatte sie fest im Griff.

Die Zuschauer johlten und beschimpften Mr. Dark wegen seiner schlechten Manieren. Er wandte sich eine Sekunde lang ab und verfluchte sich selbst.

Strahlend hob Wills Vater die Flinte.

Die Menge brüllte.

Und während die Woge des Applauses sich brach und das Ufer entlangrollte, sah er wieder in die tausend Spiegel, wo die erahnten, doch ungesehenen Umrisse von Will und Jim zwischen den gigantischen Rasierklingen von Enthüllung und Illusion verharrten. Dann wandte er sich wieder dem Medusenblick von Mr. Dark zu, rasch und abschätzend, dann weiter zu der gesichtslosen, zitternden Norne der Mitternacht, die sich immer mehr in den Hintergrund drängte. Sie stand nun schon am anderen Ende der Tribüne und drängte sich an die schwarz-rote Zielscheibe.

»Junge!« rief Charles Halloway.

Mr. Dark erstarrte.

»Ich brauche einen Jungen, der mir freiwillig die Flinte halten hilft«, rief Charles Halloway.

»Los! Irgendeiner!« fügte er hinzu.

In der Menge scharrten ein paar Jungen verlegen mit den Füßen im Staub.

»Mein Junge!« rief Charles Halloway. »Bleib stehen. Dort ist mein Sohn. Er wird sich freiwillig melden, wie, Will?«

Die Hexe hielt eine Hand in die Luft, um die Welle der Kühnheit zu ertasten, die wie ein Fieber von dem vierundfünfzigjährigen Mann ausging. Mr. Dark fuhr herum, als hätte ihn eine Schrotladung voll getroffen.

»Will!« schrie der Vater.

Will saß regungslos im Wachsfigurenkabinett.

Die Leute sahen nach links, nach rechts, hinter sich.

Keine Antwort.

Will hockte im Wachsmuseum.

Mr. Dark beobachtete das alles mit einer Mischung aus Achtung, Bewunderung, Besorgnis. Er schien genauso abzuwarten wie Wills Vater.

»Los, Will, komm doch und hilf deinem Alten!« rief Charles Halloway in kameradschaftlichem Ton.

Will saß im Wachsmuseum.

Mr. Dark lächelte.

»Will! Willy! Komm hierher!«

Keine Antwort.

Mr. Darks Lächeln wurde breiter.

»Willy! Hörst du denn deinen alten Vater nicht?«

Mr. Darks Lächeln verblaßte.

Die letzte Frage kam nämlich von einem Mann unter den Zuschauern.

Die Menge lachte.

»Will!« rief eine Frau.
»Willy!« schrie eine andere.
»Juhuh!« johlte ein älterer Herr mit Bart.
»Los, komm doch, Will!« Das war ein Junge.
Lachend stießen sich die Menschen mit den Ellbogen an.
Charles Halloway rief. *Sie* riefen. Charles Halloways Ruf hallte zu den Bergen hin. *Ihr* Rufen klang bis hin zu den Bergen.
»Will! Willy! Wil-ly!«
In den Spiegeln huschte und zitterte ein Schatten.
Der Hexe liefen Bäche von Schweiß über das Gesicht.
»Da!«
Die Menge hörte zu rufen auf.
Auch Charles Halloway verstummte. Er brachte den Namen seines Sohnes nicht mehr über die Lippen und stand schweigend da.
Will erschien im Eingang des Spiegelkabinetts und sah aus wie die Wachsfigur, zu der er beinahe geworden war.
»Will!« rief sein Vater leise.
Der Klang der sanften Stimme ging der Hexe durch Mark und Bein.
Will bewegte sich wie eine Marionette durch die Zuschauermenge.
Sein Vater hielt ihm den Gewehrkolben als Stock hin und zog ihn zu sich herauf.
»*Da* habt ihr meine gesunde linke Hand!« verkündete Charles Halloway.
Will sah und hörte nichts von dem rauschenden Beifall des Publikums.
Mr. Dark hatte sich nicht geregt, doch Charles Halloway merkte die ganze Zeit über, wie in seinem Kopf Kanonenschläge losgingen. Einer nach dem anderen verzischten sie und erstarben. Mr. Dark hatte keine Ahnung, was die beiden planten. Das wußte übrigens auch Charles Halloway nicht. Ihm war, als hätte er diese Szene für sich selbst geschrieben, all die vielen Jahre in der Bibliothek, in den vielen Nächten; er hatte das Manuskript erst auswendig gelernt und es dann zerrissen und nun vergessen, was er auswendig gelernt hatte. Er verließ sich auf das geheimnisvolle Wirken seines Unterbewußtseins und spielte auswendig weiter – nein! Er spielte, was Herz und Seele ihm eingaben. Und *nun*?
Seine strahlenden Zähne schienen die Hexe noch blinder zu machen. Unmöglich! Mit einem Ruck hob sie die Hand zu den Gläsern, den zugenähten Lidern!
»Alles näher kommen!« rief Wills Vater.
Die Zuschauer drängten sich dichter heran. Die Bühne war wie eine Insel. Das Meer waren die Menschen.
»Jetzt achtet auf das Ziel!«
Die Hexe schmolz in ihren Lumpen dahin.
Der Illustrierte Mann wandte sich nach links und fand keine Unterstützung bei dem Skelett, das nur noch hagerer erschien; fand keine

Hilfe bei dem Zwerg, der idiotisch-gleichgültig vor sich hin starrte.
»Die Kugel, bitte«, sagte Wills Vater liebenswürdig.
Die tausend Zeichnungen auf der zuckenden Haut hörten die Aufforderung nicht, warum sollte Mr. Dark sie hören?
»Wenn Sie so nett sein wollen – die Kugel, bitte«, wiederholte Charles Halloway. »Damit ich der alten Hexe den Floh von der Warze schießen kann.«
Will stand regungslos da.
Mr. Dark zögerte.
Draußen in der bewegten See breitete sich Lächeln aus, hier und da, hundert, zweihundert, dreihundert Zeugen lächelten, als hätte der Mond seine Anziehungskraft ausgeübt. Dann verebbte die Flutwelle.
Mit einer langsamen Handbewegung streckte der Illustrierte Mann ihm die Kugel hin. Mit einer zähen, schlangenartigen Bewegung hielt er die Kugel erst dem Jungen vor die Nase, um festzustellen, ob er sie bemerkte. Will sah nichts.
Sein Vater nahm das Geschoß.
»Kratzen Sie Ihre Anfangsbuchstaben hinein«, sagte Mr. Dark mechanisch.
»Das genügt mir nicht!« Charles Halloway hob die Hand seines Sohnes und legte die Kugel hinein, damit er sie festhalte. Dann klappte er mit seiner gesunden Hand das Taschenmesser auf und markierte das Blei mit einem seltsamen Symbol.
Was ist eigentlich los, überlegte Will. Ich weiß, was passiert. Oder weiß ich nicht, was passiert? Was eigentlich?!
Mr. Dark sah auf der Kugel einen aufgehenden Mond eingekratzt und fand daran nichts zu beanstanden. Er schob die Kugel in den Lauf und warf Wills Vater die Flinte wieder zu. Der fing sie genau so geschickt wie vorhin auf.
»Fertig, Will?«
Das rosige Gesicht des Jungen senkte sich in der Andeutung eines Nickens.
Charles Halloway warf dem Spiegelkabinett einen letzten Blick zu und dachte: Jim, bist du immer noch drin? Mach dich fertig!
Mr. Dark wandte sich ab, um seine Staubhexe zu beruhigen, zu tätscheln, ihr zuzureden, aber dann hielt er mitten in der Bewegung inne, als das Flintenschloß wieder aufschnappte. Wills Vater ließ die Kugel herausspringen, um die Zuschauer davon zu überzeugen, daß sie noch vorhanden war. Sie sah zwar echt aus, doch er hatte vor langer Zeit gelesen, daß es sich um eine Ersatzkugel handelte, die aus einem harten, stahlfarbenen Wachs bestand. Wenn man sie abschoß, dann verflüchtigte sie sich vor dem Flintenlauf in einem Dampfwölkchen. Der Illustrierte Mann hatte geschickt die Kugeln ausgetauscht und legte der zitternden Staubhexe genau in diesem Augenblick die echte Bleikugel in die Hand. Sie mußte die

Kugel in der Wange verstecken. Beim Knall des Schusses hatte sie wie unter einem Aufprall zu schwanken und dann die angeblich mit ihren gelben Rattenzähnen aufgefangene Kugel vorzuzeigen. Tusch! Applaus!

Der Illustrierte Mann sah Charles Halloway mit geöffnetem Flintenschloß, mit der Wachskugel, dastehen. Doch Halloway verriet nicht, was er wußte, sondern sagte nur: »Ritzen wir unser Zeichen lieber etwas deutlicher ein, meinen Sie nicht auch?« Wieder hielt der Junge die Kugel in seiner gefühllosen Hand. Und wieder ritzte Charles Halloway mit dem Taschenmesser denselben geheimnisvollen aufgehenden Mond in das glatte Wachs. Dann schob er die Kugel wieder in den Lauf.

»Fertig?!«

Mr. Dark sah die Hexe an.

Die zögerte, dann nickte sie matt.

»Fertig!« verkündete Charles Halloway.

Er war rings umgeben von den Zelten, der atmenden Menschenmenge, den besorgten Mißgeburten, einer vor Panik erstarrten Hexe, dem versteckten Jim, der noch gefunden werden mußte, einer uralten Mumie, die immer noch, blaues Feuer spuckend, auf dem elektrischen Stuhl angeschnallt dasaß, einem Karussell, das nur darauf wartete, bis die Vorstellung zu Ende war, die Leute gingen und der Zirkus mit den Jungen und dem alten Hausmeister fertig werden konnte.

Charles Halloway hob die plötzlich sehr schwere Flinte an die Wange und sagte im Plauderton zu seinem Sohn: »Will, ich stütze mich hier auf deine Schulter. Heb den Lauf ganz vorsichtig in der Mitte an. Mit einer Hand. Hier, nimm schon, Will.« Der Junge hob die Hand. »Gut so, mein Sohn. Wenn ich ›Achtung!‹ sage, dann halt den Atem an. Verstehst du mich?«

Der Kopf des Jungen erbebte in einer kaum merklichen Bestätigung. Er schlief. Er träumte. Es war ein Alptraum. Und in seinem Alptraum geschah *das*.

Zuerst hörte er seinen Vater rufen: »Damen! Herren!«

Der Illustrierte Mann ballte die Faust. In der Faust zermalmte er Wills Abbild wie eine trockene Blume.

Will wand sich.

Der Lauf senkte sich.

Charles Halloway tat, als merkte er es nicht.

»Will hier ist mein gesunder linker Arm, auf den ich mich verlassen kann. Ich und er, wir beide werden jetzt gemeinsam den einmaligen, sensationellen, äußerst gefährlichen und zuweilen tödlichen Kugeltrick vorführen!«

Beifall. Gelächter.

Rasch und jugendlich legte der vierundfünfzigjährige Hausmeister den Lauf der Waffe auf die zuckende Schulter des Jungen.

»Hörst du, Will? Hör mir gut zu! Es ist für *uns*!«

Der Junge lauschte. Der Junge wurde ruhiger.
Mr. Dark preßte die Faust härter zusammen.
Will befiel eine leichte Lähmung.
»Wir werden den Nagel genau auf den Kopf treffen! Stimmt's, mein Junge?«
Das Lachen schwoll an.
Und der Junge mit dem Flintenlauf auf der Schulter wurde tatsächlich sehr ruhig. Mr. Dark preßte die Fingernägel in das rosige Gesicht, das in seiner Faust verborgen lag, doch der Junge wurde bei der Stimmung, die ihn umgab, immer heiterer. Sein Vater deklamierte weiter.
»Zeig der Dame deine Zähnchen, Will!«
Will zeigte der Frau vor der Kimme seine Zähne.
Das Gesicht der Hexe wurde völlig blutleer.
Jetzt entblößte auch Charles Halloway seine Zähne, soweit sie noch vorhanden waren.
In die Staubhexe zog der Winter ein.
Unter den Zuschauern meinte jemand: »Junge, ist die großartig! Sie tut richtig furchtsam. Schau nur!«
Ich schaue schon, dachte Wills Vater. Seine Linke hing ihm nutzlos an der Seite herab, die Rechte hatte er am Abzug der Flinte, das Gesicht dicht am Visier. Sein Sohn stand stocksteif, und das Gesicht der Hexe war haargenau im Visier, vor der Zielscheibe. Dann kam der letzte, allerletzte Augenblick, der Gedanke: Eine Wachskugel im Schloß, was kann eine Wachskugel schon anrichten? Eine Kugel, die sich unterwegs in Nichts auflöst, was nützt die schon? Was wollen wir hier? Was können sie uns tun? Albern, das alles.
Nein, dachte Wills Vater. Hör auf damit!
Er verscheuchte die Zweifel.
Er spürte, wie seine Lippen lautlose Worte formten.
Doch die Hexe hörte, was er sagte.
Im ersterbenden Gelächter, noch ehe der warme Beifall ganz verebbt war, formte er lautlos mit den Lippen die Worte:
Der aufgehende Mond, den ich auf die Kugel geritzt habe, ist kein aufgehender Mond.
Er ist mein eigenes Lächeln.
Ich habe der Kugel im Lauf mein Lächeln aufgeprägt.
Er sagte es nur einmal.
Er wartete, bis sie verstanden hatte. Dann sagte er es, lautlos, noch einmal.
Im nächsten Augenblick, noch bevor der Illustrierte Mann ebenfalls die Worte übersetzen konnte, rief er: »Achtung!«
Will hielt die Luft an. Weit weg, zwischen den Wachsfiguren, saß Jim, versteckt, Speichel tropfte ihm übers Kinn. Die gefesselte Mumie auf dem elektrischen Stuhl summte zwischen den Zähnen, tot-lebendig. Mr. Darks Illustrationen zuckten unter klebrigem Schweiß, als er ein letztes Mal die Faust ballte – zu spät! Gelassen

hielt Will still. Ebenso gelassen und ruhig sagte sein Vater: *»Jetzt!«* Der Schuß krachte.

48

Ein Schuß!
Die Hexe schnappte nach Luft.
Jim im Wachsmuseum schnappte nach Luft.
Im Schlaf schnappte Will nach Luft.
Sein Vater auch.
Und Mr. Dark.
Alle Mißgeburten hielten die Luft an.
Und die Zuschauermenge.
Die Hexe schrie gellend auf.
Jim stieß zwischen den Wachspuppen die Luft aus seinen Lungen.
Auf der Bühne schrie Will sich selbst wach.

Der Illustrierte Mann gab einen wütenden Laut von sich und hob beschwörend die Hände, um alles ungeschehen zu machen. Aber die Hexe stürzte. Sie fiel von der Tribüne. Sie fiel in den Staub.

Charles Halloway hielt die rauchende Flinte in der gesunden Hand und atmete langsam die aufgestaute Luft aus. Er spürte jedes Quentchen davon, wie es ihm über die Lippen kam. Dabei blickte er immer noch über Kimme und Korn nach der Stelle, an der eben noch die Hexe gestanden hatte.

Mr. Dark stand an der Kante der Bühne und starrte auf die schreiende Menge hinab – und auf den Grund ihrer Erregung.

»Sie ist ohnmächtig . . .«

»Nein, sie ist nur ausgerutscht.«

»Sie ist – erschossen!«

Endlich trat Charles Halloway neben den Illustrierten Mann und sah ebenfalls hinab. Seine Miene drückte vielerlei aus: Überraschung, Bestürzung, gleichzeitig aber auch eine Spur von eigenartiger Erleichterung und Befriedigung.

Die Frau wurde aufgehoben und auf die Bretter gelegt. Ihr Mund stand offen, auf ihrer Miene lag fast ein Ausdruck des Erkennens.

Er wußte, daß sie tot war. Im nächsten Augenblick würde es auch die Menschenmenge erfassen. Er sah zu, wie der Illustrierte Mann sie berührte, nach Leben fühlte. Dann hob Mr. Dark ihre beiden Hände hoch, wie bei einer Puppe, die an Fäden hängt, um sie wiederzubeleben. Doch der Leib machte nicht mit.

Da reichte er einen Arm der Hexe dem Zwerg, den anderen dem Skelett. Während die Leute zurückwichen, schüttelten sie die schlaffe Gestalt in einer gespenstischen Karikatur von Wiederbelebungsversuchen.

»Tot.«

»Aber – da ist doch keine Wunde.«

»Vielleicht der Schock?«

Schock, überlegte Charles Halloway. Mein Gott, ist sie *daran* gestorben? Oder an der Kugel? Ist ihr vielleicht die echte Kugel in die Kehle geraten, als ich schoß? Ist sie – an meinem Lächeln erstickt? Herr im Himmel!
»Alles in Ordnung. Die Vorstellung ist beendet. Nur ohnmächtig«, sagte Mr. Dark. »Alles gespielt. Es gehört mit zu ihrer Rolle«, erklärte er und sah die Frau dabei nicht an, nicht die Menge, sondern nur Will, der blinzelnd dastand und von einem Alptraum in den anderen sank. Sein Vater blieb neben ihm, und Mr. Dark rief: »Geht alle nach Hause! Die Vorstellung ist beendet! Licht aus!«
Die Lichter des Zirkus flackerten.
Die Menge wurde von der verlöschenden Beleuchtung aufgescheucht. Sie drehte sich wie ein gewaltiges Karussell und strömte, als die Lichter matter wurden, den wenigen noch verbliebenen Lichtkreisen zu, als wollte sie sich dort noch einmal aufwärmen, bevor sie draußen den rauhen Winden zu trotzen hatte. Dann ging ein Licht nach dem anderen aus.
»Licht!« rief Mr. Dark.
»Spring!« sagte Wills Vater.
Will sprang. Er lief mit seinem Vater weg. Der trug noch immer die Flinte, die das tödliche Lächeln auf die Staubhexe abgefeuert hatte.
»Ist Jim dort drin?«
Sie standen vor dem Spiegelkabinett. Hinter ihnen, auf der erhöhten Bühne, schrie Mr. Dark: »Licht! Geht nach Hause! Alles vorbei! Aus!«
»Ist Jim eigentlich drin?« überlegte Will. »Ja, ja! Er ist da drin.«
Im Wachsmuseum hatte Jim sich noch nicht geregt, nicht einmal geblinzelt.
»Jim!« Die Stimme drang durch die Spiegelgänge zu ihm.
Jim bewegte sich. Jim blinzelte. Ein Hinterausgang stand offen. Jim stolperte darauf zu.
»Ich hol' dich, Jim!«
»Nein, Dad!«
Will hielt seinen Vater fest. Der stand schon an der ersten Biegung des Irrgartens. Der Schmerz schoß ihm wieder in die verletzte Hand, raste Nervenbahnen entlang und explodierte wie ein Feuerball in der Nähe seines Herzens. »Dad, geh nicht hinein!« Will hielt die gesunde Hand seines Vaters fest.
Hinter ihnen war die Bühne leer. Mr. Dark rannte – wohin? Irgendwohin. Unterdessen brach die Nacht herein, die Lichter löschten aus, aus, aus, die Nacht saugte sie ein, wurde dichter, winselte, pfiff, zischte, und die Menschenmenge wurde wie Laub, wenn sich ein gewaltiger Baum schüttelt, vom Mittelgang weggeweht, und Wills Vater stand da, vor den Gezeiten aus Glas, den Wogen, vor dem Fehdehandschuh, den das Entsetzen ihm hingeworfen hatte; er wußte, daß er hindurchschwimmen mußte, sich hindurchkämp-

fen und gegen die Austrocknung, gegen die Selbstauflösung ankämpfen, die hier seiner harrte. Er hatte genug gesehen und wußte Bescheid. Schließ die Augen, und du bist verloren. Laß sie offen, und du wirst so viel Verzweiflung, eine so unmenschliche Last des Leides erleben, daß du dich vielleicht nicht einmal bis zur vierten Biegung schleppen kannst.

Doch Charles Halloway schüttelte Wills Hand ab. »Jim ist hier. Warte, Jim! Ich komme!«

Und Charles Halloway tat den nächsten Schritt in den Irrgarten.

Vor ihm verschwammen Scheiben von silbrigem Licht, tiefe Schatten, poliert, gespült, überwaschen mit den eigenen Spiegelbildern und denen anderer Seelen, die im Vorübergehen ihre Pein ins Glas eingebrannt hatten, die mit ihrem Narzißmus das kalte Eis geätzt hatten, die Ecken und Flächen von ihrer Angst anlaufen ließen.

»Jim!«

Er rannte. Will rannte. Dann blieben sie beide stehen.

Die Lichter hier drin verglommen, eins nach dem anderen, sie wurden matt, wechselten die Farbe, schimmerten jetzt blau, dann lila gleich dem Widerschein eines Sommergewitters, wechselten zu einem zuckenden Flackern wie von tausend uralten Kerzen im Wind.

Zwischen ihm und Jim, der auf seine Rettung wartete, baute sich eine Armee von einer Million Männer auf, mit verzerrten Lippen, bereiftem Haar, dünnem weißem Bart.

Die da, die alle – das bin *ich*, dachte er.

Dad, dachte Will dicht hinter ihm, fürchte dich nicht. Das bist nur du. Die alle – sie sind nur mein Vater!

Doch ihm gefiel nicht, wie sie aussahen. Sie erschienen so alt, so furchtbar alt, und wurden immer älter, je weiter sie vordrangen. Sie gestikulierten wild, als Wills Vater abwehrend die Hände hob, die Enthüllung fernzuhalten, sich gegen dieses irre, bis zum Wahnsinn wiederholte Trugbild zu verteidigen.

Dad dachte er. Du bist es doch.

Aber es war mehr als das.

Und alle Lichter verlöschten.

Die beiden drängten sich dicht aneinander und standen reglos, voller Furcht, in der dumpfig-drohenden Stille.

49

Eine Hand grub wie ein Maulwurf im Dunkeln.

Wills Hand.

Sie leerte seine Taschen, tauchte tief hinein, ließ ab, grub weiter. Denn er wußte, daß diese Million Männer im Dunkeln marschieren, schleichen, angreifen, anspringen, Dad mit ihrer Wirklichkeit zerschmettern konnten. Eingeschlossen in der Nacht, mit nur vier Sekunden Zeit, an sie zu denken, konnten sie Dad *alles* antun.

Wenn Will sich nicht beeilte, konnten diese Legionen künftiger Zeit, all diese Alarmzeichen des Kommenden, gemein und brutal und so wirklich, daß man es nicht abstreiten konnte – morgen, übermorgen, irgendwann wird Dad so aussehen –, wenn er sich nicht beeilte, dann würde diese wilde Jagd der Jahre über Dad hinwegfegen!
Rasch, rasch!
Wer besitzt mehr Taschen als ein Zauberer?
Ein Junge.
Wer hat mehr in seinen Taschen als ein Zauberer?
Ein Junge.
Will zog die Streichholzschachtel hervor.
»Herr im Himmel, Dad – hier!«
Er riß das Streichholz an.
Die wilde Jagd war schon ganz nahe!
Da kamen sie angestürmt. Dann wurden sie vom Licht gebannt, rissen die Augen genauso auf wie Dad, und der Mund blieb ihnen vor Staunen über die eigenen uralten Tricks und Maskeraden offenstehen. Halt! befahl ihnen das Streichholz. Und links wie rechts kamen die Reihen zum Stehen, sprungbereit, drohend, begierig wartend, bis das Streichholz verlöschte. Wenn sie dann zum nächsten Sprung losgelassen wurden, mußten sie diesen alten, noch älteren, schrecklich alten, uralten Mann in einem einzigen Augenblick im Meer seines Schicksals ertrinken lassen.
»Nein!« sagte Charles Halloway.
Nein. Eine Million toter Lippen bewegten sich.
Will hielt das Streichholz hoch. In den Spiegeln machten es ihm die vielfachen, affenartigen Jungen nach. Sie überreichten einen Blütenstrauß von blaugelben Flammen.
»Nein.«
Jedes Stück Glas schleuderte Lichtspeere, die unsichtbar eindrangen, durchbohrten, Herz, Seele, Lungen trafen, Venen gefrieren ließen, Nerven zerschnitten und Will benutzten, das Herz zu zerstören, zu lähmen, wie einen Fußball zu treten. Betäubt sank der alte Mann auf die Knie. Seine gelehrigen Ebenbilder taten es ihm nach, diese Versammlung entsetzter Egos eine Woche, einen Monat, zwei Jahre, zwanzig, fünfzig, siebzig, neunzig Jahre in der Zukunft! Jede Sekunde, Minute, Stunde – längst nach Mitternacht – dieses möglichen Hinüberschwebens in den Wahnsinn verfiel er, wurde grauer, fahler, da die Spiegel ihn hin und her schleuderten, ausbluten ließen, austrockneten, aussaugten und dann zu totem Staub zu zerblasen und seine Asche zu zerstreuen drohten.
»Nein!«
Charles Halloway schlug seinem Sohn das Streichholz aus der Hand.
»Nicht, Dad!«
Denn im erneut hereinbrechenden Dunkel taumelte die Herde erstarrter alter Männer wieder mit hämmernden Herzen voran.

»Dad, wir müssen doch *sehen*!«

Er riß ein zweites, sein letztes Streichholz, an.

Im aufblitzenden Licht sah er seinen Vater zusammengesunken, die Augen fest zugepreßt, die Fäuste geballt; er sah all die anderen Männer, die rutschen, kriechen, sich auf die Knie erheben mußten, sobald dieses letzte Licht ausgebrannt war. Will packte seinen Vater bei der Schulter und schüttelte ihn.

»Dad, lieber Dad! Mir ist es gleich, wie alt du bist, es wird mir immer gleich sein! Mir ist überhaupt alles gleich! Ach, Dad!« schrie er und weinte. »Ich hab dich so lieb.«

Da schlug Charles Halloway die Augen auf. Er sah sich und die anderen seinesgleichen und seinen Sohn, der hinter ihm mit zitternder Hand das Streichholz hielt, während seine Tränen ihm über das Gesicht liefen. Und plötzlich sah er wieder das Bild der Hexe vor sich, die Bibliothek fiel ihm ein, erst die Niederlage, dann der Sieg. Die Bilder vermischten sich mit dem Krach eines Schusses, dem Flug der markierten Kugel, dem Drängen der fliehenden Menge.

Nur eine Sekunde noch starrte er seine Ebenbilder, seinen Sohn an, dann löste sich ein leiser Laut von seinen Lippen. Ein lauterer Ton folgte.

Und dann endlich gab er dem Irrgarten, den Spiegeln, der Zeit vor und um und über und hinter und unter ihm die einzig mögliche Antwort.

Er öffnete weit den Mund zu einem lauten, befreienden Gelächter. Wäre die Hexe noch am Leben gewesen, so hätte sie diesen Ton wiedererkannt; sie wäre noch einmal daran gestorben.

50

Jim Nightshade hatte den Irrgarten durch den Hinterausgang verlassen, um ziellos über die Festwiese zu rennen. Er hielt inne.

Der Illustrierte Mann lief irgendwo zwischen den schwarzen Zelten dahin. Er hielt inne.

Der Zwerg erstarrte.

Das Skelett drehte sich um.

Alle hatten es gehört.

Nicht den Laut, der von Charles Halloways Lippen kam, nein. Erst war es nur ein Spiegel, dann ein zweiter, dann kam eine Pause, dann ein dritter Spiegel, ein vierter und dann noch einer und noch einer und noch einer; sie folgten aufeinander wie Dominosteine. Erst bildeten sich feine Spinnweben auf ihren blank starrenden Oberflächen, dann gingen sie mit feinem Klirren und hartem Knall zu Bruch.

In der einen Minute gab es noch diese unglaubliche Jakobsleiter aus Glas, die sich in die Unendlichkeit entfaltete und doch Bilder wie trockene Blüten im Buche des Lichts gepreßt enthielt – in der näch-

sten Minute war alles wie unter dem Aufprall eines stürzenden Meteors zerborsten.
Der Illustrierte Mann blieb stehen, lauschte, tastete nach den eigenen Augen, die bei dem Geräusch fast ebenfalls sprangen und zerklirrten.
Es war, als hätte Charles Halloway, wieder in einen Chorknaben zurückverwandelt, in einer eigenartigen Unterweltkirche das schönste hohe C seines Lebens voller Lebensfreude gesungen. Zuerst ließ es das Mottensilber von der Rückseite der Spiegel platzen, dann schüttelte es die Gesichter von den Glastafeln, dann ließ es das Glas selbst bersten. Ein Dutzend, hundert, tausend Spiegel mit den gealterten Ebenbildern Charles Halloways sanken im lieblichen Mondlicht auf Schnee und gekräuseltem Wasser zu Boden.
Das alles kam von dem Laut aus seinen Lungen, den er durch Kehle und Lippen freisetzte.
Das alles, weil er sich schließlich mit allem abfand, mit dem Zirkus, mit den Bergen dahinter, den Menschen in den Bergen, Jim, Will und vor allen Dingen mit sich selbst und seinem Leben. Er nahm alles hin, wie es war, warf zum zweiten Mal seinen Kopf in den Nacken und ließ seine Zufriedenheit vernehmen.
Und siehe da – wie Jerichos Mauern unter den Posaunenstößen, so ließ das Glas vor dem klingenden Ton seine Geister frei, und Charles Halloway konnte befreit aufjubeln.
Er nahm die Hand vom Gesicht. Erfrischender Sternenschimmer und die matten Lichter des Zirkus drangen ein und machten ihn frei. Die toten Gesichter aus den Spiegeln waren verschwunden, untergegangen in einem klingenden Erdbeben, begraben unter den klirrenden Splittern zu seinen Füßen.
»Licht! Licht!«
Noch mehr Wärme klang aus einer fernen Stimme.
Der Illustrierte Mann erwachte aus seiner Erstarrung und tauchte zwischen den Zelten unter.
Die Menge hatte sich verlaufen.
»Dad, was hast du nur *getan*?«
Das Streichholz verbrannte Wills Finger. Er ließ es fallen. Doch nun reichte der matte Lichtschein, um Dad zu erkennen, wie er sich durch die Trümmer schob und mit den Schuhen das zersplitterte Spiegelglas aufwühlte, wie er sich den Weg zurück durch die Leere suchte, die einmal das Spiegelkabinett gewesen war. Aber den Irrgarten gab es nicht mehr.
»Jim?«
Eine Tür stand offen. Das bleiche, matter werdende Licht des Zirkus' fiel herein und ließ sie die Wachsfiguren von Mördern und Ermordeten erkennen.
Jim saß nicht zwischen ihnen.
»Jim!«
Sie starrten die offene Tür an, durch die Jim hinausgeflohen war,

um sich draußen in der schwirrenden Nacht zwischen schwarzen Zeltbahnen zu verirren.
Die letzte Glühbirne ging aus.
»Jetzt werden wir ihn nie finden«, sagte Will.
»Doch!« antwortete sein Vater aus dem Dunkel. »Wir werden ihn finden.«
Wo, dachte Will und blieb stehen.
Weit unten, am Ende des Mittelganges, dampfte das Karussell, die Zirkusorgel quälte sich Töne ab.
Dort, dachte Will. Wenn wir Jim irgendwo finden, dann sicher dort bei der Musik. Der komische alte Jim hat sicher seine Freikarte noch in der Tasche, möchte ich wetten! »Verdammter Jim, verdammter, verdammter!« schrie er und dachte dann: Nein! Tu's nicht, vielleicht ist er schon verdammt, oder doch nahe dran. Aber wie finden wir ihn im Dunkel, ohne Licht, ohne Streichhölzer, zu zweit gegen alle anderen auf ihrem eigenen Gelände.
»Wie ...«, sagte Will laut.
Doch sein Vater sagte nur sehr leise: »Da!« Es klang dankbar.
Will trat in die Tür. Sie schimmerte jetzt heller.
Der Mond! Gott sei Dank!
Er ging über den Hügeln auf.
»Die Polizei?«
»Keine Zeit. Auf die nächsten paar Minuten kommt es an. Um drei Leute müssen wir uns kümmern ...«
»Die Mißgeburten!«
»Drei Menschen, Will. Erstens Jim. Zweitens Mr. Cooger, der auf seinem elektrischen Stuhl brät. Drittens Mr. Dark und die in seine Haut eingeätzten Seelen. Den einen müssen wir retten, die beiden anderen zur Hölle schicken, erledigen. Ich denke, dann werden die Mißgeburten auch verschwinden. Bist du bereit, Will?«
Will betrachtete die Tür, die Zelte, die Finsternis, den Himmel, den ein neuer, matter Lichtschein erhellte.
»Gott segne den Mond.«
Sie hielten sich fest an den Händen und traten aus der Tür.
Wie zu ihrer Begrüßung ließ der Wind die schwarzen Zeltbahnen auf und nieder flattern wie die todbringenden Schwingen eines gewaltigen prähistorischen Flugdrachen.

51

Sie liefen erst im Uringestank der Schatten, dann im sauberen eisigen Geruch des Mondlichts dahin.
Die Zirkusorgel schnaufte, prustete, trillerte.
Die Musik, überlegte Will. Läuft sie nun vorwärts oder rückwärts?
»Wo geht's weiter?« flüsterte Dad.
»Hier durch!« Will streckte die Hand aus.
Hundert Schritte weiter, am Fuß eines aufragenden Zelts, sprühten

blaue Funken hoch und sanken wieder herab, dann wurde es dunkel wie zuvor.

Mr. Elektriko, dachte Will. Sie wollen ihn wegschaffen. Zum Karussell bringen, ihn ermorden oder heilen! Und wenn sie ihn retten – mein Gott –, dann stehen er mit seinem Zorn *und* der Illustrierte Mann gegen Dad und mich! Und Jim? Ja, wo steckte Jim nur? Heute hier, morgen dort – und heute nacht? Auf wessen Seite würde er nachher wohl stehen? Auf unserer! Jim, guter alter Freund! Natürlich auf unserer Seite. Doch Will zitterte. Dauern Freundschaften denn wirklich ewig? Kann man sie in der Ewigkeit als schöne runde Summe mit einbringen?

Will sah nach links.

Dort stand der Zwerg, halb eingehüllt von der Zeltklappe, regungslos.

»Sieh mal, Dad!« rief Will leise. »Und dort drüben – das Skelett!«

Noch ein Stück weiter stand der Lange, der Mann aus Marmorknochen und ägyptischem Papyrus als Haut. Er stand da wie ein abgestorbener Baum.

»Die Mißgeburten – warum tun sie uns nichts?«

»Angst.«

»Angst – vor *uns*?«

Wills Vater duckte sich und spähte vorsichtig um einen leeren Käfig.

»Sie sind ohnehin schwer mitgenommen. Sie haben gesehen, was mit der Hexe passiert ist. Nur so ist das zu erklären.«

Sie verharrten da wie Pfähle, wie Zeltpfosten, die man in den Rasen geschlagen hat, verborgen im Schatten, abwartend. Worauf warteten sie? Will schluckte hart. Vielleicht wollten sie sich gar nicht verstecken, vielleicht standen sie nur sprungbereit und warteten auf den Kampf, der kommen mußte. Im richtigen Augenblick würde Mr. Dark einen Befehl rufen – dann brauchten sie nur von allen Seiten anzugreifen. Aber es war nicht der rechte Augenblick. Mr. Dark hatte anderes zu tun. Wenn er damit fertig war, dann würde er den Befehl geben. Und? Und deshalb müssen wir dafür sorgen, daß er nicht mehr schreien kann, dachte Will.

Wills Schuhe glitten übers Gras.

Wills Vater schlich weiter.

Die Mißgeburten starrten sie, wenn sie vorüberkamen, aus glasigen Augen an.

Der Ton der Zirkusorgel veränderte sich. Ihre Musik klang traurig, süß durch die Zeltreihen, um eine Biegung im Fluß der Nacht.

Sie läuft vorwärts, dachte Will. Richtig. Vorhin, da lief sie rückwärts. Aber nun hat sie angehalten und neu begonnen, und jetzt läuft die Musik vorwärts. Was hat Mr. Dark vor?

»Jim!« platzte Will heraus.

»Psst!« warnte sein Vater.

Doch der Name war ihm unbewußt über die Lippen gekommen,

weil er hörte, wie die Zirkusorgel die vor ihnen liegenden goldenen Jahre summte und Jim erspürte, irgendwo, isoliert, allein, angezogen von angenehmen Kräften, beschwingt von den Tönen des Sonnenaufgangs. Weil er den Gedanken spürte: Wie könnte es sein, wenn man sechzehn, siebzehn, achtzehn Jahre alt ist, neunzehn gar – oder – fast unglaublich! – zwanzig. In den Orgelpfeifen aus Messing pfiff der Wind der Zeit ein fröhliches Sommerlied voller Versprechungen, und selbst Will rannte nun auf die Musik zu, die vor ihm aufwuchs wie ein Pfirsichbaum voller sommerreifer, süßer Früchte ...

Nein, dachte er.

Er zwang seine Füße, sich im Takt seiner Ängste zu bewegen, nach seiner eigenen Pfeife zu tanzen, zu einer gesummten Melodie, die in seiner Kehle steckte und die Lungen nicht verließ, die in seinem Schädel dröhnte und die Zirkusorgel übertönte.

»Da«, sagte Dad leise.

Vor sich sahen sie zwischen den Zelten einen grotesken Zug vorübermarschieren. Wie ein schwarzer Sultan in seiner Sänfte wurde eine halb vertraute Gestalt von höchst unterschiedlichen Formen und Schatten der Dunkelheit auf den Schultern vorbeigetragen.

Dad stieß einen Schrei aus, da hielt der Zug kurz inne und setzte sich dann rasch in Bewegung!

»Mr. Elektriko!« sagte Will.

Sie bringen ihn zum Karussell!

Der Zug verschwand.

Ein Zelt lag zwischen ihnen.

»Hier herum!« Will rannte los und zog seinen Vater hinter sich her.

Süß spielte die Zirkusorgel. Sie zog Jim an, zwang ihn ...

Und wenn der Zug mit Mr. Elektriko ankommt?

Dann würde die Musik rückwärts ablaufen, das Karussell würde sich rückwärts in Bewegung setzen, um seine Haut abzustreifen, seine Jahre ihm zurückzugeben!

Will stolperte und fiel hin. Sein Vater zog ihn hoch. Und dann ...

Ein menschliches Bellen, Jiffen, Heulen, Winseln erhob sich, als seien *alle* hingefallen. Eine große Menschenmenge stimmte mit langgezogenem Stöhnen, Ächzen, Keuchen, Seufzen aus verkrüppelten Kehlen in den Chor ein.

»Jim! Sie haben Jim erwischt!«

»Nein«, murmelte Charles Halloway in seltsamem Ton. »Vielleicht hat Jim – vielleicht haben wir – *sie* erwischt.«

Sie gingen um das letzte Zelt herum.

Wind blies ihnen den Staub ins Gesicht.

Will schlug die Hände vors Gesicht, hielt sich die Nase zu. Der Staub war uraltes Gewürz, verbrannte Ahornblätter, ein prickelndes Blau, das langsam zu Boden schwebte. Der Staub legte sich wie ein eigener Schatten über die Zelte.

Charles Halloway nieste. Gestalten fuhren hoch und rannten von einem umgestürzten Gegenstand weg, der auf halbem Wege zwischen einem Zelt und dem Karussell verlassen auf dem Boden lag. Es war der elektrische Stuhl, umgestürzt, die Gurte lose an Beinen und Armlehne baumelnd. Von der Lehne hing ein metallener Kopfhalter.
»Aber wo ist Mr. Elektriko?« fragte Will. »Ich meine – Mr. Cooger!«
»*Das* muß er gewesen sein.«
»*Was* soll er gewesen sein?«
Doch die Antwort lag vor ihnen, sie senkte sich in quirlenden Luftwirbeln auf den Weg – das verbrannte Gewürz, der herbstliche Brandgeruch, der ihnen an der Zeltecke entgegenschlug.
Umbringen oder heilen, dachte Charles Halloway. Er stellte sich die Hast der letzten paar Sekunden vor, wie sie den uralten, staubigen Knochenhaufen in seinem nicht mehr angeschlossenen elektrischen Stuhl über das trockene Gras zerrten. Vielleicht nur einer von vielen Versuchen, das Leben zu schützen, zu retten, zu bewahren – in einem Gebilde, das nichts anderes mehr war als Friedhofsmüll, Rostflocken, ersterbende Glut, die kein Wind mehr anzufachen vermochte. Und doch mußten sie es versuchen. Wie oft waren sie in den letzten vierundzwanzig Stunden auf diese Weise losgerannt, um entsetzt wieder aufzugeben, weil schon die geringste Erschütterung, die leiseste Brise den uralten Cooger in Staub und Moder zu verwandeln drohte? Dann war es schon besser, ihn auf dem elektrischen Stuhl sitzen zu lassen, als bleibendes Schaustück, als nie endende Vorstellung für eine gaffende Masse, um es später wieder zu versuchen – jetzt zum Beispiel, wo die Lichter aus und die Leute gegangen waren, wo alles dunkel lag, bedroht war von einer Kugel, einem Lachen – jetzt brauchte man Cooger, wie er früher war, groß, rothaarig, bebend vor gewaltiger Zerstörungswut. Doch irgendwann, vor zwanzig, vor zehn Sekunden, bröckelte der letzte Leim ab, fiel der letzte Bolzen, der das Leben zusammenhielt; die mumienhafte Puppe, das groteske Standbild, löste sich in Staubwölkchen und welkes Novemberlaub auf, ein Hauch der Sterblichkeit im Wind. Mr. Cooger hatte die letzte Sense dahingerafft und in eine Milliarde Pergamentflocken, in ungezählte Stäubchen über das Gras verstreut. Nichts weiter als eine kleine Staubwolke in einem Speicher uralten Korns – aus, fort.
»O nein, nein, nein, nein!« murmelte jemand.
Charles Halloway berührte Wills Arm.
Will hörte sofort auf mit seinem »O nein, nein, nein«. In den letzten Augenblicken mußte er dasselbe denken wie sein Vater – an eine weggezerrte Leiche, an verstreutes Knochenmehl, an den Dünger, der auf das Gras der Hügel fiel ...
Nichts war mehr übrig als der leere Stuhl und die letzten Staubpartikel, die letzten schimmernden Flocken eines eigenartigen

Schmutzes an den Schnallen und Bändern. Die Mißgeburten, die den Staubhaufen herangeschleppt hatten, flohen nun in die Schatten.
Wir haben sie in die Flucht gejagt, dachte Will. Aber irgend etwas muß sie dazu gebracht haben, daß sie ihn fallen ließen.
Nein. Nicht irgend etwas – irgendwer.
Will sah sich um.
Das Karussell drehte sich leer und verlassen durch seine eigenen Zeitdimensionen vorwärts.
Aber zwischen dem umgestürzten Stuhl und dem Karussell stand jemand ganz allein – eins von den Ungeheuern? Nein . . .
»Jim!«
Dad stieß ihn mit dem Ellbogen an. Will hielt den Mund.
Jim, dachte er.
Und wo steckte jetzt Mr. Dark?
Irgendwo. Schließlich hatte er doch das Karussell in Gang gesetzt, oder etwa nicht? Doch! Um sie anzulocken, um Jim anzulocken. Weshalb denn sonst? Dafür war jetzt keine Zeit, denn . . .
Jim wandte sich von dem umgestürzten Stuhl ab und ging langsam hinüber, wo er noch eine Freifahrt guthatte.
Er ging dahin, weil er wußte, immer schon gewußt hatte, daß er dorthin gehen mußte. Wie eine Wetterfahne im Sturm hatte er sich hierhin und dorthin gedreht, bei klarem Himmel und lauer Luft gezögert, um dann zuletzt, fast wie ein Schlafwandler, auf die summende und klingende Verlockung der Musik zuzumarschieren. Er konnte den Blick nicht abwenden.
Ein Schritt. Noch ein Schritt. Jim kam dem Karussell immer näher.
»Los, Will, hol ihn!« sagte Dad.
Will machte sich auf.
Jim hob die rechte Hand.
Die Messingpfosten huschten vorbei, in die Zukunft hinein. Sie dehnten das Fleisch wie Sirup, streckten die Knochen wie ein Sahnebonbon. Das sonnenfarbene Metall brannte auf Jims Wangen, glitzerte in seinen Augen.
Jim wollte zupacken. Die Messingpfosten stießen gegen seine Fingernägel und spielten eine eigene kleine Melodie.
»Jim!«
Die Messingpfosten blitzten vorbei wie ein Sonnenaufgang mitten in der Nacht.
Die Musik hob sich wie eine klare Wasserfontäne sprudelnd zum Himmel.
Eiiiiiiiii . . .
Jim öffnete die Lippen und fiel in den Ton ein.
Eiiiiiiiii . . .
»Jim!« schrie Will in vollem Lauf.
Jims Hand klatschte gegen einen Messingpfosten. Der Pfosten war schon vorbei.

Er packte einen zweiten Pfosten. Diesmal blieb seine Hand daran kleben.
Das Gelenk folgte den Fingern, der Arm dem Gelenk, Schulter und Körper folgten dem Arm. Jim wurde schlafwandelnd vom Boden hochgerissen.
»Jim!«
Will griff zu und spürte, wie ihm Jims Fuß entrissen wurde.
Jim schwang in weitem Kreis durch die winselnde Nacht. Will rannte hinterher.
»Jim, laß los! Jim, laß mich doch nicht *hier* zurück!«
Von der Fliehkraft gepackt, hielt Jim sich mit einer Hand an dem Messingpfosten fest, flog herum und streckte wie in einem instinktiven letzten Einfall die freie Hand in den Wind, als kleinen Teil seiner selbst, der sich noch an ihre Freundschaft erinnerte.
»Jim – *spring*!«
Will griff nach dieser Hand, verfehlte sie, stolperte, fiel beinahe hin. Das erste Rennen war verloren. Einen Kreis mußte Jim allein beschreiben. Will wartete auf das nächste Vorbeistürmen der Pferde, das Vorbeifliegen des Jungen, der immer weniger Junge war ...
»Jim! Jim!«
Jim wachte auf! Halb war er schon herum. In seinem Gesicht drückte sich jetzt Juli aus, jetzt Dezember. Er umklammerte den Pfosten und schrie seine Verzweiflung hinaus. Er wollte und er wollte auch nicht. Er wünschte es sich, er verwarf den Wunsch, wünschte es sich wieder, noch sehnlicher, während er im stickig-heißen Strom des Windes, begleitet vom blitzenden Metall, dahinflog, gezogen von den Juli- und Augustpferden, deren Hufe die Luft wie fallendes Obst trommelten. Seine Augen blitzten. Er biß sich auf die Zunge, sein Zwiespalt entlud sich in einem Zischen.
»Jim! Spring! Dad! Halt die Maschine an!«
Charles sah sich nach dem Schaltkasten um, fünfzehn, zwanzig Schritte entfernt.
»Jim!« Will hatte Seitenstechen. »Ich brauch' dich! Komm zurück!«
Drüben auf der anderen Seite des wirbelnden Karussells kämpfte Jim gegen die eigenen Hände, den Pfosten, die sturmgepeitschte Fahrt durchs Nichts, die herabsinkende Nacht, die wirbelnden Sterne an. Er ließ den Pfosten los. Er packte ihn wieder. Dabei streckte er immer noch seine freie Hand aus und bettelte um Wills letztes Quentchen Kraft.
»Jim!«
Jim kam näher. Da unten auf dem nachtschwarzen Bahnhof, aus dem sein Zug für immer hinausfuhr in einen Wirbel von Konfetti, da sah er Will stehen. Will, Willy, William Halloway, den Jungen, seinen jungen Freund, der ihm am Ende dieser Reise noch jünger erscheinen würde, nicht nur jünger – auch fremd! Eine vage Erinnerung an eine längst vergangene Zeit, ein längst versunkenes Jahr.

Aber nun lief dieser Junge, dieser junge Freund, der jüngere Freund, mit dem Zug, er reckte den Arm hoch – wollte er mitkommen? Oder war es eine Aufforderung zum Aussteigen? Was war es?
»Jim! Kennst du mich noch?«
Will setzte mit letzter Kraft zum Sprung an. Ihre Finger berührten sich. Ihre Hände berührten sich.
Jims Gesicht starrte weiß und kalt auf ihn herab.
Will trottete im Kreis um die sausende Maschine herum.
Wo war Dad? Warum schaltete er die Maschine nicht aus?
Jims Hand fühlte sich warm, vertraut und gut an. Sie umklammerte seine Hand. Er stieß dabei einen Schrei aus.
»Jim! Bitte!«
Doch die Reise ging immer weiter und weiter. Jim flog dahin, Will wurde gewaltsam mitgezerrt.
»Bitte!«
Will zerrte. Jim zerrte. Julihitze schoß in Wills Hand, die Jim festhielt. Wie ein gefangenes Tier, liebevoll festgehalten von Jim, flog diese Hand, fuhr diese Hand weiter, wurde älter und älter. So würde diese weitgereiste Hand ihm fremd werden und Dinge erfahren, die er selbst, wenn er im Bett lag, nur erahnen konnte. Ein vierzehnjähriger Junge mit einer fünfzehn Jahre alten Hand! Ja, Jim hielt sie fest umklammert und wollte sie nicht loslassen. Und Jims Gesicht – war es von der Reise schon älter geworden? War er schon fünfzehn, ging er schon auf die Sechzehn zu?
Will zog. Jim zog in die andere Richtung.
Will fiel auf das Karussell.
Beide fuhren nun durch die Nacht.
Der ganze Will begleitete nun seinen Freund Jim.
»Jim! Dad!«
Wie leicht wäre es jetzt, nur stillezuhalten, weiterzufahren mit Jim, immer im Kreise. Wenn er Jim schon nicht herabzerren konnte, ihn dann einfach auf dem Karussell lassen und ihn begleiten – zwei liebe Freunde, Reisegefährten! Sein Blut wallte, blendete ihn, sauste in seinen Ohren, schoß ihm elektrisierend in die Lenden.
Jim schrie.
Will schrie.
Sie glitten ein halbes Jahr weit durch die treibhauswarme Dunkelheit, dann packte Will den Arm seines Freundes fester und wagte den Absprung von der Aussicht so vieler herrlicher Jahre des Größerwerdens. Er warf sich hinaus, hinab, wollte Jim mit sich ziehen. Aber Jim konnte den Pfosten nicht loslassen, die Fahrt nicht aufgeben.
»Will!«
Jim schrie auf, in der Mitte zwischen Maschine und Freund, mit je einer Hand an dieser und jenem festgeklammert.
Es war, als würde Stoff oder Fleisch zerrissen.
Jims Augen wurden so ausdruckslos wie bei einer Statue.

Das Karussell drehte sich weiter.
Jim schrie, stürzte, wirbelte haltlos durch die Luft.
Will versuchte seinen Sturz zu mildern, doch Jim prallte sich überschlagend auf den Boden. Dort blieb er still liegen.
Da fand Charles Halloway den Schalter des Karussells.
Die leere Maschine wurde langsamer. Die Pferde fielen vom Galopp durch eine ferne Mittsommernacht in Trab, in Schritt.
Charles Halloway und sein Sohn knieten nebeneinander vor Jim, tasteten nach seinem Puls, legten ihr Ohr an seine Brust. Jims Blick aus den weißstarrenden Augen war auf die Sterne gerichtet.
»O Gott!« schrie Will. »Ist er tot?«

52

»Tot ...«
Wills Vater fuhr ihm mit der Hand über das kalte Gesicht, die kalte Brust. »Ich fühle nichts ...«
In der Ferne rief jemand um Hilfe.
Sie blickten beide auf.
Ein Junge kam den Mittelweg heruntergerannt, stieß hier gegen ein Kassenhäuschen, stolperte da über eine Spannschnur, warf gehetzt einen Blick über die Schulter.
»Hilfe! Er ist hinter mir her!« schrie der Junge. »Dieser schreckliche Kerl! Ich will nach Hause!«
Der Junge kam herangestürzt und klammerte sich an Wills Vater.
»Hilfe, ich bin verloren, ich mag das nicht. Ich will nach Hause. Der Mann mit den Tätowierungen.«
»Mr. Dark«, keuchte Will.
»Ja!« wimmerte der Junge. »Er kommt da herunter! Bitte, haltet ihn auf!«
»Will, kümmere dich um Jim.« Dad erhob sich. »Künstliche Atmung. So, mein Junge.«
Der Junge lief davon. »Hier entlang!«
Charles Halloway folgte dem verwirrten Jungen und beobachtete ihn dabei – seinen Kopf, seinen Rumpf, die Art, wie sein Becken angewachsen war.
Als sie im Schatten des Karussells standen, zehn Schritte von Will und Jim entfernt, fragte er: »Wie heißt du denn, mein Junge?«
»Keine Zeit!« jammerte der Junge. »Jed. Schnell, schnell!«
Charles Halloway blieb stehen.
»Jed«, sagte er. Der Junge rieb sich ungeduldig die Ellbogen. Er drehte sich um. »Wie alt bist du eigentlich, Jed?«
»Nein!« antwortete der Junge. »Herrgott, wir haben jetzt keine Zeit! Wir ...«
»Wir haben genug Zeit, Jed«, sagte Charles Halloway. »Erst neun? So jung. So jung war ich *nie*.«
»Heiliger Strohsack!« schrie der Junge zornig.

»Vielleicht auch unheilig«, sagte der Mann und streckte die Hand nach dem Jungen aus. Der Junge wich zurück. »Jed, du hast nur vor einem Angst, nämlich vor mir.«
»Vor Ihnen?« Der Junge tat noch einen Schritt zurück. »Hören Sie doch auf! Warum denn, warum?«
»Weil das Gute manchmal Waffen besitzt und das Böse nicht. Weil manchmal ein Trick danebengeht. Weil sich manchmal die Leute nicht irreführen und in die Falle locken lassen. Heute abend gibt's kein divide-et-impera, Jed! Wohin wolltest du mich führen, Jed? Zu irgendeinem Löwenkäfig, den du für mich vorbereitet hast? In irgendeine Trickbude wie das Spiegelkabinett? Zu jemandem wie die Hexe? Wohin, Jed, wohin? Weißt du was, Jed? Roll doch mal deinen rechten Hemdsärmel hoch.«
Große Mondsteinaugen blitzten Charles Halloway an.
Dann sprang der Junge zurück, aber auch Charles Halloway setzte bereits zum Sprung an, packte ihn beim Arm und am Hemdkragen und rollte ihm nicht den Ärmel hoch, sondern riß ihm den Ärmel einfach vom Leib.
»Na also, Jed«, sagte Charles Halloway gelassen, fast heiter. »Genau so hab ich mir das gedacht.«
»Sie, Sie, Sie!«
»Ja, Jed – ich. Aber jetzt geht's mehr um dich – sieh doch mal!«
Und er schaute.
Denn da, auf dem Rücken der kleinen Jungenhand, auf den Fingern und über das Handgelenk, ringelten sich blaue Schlangen, starrten giftig-blaue Schlangenaugen, wimmelten blaue Skorpione um Haifischrachen, die ewig-hungrig aufgesperrt waren, die Mißgeburten zu verschlingen, die Stich neben Stich, Haut neben Haut, Kopf neben Kopf über die Brust und den schmächtigen Leib verstreut waren, die sich auf dem kleinen, viel zu kleinen Körper zu verstecken suchten, an diesem kalten, jetzt angstbebenden Körper.
»Na, Jed, das ist aber ein feines Kunstwerk, muß ich schon sagen.«
»Sie!« Der Junge schlug zu.
»Ja, immer noch ich.« Charles Halloway bekam den Schlag ins Gesicht und nahm den Jungen in einen Klammergriff.
»Nein!«
»O doch!« sagte Charles Halloway. Er benutzte nur die gesunde rechte Hand, die Linke hing unbrauchbar an seiner Seite herab. »Los, Jed, dreh dich, winde dich ruhig. Es war eine großartige Idee. Mich loseisen, allein fertigmachen, dann hingehen und Will holen. Und wenn die Polizei kommt, nun, dann bist du nur ein Junge von neun oder zehn Jahren, und der Zirkus – nein, der Zirkus gehört dir nicht, mit dem hast du nichts zu tun. Hiergeblieben, Jed! Warum willst du unter meinem Arm weg? Wenn die Polizei kommt, sind die Besitzer der Schau verschwunden. Stimmt's, Jed? Ein herrlicher Ausweg!«

»Sie können mir doch nicht wehtun!« schrie der Junge.
»Seltsam«, murmelte Charles Halloway. »Ich glaube, ich kann's doch.«
Er drückte den Jungen fast liebevoll an sich, enger und enger.
»Mörder!« winselte der Junge. »Mörder!«
»Ich will dich nicht umbringen, Jed, oder Mr. Dark, wer oder was du auch bist. Du wirst dich selbst umbringen, weil du's nicht ertragen kannst, Leuten wie mir so nahe zu sein. Jedenfalls nicht *so nahe* und nicht *so lang*!«
»Böse!« ächzte der Junge und wand sich. »Sie sind böse.«
»Böse?« Wills Vater lachte. Bei dem Laut zuckte der Junge wie unter einem Wespenstich zusammen und wehrte sich um so heftiger.
»Böse?« Die Männerhände klebten wie Fliegenpapier an dem zerbrechlichen Knochengerüst. »Von dir klingt das seltsam, Jed. So scheint's jedenfalls. Dem Bösen muß das Gute böse erscheinen. Also werde ich dir nur Gutes tun, Jed. Ich werde dich einfach festhalten und zusehen, wie du dich selbst vergiftest. Ich tu dir Gutes, Jed, Mr. Dark, Herr Zirkusbesitzer, mein Junge, – bis du mir sagst, was mit Jim los ist. Weck ihn auf. Laß ihn frei. Laß ihn leben!«
»Ich kann nicht, ich kann nicht ...« Die Stimme des Jungen klang wie von weither, aus den Tiefen seines kleinen Körpers. »Ich kann nicht ...« Immer matter.
»Du meinst, du willst nicht?«
»Kann nicht.«
»Gut, mein Junge, schon gut. Da und da – jetzt, jetzt ...«
Aus der Ferne wirkten sie wie Vater und Sohn in liebevoller Umarmung, nur war die Umarmung noch enger. Der Mann hob die verletzte Hand und berührte das verzerrte Gesicht. Das Gewürm, die Illustrationen zitterten, huschten hierhin und dorthin, bildeten mikroskopische Herden und gaben es bald wieder auf. Der Junge rollte die Augen, starrte den Mann an. Er sah dort das seltsame, freundliche Lächeln, das zuvor als Segen auf die Hexe zuflog.
Er drückte den Jungen noch enger an sich und dachte: Das Böse hat nur so viel Macht, wie wir ihm zugestehen. Ich gestehe dir nichts zu. Nichts. Ich nehme mir die Macht zurück. Verhungere!
Die beiden Streichholzflämmchen in den geängstigten Augen des Jungen verlöschten. Der Junge fiel mitsamt seiner geschlagenen Meute von Untieren zu Boden. Es hätte ein Getöse wie bei einem Erdrutsch geben müssen. Aber es war nur ein Rascheln wie von japanischem Papier.

53

Charles Halloway stand lange Zeit da und betrachtete schwer atmend die Gestalt zu seinen Füßen. In all den Zeltgassen schwebten und schwankten die Schatten. Seltsame Umrisse von Mißgeburten und Menschen, fleischgeworden

in den eigenen Ängsten und Sünden, klammerten sich an die Pfosten und stöhnten ungläubig. Irgendwo trat das Skelett hinaus ins Licht. An einer anderen Stelle wußte der Zwerg *beinahe*, wer er war. Er trippelte wie ein Krebs aus seiner Höhle und schaute blinzelnd zu, wie Will sich über Jim beugte und Wills Vater sich erschöpft über die Gestalt des anderen Jungen neigte, während das Karussell endlich stehenblieb, zögernd, schaukelnd wie ein angelegtes Fährboot.
Der Zirkus war ein großer dunkler Herd, in dem die gesammelten Kohlen brannten, während die Schatten näher kamen, starrten und mit ihren Blicken die Flammen entzündeten.
Da im Mondschein lag der illustrierte Junge namens Dark.
Da lagen erschlagen die Drachen, die Türme zerbrochen, Ungeheuer aus dunklen Zeitaltern verblichen, Flugechsen abgestürzt wie Doppeldecker aus alten und ewig sinnlosen Kriegen, smaragdfarbene Krebse verlassen auf weißem Strand, wo die Gezeiten des Lebens hinausströmten und mit der Ebbe sich all die Gestalten wandelten, bewegten, einschrumpften, als das eingefallene Fleisch darunter erkaltete. Das Auge am Nabel blinzelte sich obszön selbst an, die Iris eines trompetenden Mastodons wurde blind und kämpfte wütend gegen die Blindheit an. Jedes der Bilder des großen Mr. Dark schrumpfte nun auf der Miniaturleinwand ein, die sich über die schmächtigen Knochen des Jungen spannte.
Immer mehr Mißgeburten tauchten aus den Schatten auf, die Gesichter bleich wie die Laken, in denen so viele die Kämpfe der Seele verloren hatten, und umtanzten in seltsamem Kreis Charles Halloway und seine zu Boden gestürzte Last.
Will hielt in seiner verzweifelten Arbeit inne – drücken und loslassen, drücken und loslassen, Jim wieder zum Leben erwecken –, ohne Angst vor den fremdartigen Zuschauern. Nein, dafür hatte er jetzt keine Zeit! Und er spürte, daß selbst die Mißgeburten die Nachtluft einsogen, als hätten sie seit Jahren keine so herrlich-frische Luft mehr zu kosten bekommen!
Während Charles Halloway beobachtete und die krebsfeuchten, gleichgültigen Fuchsaugen aus der Entfernung zuschauten, wurde der Junge, der einmal Mr. Dark gewesen war, immer kälter. Der Tod mähte die Alpträume dahin, und die Darstellungen, die rauchigen Blitze, die gleich schrecklichen Fahnen verlorener Kriege zuckten und krochen, verschwanden nacheinander von dem hingestreckten kleinen Körper.
Ein Dutzend der Mißgeburten sahen sich ängstlich um, als sei der Mond plötzlich voll und sie sehend geworden. Sie massierten ihre Gelenke, als seien Fesseln von ihnen abgefallen, strichen sich über den Nacken, als hätte jemand eine schwere Last von ihren Schultern genommen. Sie stolperten aus langer Gefangenschaft, blinzelten fassungslos, als sie die Ursache ihres Elends ausgestreckt neben dem Karussell liegen sahen. Wenn sie es gewagt hätten, so hätten sie am liebsten mit zitternden Fingern diesen im Tode plötzlich lieb-

lichen Mund, die marmorne Stirn, berührt. So sahen sie nur benommen zu, wie ihre Porträts, die Lebensessenz ihrer sterblichen Habgier, ihrer Boshaftigkeit, ihrer vergiftenden Sünde, die smaragdenen Abbilder ihrer selbst geblendeten Augen, selbst zerfleischten Lippen, selbst gefangenen Leiber nach und nach auf diesem bedeutungslos gewordenen Schneehaufen dahinschmolzen. Da schmolz das Skelett! Da der seitwärts krabbelnde Krebs, der Zwerg. Dann schlich sich der Lavaschlucker vom herbstlich-welken Fleisch davon, gefolgt vom schwarzen Scharfrichter aus dem Tower von London, fort war die menschliche Montgolfiere, der Ballon-Mensch, Avoirdupois der Großartige – aufgelöst in Luft. Meuten und Herden flohen, während der Tod die Tafel ablöschte.

Dann lag nur noch ganz einfach ein toter Junge da, unberührt von Zeichnungen, und er starrte mit Mr. Darks toten Augen zum Himmel empor.

»Ahhh!«

Erleichtert stimmten all die seltsamen Wesen im Schatten in diesen Seufzer ein.

Vielleicht kam der letzte Befehl von der Zirkusorgel. Vielleicht drehte sich oben in den Wolken ein Donner im Schlaf auf die andere Seite. Jedenfalls fuhren plötzlich alle herum. Die Mißgeburten jagten gehetzt davon. Nach Norden, Süden, Osten, Westen, weg von Zelten, Herren, finsteren Gesetzen, vor allen Dingen voneinander befreit, rannten sie dahin wie weiße Schweine, Eber ohne Hauer, geängstigte Faultiere vor dem Gewitter.

Anscheinend riß jeder bei der Flucht eine Zeltleine los, löste einen Zelthaken.

Denn nun erschütterte ein mächtiger Atemzug die Luft, ein Einatmen, das Rasseln und Ächzen der zusammenbrechenden Dunkelheit, als die Zelte einstürzten.

Mit dem Zischen von Nattern, dem Fauchen einer Kobra zuckten wie verrückt die Leinen, fuhren hoch, peitschten das Gras.

Die Verspannung des großen Zeltes der Mißgeburten zuckte, Knochen wurden sortiert – kleine, mittlere und riesige –, alles schwankte vor dem drohenden Einsturz.

Das Tierzelt schoß hoch wie ein dunkler spanischer Fächer.

Vor dem Befehl des Windes fielen die anderen kleinen Zelte, dunkle Umrisse auf dem Rasen, in sich zusammen. Dann, ganz zuletzt, sog das gewaltige Zelt der Mißgeburten wie ein großes, müdes Reptil in einem tosenden Sturmstoß die Luft ein, riß dreihundert Spannleinen los, zerrte an seinen Seitenstützen, daß sie wie Zähne aus einem Zyklopenkiefer fielen, peitschte die Luft mit weiten, muffigen Flügeln, als wollte es sich gleich einem Drachen aufschwingen, brach dann aber unter der einfachen Schwerkraft zusammen und wurde vom eigenen Gewicht begraben.

Dieses größte der Zelte atmete nun schale Luft aus, Konfetti, der schon uralt war, als die Kanäle Venedigs noch nicht entworfen

waren, Wolken von rosa Zuckerwolle, die aussahen wie müde Federboas. Beim Zusammenstürzen häutete sich das Zelt. Es ächzte und stöhnte, bis die letzten drei Hauptmasten des inneren Gerippes mit drei donnernden Kanonenschlägen umstürzten.
Die Zirkusorgel wimmerte kläglich vor dem Windstoß.
Der Zug stand wie ein liegengelassenes Spielzeug auf der Wiese.
Die gemalten Zerrbilder hoch droben auf dem Mast klatschten noch einmal in die Hände und fielen herab.
Das Skelett, der einzig verbliebene Fremde, bückte sich, um den zerbrechlichen Körper dessen aufzuheben, der einst Mr. Dark war.
Er ging hinaus auf die Wiesen.
Mit einem raschen Seitenblick sah Will den dürren Mann mit seiner Last den Spuren des übrigen Zirkus' folgen und über einen Hügel verschwinden. Schatten huschten über Wills Gesicht, hervorgerufen von den Erschütterungen, dem Durcheinander, dem Tod, den davonfliegenden Seelen. Cooger, Dark, Skelett, Zwerg, der einmal ein Blitzableiterverkäufer war – nicht davonlaufen! Kommt zurück! Miss Foley, wo stecken Sie nur? Mr. Crosetti, es ist vorbei! Nur ruhig! Ruhig! Alles ist in Ordnung. Kommt zurück, kommt zurück!
Doch der Wind verwehte ihre Spuren im Gras. Vielleicht liefen sie nun für ewige Zeiten dahin und versuchten sich selbst zu entfliehen.
Will kniete wieder neben Jim nieder, drückte auf seine Brust, ließ los, drückte wieder, ließ wieder los. Dann berührte er mit zitternder Hand die Wange seines besten Freundes.
»Jim . . .«
Aber Jim war so kalt wie frisch aufgeworfene Erde.

54

Unter der Kälte lag eine flüchtige Wärme, auf der weißen Haut erschien ein wenig Farbe, doch als Will nach Jims Handgelenk fühlte, als er ihm das Ohr auf die Brust legte, spürte und hörte er nichts.
»Er ist *tot*!«
Charles Halloway trat zu seinem Sohn, zu dem Freund seines Sohnes. Er kniete nieder und berührte den reglosen Hals, den unbewegten Brustkorb.
»Nein!« Er war verwundert. »Nein, nicht ganz . . .«
»Tot!«
Will schossen die Tränen in die Augen. Doch dann fühlte er sich plötzlich gestoßen, geschlagen, gerüttelt.
»Hör auf!« schrie ihn sein Vater an. »Willst du ihn nicht retten?«
»Zu spät, Dad, zu spät!«
»Halt den Mund! Hör mal!«
Doch Will weinte.

Noch einmal holte sein Vater aus und versetzte ihm eine Ohrfeige. Auf die linke Wange. Dann eine auf die rechte, noch kräftiger. Vor den Hieben flogen alle Tränen davon. Keine einzige blieb zurück.

»Will!« Wütend deutete sein Vater mit dem Finger auf ihn, auf Jim. »Verdammt, Will – die alle hier, Mr. Dark und seinesgleichen, die lieben Tränen. Mein Gott, nichts ist ihnen lieber als Tränen! Je mehr du heulst, um so mehr saugen sie dir das Salz vom Kinn, sie saugen dir den Atem aus dem Leib wie Katzen. Steh auf! Los, hoch mit dir! Spring herum! Schrei laut, so laut du kannst! Hörst du? Schrei, Will. Sing, aber am wichtigsten ist, daß du lachst. Hast du das kapiert? Du sollst lachen!«

»Ich kann doch nicht!«

»Du mußt! Etwas anderes haben wir nicht. Ich *weiß* es! In der Bibliothek! Die Hexe ist davongerannt – Herr im Himmel, wie sie gelaufen ist! Ich habe sie damit erschossen. Ein einziges Lächeln, Will, das können die Nachtwesen nicht ertragen. Darin liegt die Sonne. Sie vertragen keine Sonne. Wir *können* sie nicht ernst nehmen.«

»Aber ...«

»Kein Aber! Du hast doch die Spiegel gesehen! Die Spiegel haben mich halb ins Grab gebracht, halb wieder herausgeholt. Sie haben mich verrotten und verrunzeln lassen. Mich erpreßt! Sie haben Miss Foley erpreßt, und deshalb hat sie sich dem großen Marsch ins Nichts angeschlossen, ist mit den Narren gelaufen, die alles haben wollen! Idiotisch, das zu wollen: Alles! Die armen Irren. Ihnen geht's nicht anders als dem dummen Hund, der seinen Knochen ins Wasser fallen ließ, weil er nach dem Spiegelbild des Knochens schnappte. Will, du hast's doch gesehen: *jeder* einzelne Spiegel ist zerbrochen. Wie Eis im Tauwetter. Ohne Stein, ohne Gewehr, ohne Messer – nur mit meinen Zähnen, meiner Zunge und meinen Lungen habe ich diese Spiegel platzen lassen, mit purer Verachtung! Zehn Millionen verängstigter Narren zu Boden geschlagen – dann konnte sich der *wirkliche* Mann erheben! So, los, erheb dich, Will!«

»Aber Jim ...« Will hielt inne.

»Halb drin, halb draußen. Jim war schon immer so. Immer in Versuchung. Jetzt ging er zu weit, und vielleicht ist er verloren. Aber er hat doch darum gekämpft, sich zu retten, oder nicht? Er hat dir die Hand entgegengestreckt, um von der Maschine freizukommen? Wir müssen jetzt den Kampf für ihn zu Ende führen. Los!«

Schwankend setzte sich Will auf.

»Lauf!«

Will schnaubte noch einmal. Dad schlug ihm ins Gesicht. Tränen flogen davon wie Meteore.

»Spring! Los, schrei doch!«

Er stieß Will hoch, lief mit ihm, schob die Hand in die Tasche, immer wieder, bis ein glänzender Gegenstand zutage kam.

Die Mundharmonika.

Dad blies einen Akkord.
Will blieb stehen und starrte auf Jim herab.
Dad packte ihn beim Ohr.
»Lauf! Nicht hinsehen!«
Will tat einen Schritt.
Dad blies einen anderen Akkord, packte Wills Ellbogen, hob ihm die Arme hoch.
»Sing!«
»Was denn?«
»Junge, das ist doch gleichgültig – irgend etwas!«
Die Mundharmonika versuchte es mit »Swanee River«.
»Dad!« Will schlurfte dahin und schüttelte unendlich müde den Kopf. »Das ist albern ...«
»Klar! Aber wir wollen es nicht anders! Wir wollen albern sein. Die Mundharmonika ist albern. Furchtbar verstimmt!«
Dad juchzte. Er drehte sich wie ein tanzender Kranich. Er war noch nicht in die Albernheit eingetaucht, aber er wollte in sie eindringen. Er *mußte* den Bann brechen!
»Will – lauter, komischer, lustiger! Teufel, laß sie doch nicht deine Tränen trinken, dann wollen sie immer noch mehr! Will! Sie nehmen sonst dein Weinen, drehen es herum und machen sich ein Lächeln daraus! Ich will verdammt sein, wenn der Tod meine Traurigkeit als Sonntagsgewand trägt. Gib ihnen nichts zu fressen, Will, los, lockerer, durchatmen! Los!«
Er packte Will bei den Haaren und schüttelte ihn.
»Nichts – komisch ...«
»Klar ist das komisch! Ich! Du! Jim! Alle sind wir komische Figuren. Es funktioniert – sieh mal!«
Charles Halloway zog Fratzen, riß die Augen auf, verbog sich die Nase, blinzelte, bewegte sich wie ein Schimpanse, tanzte mit dem Wind einen Walzer, steppte im Staub, warf den Kopf zurück und heulte den Mond an. Er zog Will mit sich.
»Der Tod ist was Komisches, gottverdammt! Eins, zwei, drei, Will. Drehen. Way down upon the Swanee River ... Wie geht's weiter, Will? Far, far away! Will, du hast eine scheußliche Stimme! Ein verdammter Mädchensopran. Wie ein Spatz im Blecheimer. Spring, mein Junge!«
Will sprang hoch, sank zusammen, sprang wieder, seine Wangen röteten sich, doch das Heulen steckte ihm wie eine Zitrone im Hals. Er spürte, wie in seiner Brust Ballons wuchsen.
Dad saugte an der silbernen Mundharmonika.
»That's where the old ...«
»Halt!« unterbrach ihn sein Vater.
Ein Schuffeln, Tappen, Scharren, Stoßen.
Wo war Jim geblieben? Vergessen!
Dad stieß ihm in die Rippen, kitzelte ihn.
»De Camptown ladies sing this song!«

»Duh-dah!« grölte Will. »Duh-dah!« sang er mit. Der Ballon wuchs. In seiner Kehle kitzelte es.
»Camptown race track, five miles long!«
»O duh-dah-dah!«
Mann und Junge tanzten miteinander Menuett.
Und mitten drin geschah es.
Will spürte, wie riesig der Ballon in ihm anschwoll.
Er lächelte.
»Nanu?« Dad war überrascht. Will schnaubte. Will kicherte.
»Was ist denn?« fragte Dad.
Dann explodierte der herrlich warme Ballon, riß ihm die Zähne auseinander, warf ihm den Kopf zurück.
»Dad! Dad!«
Er krümmte sich. Er packte Dad bei der Hand. Er rannte schreiend, kreischend, quakend wie eine Ente, gackernd wie ein Huhn umher. Mit den Händen schlug er sich auf die Knie. Staub flog unter seinen Sohlen auf.
»O Susannah!«
»O weine nicht ...«
»Um mich!«
»Denn ich komm' wieder ...«
»Alabama mit ...«
»Mein Banjo auf dem Knie.«
Dann zusammen: »Banjo auf mei'm Knie!«
Die Mundharmonika schlug klickend gegen Zähne. Dad entlockte ihr herrlich-fröhliche Töne, drehte sich im Kreis, sprang hoch und schlug die Absätze aneinander.
»Ha!« Sie stießen zusammen, fielen fast um, prallten mit den Ellbogen gegeneinander, stießen sich die Köpfe an, aber so kam ihnen die Luft noch rascher über die Lippen. »Ha! O Gott! Haha! Herr im Himmel, Will! Haha! Ich kann – nicht – mehr ...«
Und mitten im wildesten Gelächter ...
Ein Niesen!
Sie fuhren herum. Sie rissen die Augen auf.
Wer lag da auf dem mondbeschienenen Boden? Jim? Jim Nightshade?
Hatte er sich bewegt? Waren seine Lippen weiter geöffnet, zitterten seine Lider? Sahen seine Wangen wirklich rosiger aus?
Nicht hinsehen! Dad faßte Will wieder bei der Hand und schwenkte ihn herum. Sie tanzten Ringelreihn, und der Vater blies kräftig auf der Mundharmonika. Dabei stelzte er mit gespreizten Armen umher. Sie hüpften über Jim weg, dann wieder zurück, als sei er ein kleiner Stein, ein Hindernis.
Ein Lied nach dem anderen.
Jims Zunge glitt aus dem Mund.
Keiner bemerkte es. Und wenn sie es vielleicht sahen, so ignorierten sie es, weil sie fürchteten, es könne wieder vorbeigehen.

Dann sorgte Jim schließlich selbst für sich. Seine Augen öffneten sich. Er betrachtete die beiden tanzenden Narren. Er traute seinen Augen nicht. Er war seit Jahren unterwegs. Nun kam er zurück, und niemand begrüßte ihn. Sie tanzten statt dessen Samba. Er hätte heulen mögen. Aber noch bevor die Tränen sich formen konnten, verzogen sich seine Lippen. Er mußte schallend lachen. Es war schon wirklich zu komisch – der alberne Will mit dem albernen Hausmeister, wie sie über die Wiese hopsten wie wildgewordene Gorillas.

Sie stolperten über ihn, überspülten ihn mit ihrem nun klar fließenden Strom von Gelächter, das nicht zu stoppen war, und wenn Himmel und Erde eingestürzt wären. Er stimmte ein, und er ging in die Luft wie Feuerwerk, wie Knallfrösche, die man mit einem Streichholz angesteckt hat.

Will hüpfte weiter, sah auf Jim hinab und dachte: Er weiß gar nicht, daß er tot war. Also werden wir es ihm nicht sagen – irgendwann einmal, aber nicht ... Duh-dah, duh-dah!

Sie begrüßten ihn nicht, sie forderten ihn nicht auf mitzumachen, sie reichten ihm nur einfach die Hände, als sei er aus der Reihe gestolpert und brauche eine helfende Hand, sich ihnen wieder anzuschließen. Sie rissen Jim hoch. Jim flog. Er stürzte beim Tanz hin. Er tanzte weiter.

Als Will die lebendige, warme Hand in der seinen spürte, da wußte er, daß sie Jim wirklich ins Leben zurückgerufen, zurückgelacht hatten. Sie hatten Jim wie ein Neugeborenes getätschelt, seine Lungen freigeklopft, ihm auf den Rücken geschlagen und fröhlichem Atem Platz gemacht.

Dann bückte sich Dad, Will sprang über ihn weg und bückte sich, und Dad sprang darüber, dann warteten sie beide hintereinander, summend, herrlich müde, bis Jim den Speichel hinuntergeschluckt und Anlauf genommen hatte. Dad schaffte er nur halb. Sie rollten alle drei ins Gras, heiß und benommen, fröhlich und jubelnd, wie es am ersten Schöpfungstag gewesen sein muß, als die Freude noch nicht aus dem Garten Eden vertrieben war.

Schließlich wollten ihre Füße nicht mehr, sie lehnten sich aneinander, hockten sich hin, umfaßten ihre Knie, sahen einander in stummer Freude an und genossen die trunkene Stimmung, die Stille.

Und als sie ihre Gesichter betrachtet hatten, die wie Fackeln brannten, da blickten sie über die Wiesen hinweg.

Die großen schwarzen Zeltmasten lagen mit ihren toten Zelten da wie auf einem Elefantenfriedhof. Sie wurden fortgeblasen wie die Blütenblätter von schwarzen Rosen.

Die drei einzigen Menschen in einer schlafenden Welt, die drei Kater, kuschelten sich aneinander und badeten im Mondschein.

»Was war eigentlich los?« fragte Jim später.

»Was war *nicht* los?« rief Dad.

»He!« sagte Jim immer wieder. »He, he ...« Ganz leise.
»Ach, Jim, Jim«, sagte Will. »Wir bleiben für immer Freunde.«
»Na klar.« Jim wurde jetzt sehr still.
»Schon gut«, sagte Wills Vater. »Weint ein bißchen, wir haben's geschafft. Dann, auf dem Heimweg, können wir wieder lachen.«
Will ließ Jim los.
Sie standen auf und sahen einander an. Will betrachtete seinen Vater mit glühendem Stolz.
»O Vater – du hast's geschafft. *Geschafft*!«
»Nein, wir haben es gemeinsam geschafft.«
»Aber ohne dich wäre jetzt alles vorbei. Dad, ich hab dich nie richtig gekannt. Aber jetzt weiß ich's.«
»Wirklich, Will?«
»Darauf kannst du Gift nehmen.«
Jeder sah den anderen wie durch einen feucht schimmernden Glorienschein.
»Also dann, mein Sohn – nett, dich kennenzulernen. Die richtige Antwort – und eine Verbeugung!«
Dad hielt ihm die Hand hin. Will schlug ein. Sie lachten und wischten sich über die Augen, dann sahen sie rasch hinüber zu den Fußspuren, die über den Hügel führten.
»Dad, werden sie wiederkommen?«
»Nein. Und ja.« Dad steckte seine Mundharmonika ein. »Nein, die hier nicht mehr. Aber andere werden kommen, die genauso sind. Nicht als Zirkus. Nur Gott weiß, welche Gestalt sie das nächstemal annehmen. Aber bei Sonnenaufgang, spätestens um die Mittagszeit oder morgen abend, da werden sie sich wieder zeigen. Sie sind unterwegs.«
»O nein«, sagte Will.
»O doch«, sagte sein Vater. »Wir müssen unser ganzes Leben lang wachsam sein. Der Kampf hat erst begonnen.«
Sie gingen langsam um das Karussell herum. »Wie werden sie aussehen? Wie werden wir sie erkennen?«
»Nun«, sagte Dad leise, »vielleicht sind sie schon hier.«
Die beiden Jungen sahen sich rasch um.
Doch auf den Wiesen war nichts außer ihnen selbst, der Maschine und dem Gras.
Will sah Jim an, dann seinen Vater, dann blickte er an sich selbst herab. Er warf Dad einen Blick zu.
Dad nickte, einmal und sehr ernst, dann deutete er hinüber zum Karussell, ging darauf zu und berührte einen der Messingpfosten.
Will trat neben ihn. Jim stellte sich neben Will.
Jim streichelte dem Pferd die Mähne. Will tätschelte ihm die Schulter.
Die große Maschine neigte sich sanft auf den Wellen der Nacht.
Nur dreimal herum, vorwärts, dachte Will. Junge!
Nur viermal herum, vorwärts, dachte Jim – das wär' was!

Nur zehnmal herum, rückwärts, dachte Charles Halloway – Herr im Himmel!

Jeder las dem anderen die Gedanken von den Augen ab.

Wie einfach, dachte Will.

Nur das eine Mal, dachte Jim.

Aber dann, dachte Charles Halloway, wenn man erst einmal anfängt, geht es immer weiter. Einmal und noch einmal und noch einmal. Man bietet Freunden an mitzufahren, anderen Leuten, bis schließlich ...

Dieser Gedanke traf sie alle und machte sie stumm.

Schließlich ist man der Besitzer des Karussells, der Herr der Mißgeburten, der Meister eines kleinen Teils der Ewigkeit in einer reisenden Zirkusschau ...

Vielleicht, sagten die Augen, *vielleicht sind sie schon hier.*

Charles Halloway bückte sich zum Antrieb des Karussells, fand einen Schraubenschlüssel und zerschlug Gelenke und Gestänge. Dann trat er mit den beiden Jungen vor den Schaltkasten und schlug einmal und noch einmal, bis ein Schwarm blauer Funken aus dem Kasten stob.

»Vielleicht ist das unnötig«, sagte Charles Halloway. »Vielleicht würde es ohnehin nicht laufen, wenn die Mißgeburten nicht mehr da sind, ihm Kraft zu verleihen. Aber ...« Er hieb ein letztes Mal auf den Kasten und warf den Schlüssel fort.

Gehorsam schlugen die Turmuhren des Rathauses, der Baptistenkirche, der Methodisten, der Episkopalier und der Katholiken – alle Uhren – zwölfmal. Mitternacht. Im Wind sang die Zeit.

Die Jungen gingen los wie Pistolen.

Der Vater zögerte nur einen Augenblick. Er spürte leichte Schmerzen in der Brust. Was wird geschehen, wenn ich laufe, überlegte er. Ist der Tod so wichtig? Nein. Das, was sich vor dem Tod ereignet, das zählt. Wir haben uns heute tapfer geschlagen. Das kann uns auch der Tod nicht verderben. Da liefen sie, die Jungen. Warum soll ich ihnen nicht nachlaufen?

Er rannte los.

Herr im Himmel! War das köstlich, ihr Leben Spuren auf den kühlen, betauten Wiesen ziehen zu lassen, in diesem neuen dunklen Morgen, der plötzlich wie Weihnachten war! Die Jungen rannten wie ein paar Ponys. Sie wußten, daß eines Tages einer von ihnen als erster ans Ziel kommen würde und der andere als zweiter oder überhaupt nicht, doch diese erste Stunde des neuen Tages war nicht der Augenblick des allerletzten Verlustes. Es war nicht die rechte Zeit, Gesichter zu studieren und festzustellen, daß der eine älter und der andere viel jünger war. Heute war nichts weiter als ein gewöhnlicher Oktobertag in einem Jahr, das sich auf einmal viel besser anließ, als es noch vor einer Stunde den Anschein hatte. Mond und Sterne zogen ihre weite Bahn auf die unvermeidbare Dämmerung zu, und sie sprangen dahin. In dieser Nacht wurde nicht mehr geweint. Will lachte und sang, und Jim gab ihm Antwort. So jagten sie nebeneinander auf die Stadt zu, in der sie vielleicht noch ein paar Jahre lang Seite an Seite wohnen würden.

Und hinter ihnen trottete ein Mann in mittleren Jahren her. Er hing seinen teils ernsten, teils frohen Gedanken nach.

Vielleicht wurden die Jungen langsamer. Sie wußten es nicht. Vielleicht wurde auch Charles Halloway schneller. Er konnte es nicht sagen.

Aber dann lief er Seite an Seite mit den beiden Jungen und erreichte das Ziel am Signalmast der Bahnlinie gleichzeitig mit ihnen.

In einem jubelnden Trio erhoben sich ihre Stimmen in den Wind.

Der Mond sah zu, wie die drei dann die Wildnis hinter sich ließen und in die Stadt zurückkehrten.

F. L. Boschke

Erde von anderen Sternen

Der Flug der Meteorite

Buch des Wissens · Band 6011

Augenzeugenberichte von Meteoriteneinfällen – Fundberichte und Überlieferungsgeschichte einzelner Fundstücke – Entwicklung der Wissenschaft von den Meteoriten – physikalische und chemische Vorgänge beim Eindringen in die Luft und beim Einschlag – geophysikalische Auswirkungen – Systematik der Meteorite – Beschreibung metallurgisch-chemischer Untersuchungen – Diskussion der Theorien über Herkunft, Entstehungszeit und Flugbahn der Meteorite. Daraus ergeben sich Rückschlüsse auf den Aufbau und die Zusammensetzung der Erde, der Planeten, der Sonne, des Sonnensystems und auf die Entstehung organischer Verbindungen – d. h. auch: des Lebens.

»Der Verfasser hat sich als erster die verdienstvolle Mühe gemacht, alles Bekannte und Wissenswerte über Meteore, Meteorite und Kometen in einem allgemeinverständlichen, aber wissenschaftlich fundierten Werk zusammenzutragen.«

(Bild der Wissenschaft)

Fischer Taschenbuch Verlag

Fischer Taschenbuch Verlag

Unterhaltung

M. Y. Ben-gavriêl
Frieden und Krieg des Bürgers Mahaschavi. Alte und neue Abenteuer
Roman
Band 1113

Patrick Skene Catling
Das Experiment
Roman
Band 1161

Max Catto
Mister Moses
Roman
Band 1172

Draginja Dorpat
Ellenbogenspiele
Roman
Band 1131

Joseph Heller
Catch 22
Roman
Band 1112

Die Herznaht und andere Arztgeschichten
Vorwort von Walter Vogt
Band 1070

James Jones
Kraftproben
Roman
Band 1188

Rachel Maddux
Die Frau des anderen
Roman
Band 1009

Roger Peyrefitte

Diplomaten
Roman
Band 1132

Die Natur des Prinzen
Roman
Band 1150

Die Schlüssel von Sankt Peter
Roman
Band 1091

Klaus Rifbjerg
Unschuld
Roman
Band 1141

Michael Rumaker
Gringos
Erzählungen
Band 1101

Fischer Taschenbuch Verlag

Heiteres

John Herzog von Bedford
Traktat über die feine britische Art
Das Buch der Snobs
Zeichnungen von H. E. Köhler
Band 1109

Gabriel Chevallier
Clochemerle
Roman
Band 1190

Clochemerle – Babylon
Roman
Band 1206

Hunter Davis
. . . sitzen unterm Holderbusch
Roman
Band 1089

Ruth Dickson
Vergnügen machts mit Ehemännern
Goldene Regeln für den Umgang mit Männern
Band 1189

11 mal politischer Karneval
Weltgeschichte aus der Bütt
Geschichte der demokratischen Narrentradition vom Rhein
von Dr. Anton M. Keim
Band 960

Werner Finck
Finckenschläge
Gefaßte Prosa und zerstreute Verse
Ausgabe letzter Hand
Band 1032

Gerard Hoffnung
Hoffnungs großes Orchester
Cartoons
Band 1144

Siegfried Lenz
So zärtlich war Suleyken
Masurische Geschichten
Band 312

Limericks, Limericks
Herausgegeben von Jürgen Dahl
Band 809

Mein Weib ist pfutsch
Wiener Couplets
Herausgeber: Fritz Nötzold
Band 1059

Roda Roda
Schummler, Bummler, Rossetummler
Erzählungen
Band 1143

Russische Käuze
Herausgegeben und übersetzt von Johannes von Guenther
Band 869

Friedrich Torberg
Parodien und Post Scripta
Band 998

Wo waren wir stehengeblieben. . .?
Schulgeschichten
Herausgegeben von Martin Gregor-Dellin
Band 1039

Carl Zuckmayer
Der Seelenbräu
Erzählung
Zeichnungen von Gunter Böhmer
Band 140

Gerhard Gadow

Erinnerungen an die Wirklichkeit

Erich von Däniken und seine Quellen

Fischer Taschenbuch Verlag Bd. 1197 / DM 2.80